Martina Naubert

AF189340

Massimiliano
Verliebt in Bella Italia
Roman 3

Illustrierte Ausgabe

Über das Buch
Illustrierte Ausgabe

Endlich darf die deutsche Lisa nach dreimonatiger Trennung ihren italienischen Traummann wieder in die Arme schließen. Doch das verliebte Paar kann seine Frühlingsgefühle in Bologna kaum genießen. Eine Überraschung nach der anderen stürmt auf die beiden von deutscher und italienischer Seite ein. Sogar der geheimnisvolle Kater und Hausgeist Massimiliano kann dem Treiben nicht entkommen, obwohl er selbst gehörigen Anteil an manchem Durcheinander hat. Die frische Liebe wird ernsthaft auf die Probe gestellt.
Eine humorvolle Beziehungskomödie in Italien mit spritzigen Dialogen, in der ein eleganter Hausgeist als Kater in Designeranzug herumspukt.

Über die Autorin

Martina Naubert hat sich in dem Land niedergelassen, welches der Deutschen liebstes Reiseziel ist: Italien. Sie wurde 1960 in Kanada geboren, wuchs in Neumarkt i.d. Opf. auf, ist viel gereist und siedelte schließlich im Jahre 2007 nach Bologna über. Ihre Ausbildung in Transaktionsanalyse beeinflusst ihre Arbeit maßgeblich. Fantasie und Spielerisches sind dabei Kernthemen ihrer Bücher, in denen trotz tieferem Sinn Unterhaltung nie zu kurz kommt. Sie arbeitet heute als Beraterin für Personalentwicklung und Autorin. Sie veröffentlicht ferner Märchen zur Entwicklung der Persönlichkeit auf Basis der Transaktionsanalyse.

Martina Naubert

Massimiliano

Rezept für Liebe piccante

Humorvolle deutsch-italienische
Liebeskomödie in Italien mit Witz,
Amore und Lebensfreude

Roman 3

Illustrierte Ausgabe

Massimiliano Rezept für Liebe piccante

(illustrierte Ausgabe)
Copyright © 2019 – Martina Naubert
All rights reserved

© 2019 Herstellung und Verlag:
BoD – Books on Demand, Norderstedt.
ISBN: 9783749478361

Dank meinen Testleserinnen
Claudia, Ursula, Ingrid,
Nikola, Tanja, Sieglinde, Renate und Uschi

„Anstrengung ist für den edlen Geist eine Stärkung."
Seneca
(Römischer Philosoph, 4 v. Chr. – 65 n. Chr.)

„Katzen halten keinen für eloquent,
der nicht miauen kann."
Marie Freifrau von Ebner-Eschenbach
(Österreichische Erzählerin, 1830-1916)

„Du musst die Gunst der Stunde nutzen,
bevor sie Dir schlägt!"
Massimiliano
(Römischer Hausgeist und Kater)

„Die Menschheit hat in den zweitausend Jahren, die ich
persönlich erinnere, manches wertvolle Wissen verloren.
Und immer hat sie felsenfest behauptet,
dass die Zeit des Irrglaubens vorbei sei!"
Massimiliano
(Römischer Hausgeist und Kater)

1. Mysteriöse Botschaften

„Seltsame Dinge gehen in meiner Wohnung vor sich!"

Mein Freund Norio San steht vor mir und sieht mich höflich besorgt an.

Ich halte ihm die Tür zu meinem Ein-Zimmer-Studio im ersten Stock auf. Seit kurzem sind wir Nachbarn in diesem alten Wohnhaus in Bologna.

Er tritt sich mit einem gemurmelten *„permesso[1]"* auf dem Abstreifer sorgfältig die Schuhe ab, bevor er schließlich einen Schritt in meine Richtung macht.

„Ich habe nicht viel Zeit", informiere ich ihn, schließe aber gleichzeitig schnell die Tür hinter ihm. Wie ich ihn kenne, könnte dieser Hinweis sonst Anlass genug sein, ihn auf dem Absatz kehrtmachen zu lassen. Er könnte wieder, sich entschuldigend, über die Treppen nach unten verschwinden, bevor ich erfahren haben werde, was so Ungewöhnliches in seinen vier Wänden vor sich geht.

„Ich muss zum Flughafen. Marco kommt doch heute zurück!", strahle ich ihn an.

Seit drei Monaten fiebere ich dem Moment entgegen, meinen italienischen *Carabiniere[2]* gesund und heil wieder in die Arme schließen zu kön-

---

[1] Wörtlich: ich erlaube mir; wird bei Eintreten in eine Wohnung, selbst nach Aufforderung erwidert

nen. „Aber ein paar Minuten habe ich noch. Was gibt es denn so Merkwürdiges?"

Norio San schiebt die Hände in die Hosentaschen und zieht seinen Kopf zwischen die Schultern, als wolle er sich zwischen seinen eigenen Schlüsselbeinen verstecken.

„Du wirst mich für verrückt halten", fängt er zögerlich an, „im besten Fall für vergesslich", fährt er dann fort, „und mit meinen knapp sechzig Jahren wäre das ja auch nicht so ungewöhnlich, dass die Konzentration ein wenig nachlässt, nicht wahr? So dachte auch ich zunächst, dass ich einfach ein bisschen zerstreut werde. Aber dann ..."

Ein ungewöhnlich verunsicherter Blick sucht Halt in meiner Reaktion.

Die vorbauenden Worte meines ehemaligen Italienisch-Kommilitonen der altehrwürdigen Universität Bolognas sind jedoch völlig überflüssig. Anstatt Gefahr zu laufen, seine Befürchtungen zu teilen, habe ich sofort ein ahnendes Déjà-vu vor Augen. Zu häufig habe ich selbst derartige Gedanken an mir selbst beobachtet: der schleichende Zweifel am eigenen Verstand, weil man sich ereignende Vorfälle des Alltags mit gesundem Menschenverstand nicht mehr erklären kann.

Ich befürchte, dass es dafür nur eine Deutung gibt: Massimiliano!

Norio Sans Besorgnis hört sich, ohne Zweifel, nach meinem zweitausend Jahre alten römischen Hausgeist an! Seit ich vor einem Jahr für meinen deutschen Arbeitgeber eine Stelle in der Vertriebsniederlassung Italien angetreten und im Zuge dessen diese wunderschöne, renovierte Altbauwohnung im Zentrum bezogen habe, spukt er mit dergleichen Geschichten durch mein Leben und bringt mich immer wieder in Verlegenheit.

Dementsprechend muntere ich meinen neuen Nachbarn aus dem Hinterhaus selbstbewusst auf, einfach zu erzählen.

„Als Schriftsteller habe ich freilich tausend Zettel und Notizen überall in meiner Wohnung verteilt", berichtet er schließlich. „Schreiben ist ein kreativer Prozess: Wo mir etwas einfällt, halte ich das fest, damit ich es nicht vergesse. Und es kommt auch durchaus vor, dass ich eine bestimmte Anmerkung lange suchen muss, weil ich sie vielleicht irgendwo anders aufbewahrt habe, als ich dachte. Aber, seit ich vor drei Monaten in diese Wohnung dort unten gezogen bin, verschwinden manche Aufzeichnungen völlig! Weg. Sie lösen sich einfach in Luft auf. Unauffindbar. Ich habe sogar schon die Mülltonne – und ich meine den Restmüll! – deswegen durchwühlt."

Norio San nimmt die Hände aus den Taschen und legt ihre Flächen vor seinem Brustkorb wie zu einem begrüßenden *Namaste*[3] aneinander. Seine Handgeste zaudert zwischen fernöstlicher Grußhaltung und italienischer Dramatikgebärde[4].

„Du bist vielleicht einfach nur überarbeitet", versuche ich ihn mit stoischer Zuversicht in der Stimme zu beruhigen.

Gleichzeitig schweift mein Blick hinüber zum Sofa, wo der Kater Massimiliano samt Jackett in den warmen Strahlen der Frühlingssonne, die durch das offene Fenster fluten, ausgestreckt schnarcht. Er hat die Pfoten hinter dem Kopf verschränkt, als denke er nach. Mit seiner Sonnenbrille auf der Nase kann ich nicht erkennen, ob er diese Konversation mithört und nur vorgibt, tief zu schlafen.

„Du solltest täglich einen Spaziergang machen", plaudere ich indes selbstsicher weiter auf meinen japanischen Freund ein. „Du arbeitest in letzter Zeit zu viel wegen diesem Abgabetermin. Bestimmt hast du manche Notiz gedankenverloren weggeworfen. Das passiert schnell, wenn man übermüdet ist."

„*Già*,[5] das dachte ich zuerst auch", meint Norio San bedächtig. „Das wäre eine mögliche Erklärung. Aber wie kann es angehen, dass nicht nur Aufzeichnungen verloren gehen, sondern sogar welche auftauchen, die ich nie verfasst habe?!"

Er unterstreicht seine Worte mit heftigem Nicken.

„Es tauchen Notizen auf?", wiederhole ich scheinbar skeptisch, jedoch mit betont lauter Stimme, obwohl ich genau verstanden habe. Ich nehme ihm jede seiner ihm so fragwürdig erscheinenden Aussagen hundertprozentig ab.

Mit zusammengepressten Lippen brumme ich kurz in Richtung meines Sofas, wo der Kater - trotz meiner kräftigen Laute - weiterhin vorgibt, selig zu schnarchen.

„Ja", bestätigt der Japaner. Er zieht einen gefalteten kleinen Notizzettel aus der Hosentasche. „Es sind - zugegeben - durchaus bemerkenswerte Punkte, die sich - wie aus dem Nichts – wie ein fehlendes Puzzleteil in meine Arbeit fügen. Sieh her!"

Er hält mir ein gelbes Papierchen vor das Gesicht.

---

[3] in Indien sowie einigen weiteren asiatischen Ländern eine unter Hindus verbreitete Grußformel und Grußgeste
[4] aneinandergelegte Handflächen vor dem Brustkorb hin- und hergeschaukelt bedeutet in Italien sinngemäß: kann man es fassen!?
[5] schon (wird häufig als Füllwort verwendet)

Ich entziffere etwas über römischen Straßenbau, die *Via Emilia* von *Ariminium* nach *Plancentia*[6] und die *Via Francigena* von Genua nach Rom.

Ich winke betont lässig ab: „Das hast du irgendwann spät nachts notiert und es bis zum nächsten Morgen vergessen. Das ist mir auch schon passiert. Mach dir keine Gedanken deswegen! Schlafmangel kann unser Gedächtnis schwer beeinträchtigen. Was du brauchst, ist: ein paar Tage den Kopf frei machen und Ruhe!"

Etwas nervös schiele ich auf die Uhr. Ich will nicht zu knapp losfahren und dann rasen müssen.

Aber meine Versuche Norio San zu überzeugen, fallen nicht auf fruchtbaren Boden.

Er schüttelt vehement den Kopf und zieht eine ganze Handvoll gelber Papierschnitzel aus der anderen Hosentasche. Er schiebt die duftende Blaubeer*crostata*[7], die ich zu Marcos Begrüßung gebacken habe, beiseite und breitet die Notizen der Reihe nach auf meinem Küchentisch vor uns aus. Er liest jede einzeln laut vor.

„Handel mit blondem Haar der Germanen ... im Norden des Reiches Verkauf von Öl, Wein, *garum*[8] der Iberischen Halbinsel ... Gallien: Wein, *garum,* Oliven ... Milch, Käse, *garum*, Schmuck ... gefärbtes Tuch ... Sesterzen einheitliche Währung in ganz Europa ... Eisen, Blei, Holz ... und hier, das ...", Norio schiebt mir eines der Blättchen hin, „Umweltverschmutzung durch Herstellung Eisen wie zu Zeiten der industriellen Revolution?"

Er sieht mich eindringlich an.

Ich schweige ebenso eindringlich zurück.

Allmählich werde ich zappelig, aber er tut mir in seiner Verwirrung auch leid. Deshalb zügle ich meine Ungeduld.

„Das ist ein interessanter Gedanke, denn die damalige Technik war nicht sehr effizient, gemessen an heutigen Prozessen. Aber woher kommt dieser Hinweis? Das soll ich selbst notiert haben? Mich überrascht der Inhalt mehr als der Zettel selbst!?"

Der arme Norio San!

„Das ist in der Tat ein äußerst interessanter Aspekt! Den solltest du weiterverfolgen", lenke ich ihn gezielt durch ungestüme Begeisterung ab. „Bemerkenswert, wie uns das Unterbewusstsein manchmal Geschenke macht, meinst du nicht?"

---

[6] Wichtige römische Handelsstraße von heute Rimini nach Piacenza. Die Straßen existieren heute noch: Die Via Emilia zieht sich durch Bologna und ist heute eine moderne Bundesstraße; die Via Francigena ist ein Pilgerweg, teilweise noch im Urzustand des römischen Pflasters zu begehen.

[7] Flache Mürbteig Torte

[8] Wird später durch Massimiliano erklärt

Er schaut mich zweifelnd an. Aber mit einem Schimmer Hoffnung in den dunklen, mandelförmigen Augen. Er guckt wie ein *Pokémon* der älteren Generation, der durch seinen klaren Blick das Herz erweicht.

„Du meinst also hundertprozentig, dass das nur Übermüdung ist?", überlegt er mit wiegendem Kopf. „Ich habe wahrhaftig wenig geschlafen in letzter Zeit, das muss ich zugeben."

„Ganz bestimmt!", versichere ich ihm. „Mach dir einen heißen Tee und verwöhne dich ein wenig! Schlaf dich tüchtig aus!"

Und mit besonders hörbarer Stimme in Richtung Couch füge ich hinzu: „Du wirst sehen, dass das mit den geheimnisvollen Botschaften aufhört!"

Norio San sammelt seine Vermerke so fleißig wieder ein, wie er sie aufgereiht hatte.

„Merkwürdig ist doch, dass ich nicht in japanischen Schriftzeichen notiert habe", bringt er noch einen letzten Zweifel leise an und schiebt die Notizen wieder in die Hosentasche.

Ich übergehe den Einwand, weil ich darauf keine andere Antwort parat habe, als die, dass Massimiliano der japanischen Schrift natürlich nicht mächtig ist.

„Vielleicht hast du recht?", erwägt mein Nachbar dann laut weiter und schreitet langsam zur Tür. „Ich werde mich drei Tage nicht mehr an mein Manuskript setzen. Ich werde mich ausruhen, schlafen, spazieren gehen, gezielt andere Dinge tun und vor allem: an etwas anderes denken!"

Ich folge ihm mit einem heimlichen Blick auf meine Armbanduhr an die Tür. Marcos Maschine aus Libyen ist bereits in Rom gelandet. Inzwischen sollte er im Flugzeug von Rom nach Bologna sitzen.

„Genau das!", bestätige ich ihm. „Du wirst sehen: Es wird aufhören!"

„Danke, Lisa. Jetzt halte ich dich aber nicht länger auf. Du musst zum Flughafen. Grüße Marco von mir!"

Kaum verschwindet Norio San am Ende der Treppe über den kleinen Garten in seine Wohnung, wende ich mich mit einem tadelnden „Massimiliano!" meinem Penaten-Hausgeist[9] zu.

„Das kannst du doch nicht machen!"

Der Kater schiebt seine Sonnenbrille hoch und positioniert sie munter auf seinem Kopf im dunkelgrauen Fell.

---

[9] Antike römische Religion: Private Schutzgötter eines römischen Haushalts. Zusammen mit anderen Göttern schützen sie die Familie. Sie sind für den Herd und die Vorratskammer zuständig, sorgen dafür, dass nachts die Ratten nicht an die Speisevorräte gehen und dass ein Koch angeregt wird, etwas Schmackhaftes zu kochen. Penaten waren nach der römischen Religion die Seelen verstorbener Vorfahren und somit an ihre Familie gebunden, sogar bei Umzug. Sie treten in der Regel zu zweit oder zu dritt auf, teilten ihre Zuständigkeit zwischen Herd, Essen und den Getränken. Der Herd ist ihr Altar.

„*A contrario!*[10]", postuliert er sofort. „Was ich *nicht* tun kann, ist ihn Dummheiten schreiben zu lassen! Die habe ich unwiderruflich vernichtet. Dafür habe ich ihm ein paar Korrekturen zugespielt. Und du hast selbst gesagt, dass diese letzte Information ein durchaus zu verfolgender Aspekt sei. Es ist nämlich den Römern geschuldet, dass Italien heute streckenweise kaum noch nennenswerte Wälder besitzt."

„*Zugespielt* kann man das nicht gerade nennen", kritisiere ich, ohne auf das durchaus gewichtige Umweltthema einzugehen. „Das würde nämlich implizieren, dass er deine Botschaften unauffällig erhalten würde, ohne an seinem gesunden Menschenverstand zu zweifeln. Der arme Norio San! Für ihn bist du ein ganz normaler Kater, der keinen Anzug trägt und nicht sprechen kann. Vergiss das nicht! Du kannst ihm also nicht einfach schriftliche Nachrichten verpassen."

Der Kater schwingt sich mit Elan in die Senkrechte und verzieht dabei verächtlich den Mund.

„Es hat in der Vergangenheit noch niemandem geschadet, dem ich in diesen zweitausend Jahren ein wenig auf die Sprünge geholfen habe. Und es waren Einige, glaub mir! So ein bisschen Verwirrung gibt sich schnell, wenn er einmal verstehen wird, wie nützlich die Informationen für seinen Erfolg sein werden."

„Versprich mir, die mysteriösen Botschaften einzustellen!"

Ich sehe ihm intensiv in seine blauen Augen.

Er blinzelt.

„Und auch keine anderweitigen Nachrichten irgendwelcher Art! Nichts! Keine Mails, keine Briefe, keine Telefonanrufe, keine Rauchzeichen, nichts!"

Aus Erfahrung weiß ich, dass ich sämtliche Möglichkeiten in Betracht ziehen muss.

„Auch nicht, was ich in meiner Aufzählung jetzt nicht explizit genannt haben sollte", füge ich deshalb noch hinzu.

„Nicht einmal ein kleines Bisschen?"

„Nichts. Lass ihn seine eigenen Recherchen machen! Er ist ein angesehener Schriftsteller in Japan. Du wirst sehen, dass er fundierte Tatsachen zusammentragen wird."

„Ha!", macht mein Hausgeist, wirft die Pfoten bühnengerecht in die Luft und wendet sich theatralisch von mir ab.

„Da muss es aber erlaubt sein, dass ich zweifle!"

Er schreitet auf das geöffnete Fenster zu, das hinunter in den kleinen Garten des Hinterhofes weist, wo sich Norio Sans Wohnung befindet, und bleibt davorstehen. Wie einst Napoleon von einem Hügel das Schlachtfeld,

---

[10] Im Gegenteil

14

betrachtet er, mit hinter dem Rücken verschränkten Pfoten und durchgedrücktem Rückgrat, das kleine Idyll.

„Ich möchte nur erwähnen, dass die Menschheit in den Jahrhunderten, die ich persönlich erinnere – von vorher will ich gar nicht sprechen – manches wertvolle Wissen verloren hat! Ganz zu schweigen von jahrelangem Irrglauben und Unfug, an dem hartnäckig festgehalten wurde! Über Jahrhunderte!"

Er rollt das R in seinem Satz betont streng.

„Die Zeiten sind vorbei!", beharre ich umso nüchterner.

„Das haben die Menschen zu jeder Epoche behauptet!"

„Mag sein", lenke ich ein wenig ein, da ich weder Zeit noch Muse für diese Diskussion habe. „Aber lass die Menschen ihre Erfahrungen selbst machen!"

Ich trete neben ihn und zeige in Richtung der Eingangstür zu Norio Sans Wohnung hinter dem großen Baum. „Besonders diesen einen da unten!"

Aber der Kater gibt noch nicht auf.

Er schiebt die Hände in seine Hosentaschen, wie es zuvor der Japaner getan hat, nur in absolut selbstbewusster Haltung.

„So ganz ohne Hilfe hat die Menschheit sich nicht immer alleine entwickelt! Ich habe gar manchen Samen gesät, der zu großen Erfindungen geführt hat."

Er wirft den Kopf stolz in den Nacken: „Ich sage nur: *Marconi*[11]! Was meinst du, warum er und nicht *Edison*[12] das Rennen in der drahtlosen Telegraphie gemacht hat? Edison hat zwar die Grundlagen zu dieser Erfindung gelegt, aber sie nicht mit nötigem Belang weiterverfolgt. Und ich habe dafür gesorgt, dass *Marconi* es aufgegriffen und weiter daran gearbeitet hat. Er hat sich zuerst auch ein wenig gewundert, woher manche Information kam, die plötzlich auf seinem Schreibtisch lag. Aber das hat er im Zuge seiner Arbeit dann schnell wieder vergessen."

„Ach! Du hast bei *Marconi* gewohnt?"

Mittlerweile reagiere ich nicht mehr ganz so überrascht, wenn mein Hausgeist mir wieder einmal seine Bekanntschaft mit einer historischen Persönlichkeit offenbart.

„Nein. Ich kann schließlich nicht überall sein! Er hat im Sommer 1892 einmal einige Vorlesungen an der hiesigen Universität besucht. Ich weiß es deshalb noch so genau, weil es ein ganz bezaubernder Sommer war! Ein Gartenfest jagte das andere! Es waren sehr bewegte Zeiten. Damals hat er

---

[11] Guglielmo Marconi (1874 Bologna – 1937 Rom), italienischer Radiopionier, 1909 Nobelpreis für Physik für Funktelegrafie gemeinsam mit Ferdinand Braun.
[12] Thomas Alva Edison (1847 - 1931) US Erfinder Elektrizität, Elektrotechnik, elektrisches Licht, Telekommunikation, Medien für Ton und Bild.

jedenfalls in dem Haus verkehrt, in dem ich gelebt habe. Die Nachfahren der Prinzessin haben versucht, die Tradition des vormaligen VIP-Salons Bolognas, wieder auferstehen zu lassen. Nebenbei gesagt: mit mäßigem Erfolg. Sie konnten nicht an die einstigen Erfolge der Prinzessin anknüpfen. Es war einfach ihre Persönlichkeit, die ihre Abende so berühmt gemacht haben! Aber immerhin, *Marconi* verkehrte auf diesen Gesellschaftsanlässen. Er stammte schließlich zur Hälfte aus einem englischen Landadel."

„Welche Prinzessin?"

Während ich ihn frage, ergreife ich meine Handtasche und werfe mein Mobiltelefon hinein.

„Prinzessin *Maria Hercolani*[13]."

Er setzt einen verklärten Blick auf, seufzt tief und träumt in Richtung meiner Küchenzeile durch mich hindurch: „Ach ja, das waren gute Zeiten."

„Nie gehört", murmle ich.

Währenddessen wühle ich mit mäßiger Geduld in den Tiefen meiner Handtasche nach dem Schlüssel meiner kürzlich erstandenen Vespa, mit der ich meinen Freund am Flughafen überraschen will.

„Wir residierten in einem der luxuriösesten Gebäude Bolognas in der *Via Zamboni*! Heute ist es kein Wohnhaus mehr. Dort ist jetzt die Fakultät der Politikwissenschaften untergebracht. Aber das hätte ihr vielleicht sogar gefallen? Sie war ja politisch sehr engagiert."

Massimiliano verzieht kurz das Gesicht und kehrt mit seiner Aufmerksamkeit zurück in meine wenig fürstliche Ein-Zimmer-Wohnung, die er seit einem Jahr mit mir teilt.

Ich kippe den Inhalt meiner Tasche auf den Küchentisch, um den sich hartnäckig versteckenden Schlüssel zum Symbol meines italienischen Lebensgefühls endlich aus dem Haufen zu ziehen. Mittlerweile bin ich wirklich unter Zeitdruck und entsprechend fahrig.

Ein Exemplar von Norio Sans gelben Zettelchen hat sich zwischen der Tischkante und einem Küchenstuhl versteckt. Ich ziehe es kurzerhand ab und winke meinem Hausgeist damit nochmals zur Erinnerung.

„Ich fahre jetzt zum Flughafen, Marco abholen. Keine Nachrichten mehr, versprochen?"

Der Kater schlendert betont gelassen herbei und greift nach der Notiz in meiner Hand.

„Versprochen?", wiederhole ich und locke wie eine Mutter mit einer Belohnung nochmals das Papier aus seiner Reichweite in die Höhe.

„*Va bene!*"

---

[13] Ehe (1780) mit Prinz Astorre Hercolani, alte italienische Adelsfamilie

Er zieht die Antwort beinahe so lange wie seinen Mund schief, erhascht die Notiz und murmelt mit ernster Miene auf die notierten Worte: „Ich hoffe, er hat die Bedeutung des *garum* verstanden."

Im kleinen Handspiegel ziehe ich mir nochmals meine Lippen nach und zupfe ein paar blonde Strähnen aus meiner Stirn.

Ich bin nervös wie ein Teenager vor dem ersten Kuss. Drei Monate Sehnsucht und Sorge haben mich mürbe gemacht.

„Was ist das eigentlich: *garum?*", frage ich geistesabwesend und stopfe den Rest der Sachen zurück in meine Handtasche.

„*Garum* - auch *liquamen* genannt - war das Standardgewürz in der antiken römischen Küche!", legt der Kater sofort mit übertriebenem Pathos los.

Ich hätte es besser wissen müssen: Es war nicht der Augenblick, eine solche Frage zu stellen! Ich habe gar nicht die Zeit, dem nun zu erwartenden Monolog zu folgen.

Er kommt natürlich trotzdem.

„Ah, *garum* ..."

Er zieht tief Luft ein und hält seine Nase schmatzend in die Luft, als könne er den Geschmack aus der Erinnerung herbeirufen:

„Diese köstliche Würzsoße für salzige und süße Speisen! Man hat es damals etwa in der Häufigkeit verwendet, wie heutzutage Sojasauce in der asiatischen Küche, *sai[14]*. Man konnte sehr feines, edles *garum* kaufen und das billigere, das eher für die Massen bestimmt war. So, wie heute *Balsamico*, verstehst du?"

Wiederholt wirft er mir einen prüfenden Blick zu, ob ich seinen Ausführungen auch mit dem nötigen Respekt folge. Er läuft um mich herum, positioniert sich vor mir und spricht mir direkt ins Gesicht.

„Wie *Balsamico*! Da gibt es auch den richtigen, cremig alten und den billigen, der es gar nicht Wert ist, dass man ihn so nennt. Industrieller Lug und Trug, sage ich da nur! Man sollte das Zeug boykottieren! *Però[15]*: Italien hängt vom Export seiner besonderen Lebensmittel zu sehr ab! Moderne Zeiten, ich sag es immer wieder ..."

Er umkreist mich nachdenklich: „... wo war ich stehen geblieben? .... Ach ja, es gab ganze Manufakturen, die sich nur der Herstellung dieses edlen Gewürzes widmeten. Ein *sehr* wertvolles Handelsgut. Dein Freund Norio sollte das auf keinen Fall in seinem Buch unterbewerten, nur weil man es heute nicht mehr kennt. Es durfte in keiner Küche fehlen, jeder Koch, der etwas auf sich hielt ..."

„Es tut mir leid", falle ich ihm ins Wort. „Ich muss los! Erzähl mir das bitte ein anderes Mal. Es interessiert mich wirklich. Das klingt köstlich."

---

[14] weißt du
[15] jedoch, aber

Er brummt unwirsch.

Ich weiß, dass er es hasst, wenn man seine historischen Verbal-Ausflüge in die Antike so abrupt unterbricht.

„Und noch etwas: Kannst du heute Nacht ausnahmsweise bei Maurizio übernachten?", frage ich vorsichtig. „Marco hat doch noch keine eigene Wohnung und wird erst mal hierbleiben und wir haben uns doch so lange nicht gesehen."

„Erst darf ich dem Schriftsteller nicht mehr helfen und nun werde ich schon aus dem eigenen Besitz vertrieben!"

Er mault so übertrieben, dass ich das leichte Schmunzeln in seinem Schnurrhaar sogar trotz meiner Aufregung wahrnehme. Ich weiß, dass ihm meine Beziehung am Herzen liegt und er seinen kleinen Beitrag zur Harmonie in derselben leisten wird.

„Danke!"

Ich tätschle leicht seine Pfote.

„Außerdem würde sich Maurizio freuen, wenn du dich mal wieder sehen lässt. Früher hast du doch auch immer auf seiner Couch geschlafen. "

„Bei Jupiter! Das Leben an deiner Seite ist wahrlich nicht immer einfach", ruft er mir hinterher, als ich schon mit geschulterter Handtasche durch die Tür enteile. Und im Ton einer ständig meckernden, jedoch liebenden Mutter ruft er mir hinterher: „Aber verschwinde schon! Lass ihn nicht warten!"

Viel leiser höre ich ihn gerade noch eine angefügte, letzte Bemerkung murmeln: „Ich werde mir etwas einfallen lassen."

Dieser letzte Satz sollte mich aufgrund meiner Erfahrung mit meinem Hausgeist sofort umkehren lassen und der Sache auf den Grund gehen. Aber nun habe ich wirklich keine Zeit mehr. Außerdem fegt meine Freude über das nahende Wiedersehen mit meinem *Carabiniere* keimende Bedenken einfach hinweg.

Ich fliege förmlich über die Stufen der alten, ausgetretenen Steintreppe hinunter, stülpe mir meinen visierlosen Helm über mein zuvor sorgfältig drapiertes Haar und schwinge mich auf die Vespa.

Nie habe ich mich der italienischen Kultur so nahe gefühlt!

2. Marconi

Bolognas Flughafen präsentiert sich in gewohnter Dauerbaustelle, gehüllt in enge Passagen, Bauzäune und transportable Betonklötze als Fahrbahnbegrenzung. Wer glaubt, sich an diesem Ort jemals Orientierung verschafft zu haben, der irrt. Der Airport ist nicht groß, aber erfindungsreich. Er macht seinem Namen ‚Marconi' in diesem Punkt alle Ehre. Besser gesagt: Unehre, denn er hat immer eine Überraschung parat und man tut gut daran, die Zeit dafür einzukalkulieren.

Doch das Unvorhergesehene ist diesmal nicht zeit- sondern nervenraubend und hätte, bei näherer Betrachtung meiner Erfahrungen in dieser Stadt, auch vorhersehbar sein können.

Nachdem ich mein Äußeres auf der Damentoilette in Eile wieder in einen halbwegs annehmbaren Zustand versetzt habe – meine blonden Haare standen mit Abnehmen des Helms elektrifiziert in die Luft, wie bei einer vom Blitz getroffenen Wetterhexe (Edison hätte seine wahre Freude daran gehabt) – stehe ich nun seit über vierzig Minuten zwischen wartenden Menschen. Einige davon halten abgebrüht wie lebende Litfaßsäulen Schilder vor der Brust. Sie machen routiniert gelangweilte Gesichter, während ich mit jeder verstreichenden Sekunde zusehends zu einem Nervenbündel mutiere.

Meine innere Vorfreude auf dieses Wiedersehen wandelt sich in diesen unbeweglichen Minuten von flatternden Insekten in der Bauchgegend zu surrenden Stromstößen, die durch meine Venen zu jagen scheinen.

Jedes Mal, wenn sich die milchige Schiebetür wie durch Geisterhand auseinanderschiebt und ein neuer Fluggast durch sie hindurch auf die Front der Wartenden zutritt, setzt mein Herzschlag einen Moment aus. Seit dem Abschied von meinem *Carabiniere*, vor genau drei Monaten, hat dieses Herz schließlich täglich gebangt, er möge gesund aus dem Krisengebiet zurückkehren. Gleichwohl Marco mir in unseren Video-Gesprächen immer wieder versichert hatte, dass er in völliger Abgeschiedenheit eine äußerst langweilige Verwaltungstätigkeit ausüben musste, hielt mich die Angst vor einem Anschlag neunzig lange Tage gefangen.

Endlich scheinen die Koffer der Maschine aus Rom auf dem Gepäckband zu laufen, denn nun strömen immer mehr Passagiere durch den engen Durchgang, den die Wartenden bilden.

Links und rechts zu meinen Seiten fallen sich Familien um den Hals, jaulen Kinder vor Freude über ein Mitbringsel und aufgeregte Flugreisende übertönen mit penetranten Urlaubseindrücken die Lautsprecherdurchsagen über unseren Köpfen. Vereinzelt schlängeln sich mit kleinem Gepäck behaftete Geschäftsleute schweigend durch diese Anhäufung. Ich stehe wie ein Fels im Strom. Jeden Augenblick erwarte ich, das geliebte Gesicht unter den Ankommenden zu entdecken.

Doch es taucht nicht auf.

Nach weiteren zehn Minuten verringert sich die Dichte der Eintreffenden und es tröpfeln nur noch vereinzelte Personen aus dem Korridor der Gepäckhalle.

Ich prüfe mein Mobiltelefon auf Nachrichten, aber es hüllt sich in Schweigen wie ein Mönch während des Gebets. Die beinahe elektrische Ladung in meinem Inneren verwirbelt zu einem Knoten im Hals.

Der Tumult um mich herum löst sich schon nach und nach auf. Wenn bloß nichts in letzter Minute passiert ist!

Ich bin hin- und hergerissen zwischen dem Bedürfnis, am Informationsschalter Auskunft über den Verbleib meines kostbaren Passagiers zu erfragen und der Notwendigkeit, noch die Stellung für den Fall zu halten, dass diese vermaledeite Schiebetür ihn doch noch herausgibt.

Es siegt der Drang nach Gewissheit.

„Die Maschine ist pünktlich gelandet", bestätigt mir die herausgeputzte Hostess hinter dem Tresen und wendet sich mit dieser Antwort sofort wieder ihren Kolleginnen zu. Dieses Gespräch hat für sie unmissverständlich Vorrang.

„Das weiß ich", unterbreche ich ihr Unterfangen ungeduldig.

Ich schiebe ihr einen Zettel mit Marcos vollständigem Namen und Flugnummer hin: „Können Sie bitte nachsehen, ob dieser Passagier eingecheckt hat?"

„Da müssen Sie am Schalter der Fluggesellschaft fragen!", wirft sie mir trocken wie Vogelfutter hin. Mit einem abschließenden Wink des Kopfes schickt sie mich auf die andere Seite der Halle, an eine Stelle in meinem Rücken.

Ich fühle mich mit meinem Anliegen alles andere als ernst genommen und dadurch zu einer Art Verteidigung animiert.

Ganz neu sind mir unhöfliche Antworten dieser Art allerdings nicht. Die Einstellung zu Dienstleistung in der roten Stadt[16], wie Bologna genannt wird, ist sprichwörtlich: Man scheint stets bemüht, dem Kunden unumwunden beinahe körperlich spüren zu lassen, welche bedingungslos zu hofierende ‚Leistung‘ alleine hinter dem Wort ‚Dienst‘ steckt.

Trotzdem drehe ich mich auf der Suche nach dem angewiesenen Schalter noch kommentarlos um.

Dann wende ich mich wieder der Hostess zu: „Der Platz ist nicht besetzt."

Diese dritte Unterbrechung ihres Privatgespräches bringt sie sichtbar an die Grenzen ihrer Geduld. Sie war gerade dabei ihrer Kollegin die Adresse einer Kosmetikerin aufzuschreiben.

Sie zieht hörbar Luft durch die Nase ein und presst zwischen schmalen Lippen den Hinweis hervor, dass ich in die Abflughalle gehen muss. Dies sei die Ankunftshalle. Da man hier aus- und nicht einchecke, ergäbe es wenig Sinn, hier einen Schalter zu besetzen.

Da ich weder Lust habe mit ihr zu streiten, noch ans andere Ende des Flughafens zu laufen - denn dort würde ich Marco auf jeden Fall verpassen - stehe ich einen Moment ratlos da.

Grund genug für sie, mir ein „cos'altro?[17]" hinzuspucken.

„Oouh!", hebe ich zynisch abwehrend die Hand.

Das habe ich von Marco gelernt. Der langgezogene, betonte Buchstabe kann in Italien sehr vielseitig - und vor allen Dingen - relativ unverbindlich eingesetzt werden. Er erspart in vielen Situationen die „Jetzt ist aber gut! Mal langsam! Es reicht aber! Vorsicht! Ein bisschen mehr Respekt!"- etcetera-etcetera-Antwort.

Der Gesichtsausdruck der erbarmungslosen Auskunftsdame auf meine italienische Ein-Buchstaben-Reaktion hin ist jedoch überraschend freund-

---

[16] Bologna wird aus zwei Gründen „Die rote Stadt" genannt: Einmal, weil erdfarbene und rote Töne das Stadtbild prägen, doch auch, weil sie das Zentrum der einst kommunistischen Partei war. Noch heute gilt die Stadt als die am weitesten politisch links orientierte Metropole Italiens.

[17] In diesem Fall: Was denn noch?

lich. Sie wechselt plötzlich die Tonart wie ein Chamäleon die Farbe: „*Desidera*[18]?"

Diese überaus freundliche Frage zielt aber auf den nächsten Kunden hinter mir, das eindeutige Signal des Endes dieser lästigen Konversation mit mir.

„*Amore!*"

Die Stimme lässt mich erschaudern.

Ich wirble herum und blicke auf meinen adretten *Carabiniere*, der groß und braungebrannt mit weit ausgebreiteten Armen lächelnd hinter mir steht.

„Marco!"

Ich falle ihm in die Arme und bedecke sein Gesicht mit einem Meteoritenhagel an Küssen.

Nicht nur steht er nach dieser Zeit des Bangens gesund und munter vor mir, er sieht auch noch so blendend aus, als käme er gerade von einem Wellnessaufenthalt zurück!

Er schlingt seine Arme um mich und wirbelt mich einmal um seine Achse. Es folgt ein endloser Supernovakuss der Ekstase.

Dann sehen wir uns lange, schweigend und lächelnd in die Augen.

„*Come stai*[19]?"

Wir flüstern es beide gleichzeitig.

Die zickige Hostess, die uns ungeniert beobachtet, kommentiert die Szene flüsternd zu ihren Kolleginnen.

„*Stai bene?*", wiederholt Marco seine Frage in anderer Form, als sei ich diejenige, die unversehens über Weihnachten für zwölf Wochen in ein Krisengebiet abkommandiert worden war.

Er streicht mir sanft übers Haar und haucht einen Kuss hinein. Seine blauen Augen leuchten aus seinem sonnengegerbten Gesicht wie ein klarer Gebirgssee im Morgengrauen.

„Du hast mir so gefehlt!", wispert er mit einem tiefen Seufzer, der mich mit aller Wucht ins Herz trifft. Ich kann es spüren, als hätte er die aufgestauten Emotionen aus dem Land von der anderen Seite des Mittelmeers mir direkt übertragen.

Ich beiße mir auf die Unterlippe und nicke ihn nur schweigend an. Meine eigenen Ängste um ihn, aus der sicheren Zivilisation heraus, erscheinen mir plötzlich eine so viel geringere Bürde als das, was er in der Wüste alleine vermutlich ertragen musste.

Tränen der Erleichterung füllen meine Augen.

---

[18] Sie wünschen?
[19] wie geht es dir?

Völlig überwältigt von den intensiven Gefühlen, die sich in diesem Moment der Zusammenkunft kristallisieren, bin ich unfähig etwas zu sagen.

Er küsst mich auf beide Augen und wischt mir die Nässe auf meinen Wangen liebevoll mit der Hand trocken. An seinem Hals funkelt das goldene Medaillon aus der Antike, das Massimiliano ihm zum Schutz mitgegeben hat.

‚Er wird gesund wiederkommen! Er trägt das Medaillon!', hatte mir der Kater in der Silvesternacht mit felsenfester Sicherheit versprochen.

„Ich habe es immer getragen", versichert mir Marco, der meinem Blick auf das Objekt folgt. Dann schmunzelt er verschmitzt: „Es hat wirklich hervorragend geholfen: Ich habe mich in meinem Leben noch nie so gelangweilt!"

„*Meno male!*[20]", lächele nun auch ich wieder. „Lieber Langeweile als Geschützhagel!"

„Ja", erwidert er nur.

„Lass uns gehen!", versuche ich dann mit einem tiefen Atemzug, mich wieder einzufangen. „Ich hatte schon befürchtet, dass irgendetwas passiert ist, weil du so lange nicht herausgekommen bist!"

„Du weißt doch, wie das mit dem Gepäck hier am Flughafen ist!", legt Marco lachend den Arm um mich, schultert seinen schwarzen Seesack und zieht mich mit sich. „*Con calma!*[21] Mein Sack war das letzte Gepäckstück auf dem Band. Ich konnte dir leider keine Nachricht schicken. Der Akku meines Telefons ist leer."

Das hätte ich mir freilich auch denken können.

„Du hast dir eine Vespa zugelegt?! *Che bello!*", kommentiert mein Freund kurz darauf den Anblick meines geparkten Fahrzeuges.

„Zu einem italienischen Sommer gehört das einfach!", behaupte ich freudestrahlend. Ich reiche ihm seinen Motorradhelm: „Willst du fahren?"

Und so kurven wir mit dem Seesack auf dem Trittbrett vor uns, eng aneinandergeschmiegt, wie das Sinnbild der italienischen Nation, überglücklich durch die sonnige Frühlingsluft. Unter einem rosig erscheinenden Geigenhimmel kreisen wir entlang der mittelalterlichen Stadtmauer durch schattige Baumalleen, tauchen an einer der *porta*[22] durch die engen Straßen in den orangeroten Altstadtkern und schließlich entlang endloser Rundbo-

---

[20] Umso besser
[21] Mit der Ruhe! In aller Ruhe!
[22] Alte Stadttore, die entlang des heutigen Straßenrings Kreuzungen schmücken, die die Altstadt mit neueren Vierteln außerhalb der Mauer verbinden.

genarkaden links und rechts der Fahrt unserem kleinen Liebesnest entgegen.

Hand in Hand stürmen wir, zwei Stufen auf einmal nehmend, meiner Wohnung entgegen.

Die Leidenschaft wird an der Stätte unserer Sehnsüchte jedoch jäh gebremst. Angewidert bleiben wir auf den Stufen zu meinen vier Wänden stehen.

„Was ist denn das für ein fieser Geruch?!", entsetze ich mich.

„Nicht einmal in den Slums von Tripolis hat es so gestunken!", bestätigt Marco meinen Ekel.

„Du warst in Slums?"

Für den Moment eines Wimpernschlags zuckt ein Schatten über seine Augen.

„Auch. Einmal", bestätigt er dann nur, wischt mit einer Handbewegung die Frage beiseite und rümpft wieder heftig die Nase.

Ein fauliger Geruch undefinierbarer Herkunft sitzt wie eine modrige Wolke im Treppenhaus.

„Ich kann mir das nicht erklären?", sage ich zu Marco, ziehe ihn langsam weiter nach oben zu meiner Haustür, in meiner Tasche nach dem Schlüssel kramend. „Wo kommt denn das auf einmal her?"

Beim besten Willen kann ich mir nicht vorstellen, warum die Steuerberaterin im Stock über mir derart schlechte Luft verbreiten sollte. Aber außer uns residiert sonst niemand in diesem renovierten Altbau?

Die Irritation hält uns aber nicht lange auf.

Kaum springen der Eingang zu meinem kleinen Studio auf und wir in die saubere Luft meiner vier Wände, haben wir den Vorfall auch schon vergessen.

Mit einem Schubs kicken wir die Tür ins Schloss, die Schuhe von den Füssen, bilden einen Pfad aus verlorenen Kleidungsstücken zum Bett und lassen uns in die Kissen fallen, ohne auch nur einmal unsere ungestüme Umarmung unterbrochen zu haben.

Ewigkeiten später betrachten wir selig schweigend die Schatten an der Zimmerdecke, die das schwache Mondlicht dort hinmalt. Es ist bereits weit nach Mitternacht.

Eine entzückende Müdigkeit lullt mich ein.

Morgen ist mein sechsunddreißigster Geburtstag. Ein schöneres Geschenk als dieses Wiedersehen könnte ich mir nicht vorstellen!

Ein Lächeln breitet sich unversehens über mein Gesicht, wie ich mir diese wundervollen kommenden Stunden mit ihm erträume.

Ein ganzer Tag Freiheit: In sonniger Frühlingsluft, verliebt durch die altehrwürdige Stadt bummeln, in meiner Lieblingseisdiele biologisches Eis aus reiner, dunkler Bitterschokolade schlecken, unter den Schirmen des berühmten Kultcafés aus den Siebzigern an der *Piazza Galvani* einen zweiten Cappuccino genießen, dann nach einem ausgiebigen *pranzo*[23] in einem der zahlreichen typischen Bologneser Restaurants, die 3,7 kilometerlange Treppenreihe zum Wahrzeichen der Stadt *San Luca*[24] langsam hinaufzusteigen. Von dort werden wir über die grünen Hügel hinter der Stadt, Arm in Arm in die Apenninen und unsere gemeinsame Zukunft träumen.

Mit der Vorfreude eines Kleinkindes auf das Christkind kuschle ich mich in seinen Arm und schließe mit einem geflüsterten *„Buona notte!"* die Augen.

Er brummt etwas Ähnliches kaum noch vernehmbar zurück.

Der schrille Klingelton seines Telefons reißt uns in voller Lautstärke aus dem Dahindämmern.

Blind tastet er nach dem Gerät und knurrt missmutig nicht einmal ein *„pronto"*, sondern nur ein genervtes *„si"* in den Apparat.

Dann fährt er ruckartig im Bett auf und ich gleite unsanft aus seinem Arm:

„Cosa?! Ma come?! Adesso?!"[25]

---

[23] Mittagessen
[24] Die nachts beleuchtete Rundkuppel der Basilika ist von Weitem als Wahrzeichen Bolognas sichtbar, wenn man sich der Stadt von Norden und Osten nähert.
[25] Was? Aber wie das denn? Jetzt?

3. Geburtstag

Marco jagt meine Vespa durch die nächtlichen Straßen Bolognas, als wäre der Teufel hinter uns her.

Ich klammere mich verzweifelt an ihn, um nicht von meinem Soziositz zu kippen, wenn wir wieder einmal eine scharfe Kurve nehmen.

Ich kann sein verkehrswidriges Fahrverhalten nicht fassen! Auf unserem Weg entlang der, wie leergefegten Verkehrsadern der Stadt, überfahren wir zwei rote Ampeln, tauchen in entgegengesetzter Fahrtrichtung in eine Einbahnstraße und überqueren knatternd eine für sämtliche Fahrzeuge gesperrte *piazza*. Allein an einer Stelle drosselt er spürbar das Tempo. Jedoch gerade so lange, bis wir an dem fest installierten *autovelox fisso,* das gut sichtbar, mit einem Blinklicht versehen, als oranger Kasten am Straßenrand steht, vorüber sind. Gott sei Dank ist es in Italien Gesetz, die fest installierten Blitzer so deutlich zu kennzeichnen, dass sie auch Nicht-Ortskundige sofort als solche erkennen. Sonst würde mir die wilde Fahrt vermutlich eine ausstellungsreife Sammlung an Strafzetteln ins Haus flattern lassen.

Als Marco wieder mit Vollgas beschleunigt, macht meine Vespa einen Satz und der Motor hustet ein paar Meter vor sich hin.

„*Che due palle!*[26]", höre ich gedämpft durch meinen Helm von vorne. Er geht etwas vom Gas und versucht es nochmals sachter. Das scheint meinen geschundenen Hobel zu überzeugen. Er trägt uns den restlichen Weg zuverlässig ans Ziel.

Vor dem Krankenhaus *Sant'Orsola* stürmt Marco in Richtung des Eingangs und ruft mir nur noch ein kurzes „Parke du und komm nach!" zu. Dann verschwindet er in einer Tür.

Ich schiebe die Vespa in eine Ecke der Einfahrt, wo sie nicht im Weg ist, wuchte sie auf den Ständer und sichere sie mit einer kiloschweren Eisenkette, die ich stets im rückwärtigen Koffer dabeihabe. Der Einbruch in meine Wohnung kurz nach meiner Ankunft in dieser Stadt hat mich vorsichtig gemacht.

Als ich schließlich ebenfalls in den durch gleißendes Neonlicht illuminierten Gang trete, sehe ich gerade, wie eine Krankenschwester Marco eine grüne Schürze überzieht, ihm eine Schutzbedeckung über den Kopf stülpt und ihn mit sich fortziehen will.

Eilig trete ich hinzu, um auch meine Anwesenheit bemerkbar zu machen.

„Gehören Sie dazu?", fragt sie mich verwundert.

„*Sì*", behaupte ich und nicke überzeugend.

„Sind Sie die Schwester?"

„Äh, *no*. Ich bin ..."

„... *mia fidanzata!*",[27] fällt mir Marco ins Wort.

Die Frau sieht ihn einen Moment verwirrt an, kraust kurz die Stirn, zuckt dann die Achseln, zieht ihn mit sich fort und wirft mir zu: „Tut mir leid. Sie müssen hier warten!"

Wieder verschwindet Marco hinter einer Tür.

Ein schriller Schmerzensschrei dringt aus dem Saal dahinter.

Ich stehe da, wie bestellt und nicht abgeholt.

Unbeholfen sehe ich um mich.

Obwohl es draußen erst zu dämmern beginnt, herrscht bereits erhebliches Kommen und Gehen.

Ich trete zur Seite. Ein Pfleger schiebt eine Metallliege mit einem Patienten an mir vorüber in einen geschützten Bereich und zieht den Vorhang hinter diesem zu.

Der digitale Zeitanzeiger über meinem Kopf verrät die frühe Stunde. Sie fühlt sich nächtlicher an, als sie ist: Es ist beinahe sechs Uhr.

Vielleicht hat die *Caffetteria* des Krankenhauses schon geöffnet?

Sie hat.

---

[26] Schimpfwort; sinngemäß: zwei Eier
[27] wörtlich: Verlobte; wird heute jedoch für eine feste Freundin verwendet

Eine Schlange anderer übermüdeter Krankenhausangestellter und Besucher - vermutlich wie ich als nicht familienzugehörig verbannt – steht an der Kasse an. Einer nach dem anderen versucht zu bestellen und zu bezahlen. Währenddessen langweilen sich drei Serviermädchen hinter der Theke, weil irgendeine Bankkarte nicht funktioniert, der Kunde kein Bargeld hat und niemand vorrücken kann.

Kurz entschlossen versuche ich direkt bei einer der gelangweilten Kellnerinnen mit einer Bestellung für einen *Cappuccino* und ein Hörnchen, den vorgegebenen Ablauf pragmatisch umzukehren.

„Sie müssen zuerst bezahlen!", weisen sie mich sofort dreistimmig in perfektem Einklang an, als hätten sie es einstudiert. Unter dem Druck dieser Überzahl geselle ich mich wieder an das Ende der Schlange, die sich inzwischen um ein weiteres Glied verlängert hat.

Es dauert geschlagene zwanzig Minuten, bis ich endlich in mein *brioche* beißen kann, das zu allem Überfluss auch noch dick mit Schokolade befüllt, überzuckert und aus Weißmehl hergestellt ist. Das letzte, einfache Vollkornhörnchen schnappte sich die Dame vor mir, die während meines Versuches, das System zu umgehen, meinen Platz eingenommen hatte.

Ich seufze.

So habe ich mir meinen Geburtstagmorgen nicht vorgestellt!

Zwar habe ich in den letzten Monaten immer die Grundbefürchtung gehegt, dass die Situation mit meinem Traummann als werdender Vater alles andere als einfach werden würde, aber dass das Kind ausgerechnet an diesem Tag zur Welt kommen sollte, das habe ich mir selbst in meinen apokalyptischsten Vorstellungen nicht träumen lassen!

Das fängt ja gut an: Kaum eine rauschende Liebesnacht und schon wird mir der Mann wieder entrissen! Ich seufze noch heftiger und löffle nachdenklich den Milchschaum meines Kaffees.

Freilich bin ich bereit, alles zu tun, um Marco in seiner delikaten Rolle in dieser merkwürdigen Konstellation zu unterstützen. Alles andere wäre schlichtweg dumm von mir und würde unsere Beziehung von Beginn an unmöglich machen. Schließlich hat er sich vor seiner Abreise vor drei Monaten deutlich zu mir bekannt.

Aber er hat auch die Verantwortung für das erwartete Baby übernommen. Deshalb habe ich ihn auch mit meiner Vespa ins Krankenhaus begleitet, als er mir in Panik eröffnete, dass das *bambino* unterwegs sei. Da seine ehemalige Freundin sonst niemand in der Stadt kennt und auch keine Familie mehr hat, wollte er seinem Kind als Vater zumindest beistehen, damit es nicht völlig alleine auf diese Welt kommt.

Die Frage, was ich hier nun allerdings soll, wird mir mit diesem Gedanken erst richtig bewusst. Ich verdränge das scheußliche Gefühl, überflüssig zu sein.

Es wird das Beste sein, wenn ich nach Hause fahre.

In einem Zug kippe ich den Rest des Kaffees hinunter und stelle Tasse und Teller zurück auf den Tresen der Bar.

„So früh schon auf den Beinen?", begrüßt mich eine Stimme hinter mir und nimmt über meinen Kopf hinweg ein in Papier gewickeltes Hörnchen entgegen.

Max, mein blonder Freund, Nachbar, Arzt und Landsmann lacht mich unerträglich gut gelaunt an.

„Es ist so weit", antworte ich nur.

Mein Gegenüber nickt verständnisvoll: „Ah, das Kind."

Er nimmt noch eine Espressotasse entgegen und geht damit an einen Stehtisch.

Ich folge ihm.

Drei Monate lang habe ich meine Freunde mit dem Thema genervt. Immer wieder haben wir sämtliche Wenn-und-Aber in dieser herausfordernden Situation beleuchtet. Wirklich geholfen hat es mir wenig. Außer ständige Anregungen zur Selbstreflexion und Ermahnungen zu Geduld, haben mir diese Gespräche wenig Erleichterung gebracht.

„Und du? Wieso bist du hier?", frage ich deshalb, um davon abzulenken.

„Ich habe in einer Stunde auch eine Entbindung", meint Max und kippt seinen Espresso hinunter.

„Du bist doch gar kein Frauenarzt?"

„Eine Patientin von mir will mich unbedingt als Vertrauensarzt dabeihaben", erklärt er und packt sein Hörnchen raschelnd aus der Tüte. Er wirft einen Blick auf die Papiertüte und zerknüllt sie dann: „Wieso packen sie bloß ein Hörnchen für den kurzen Weg von der Theke zu diesem Tischchen in eine Tüte? Verschwendung."

Er zielt auf den Abfalleimer an der Wand und wirft den Papierball wie den alles entscheidenden Korb in einem Basketballspiel direkt hinein.

„Und das weißt du jetzt schon? Die Geburt kann man so genau planen?", wundere ich mich, seine sportliche Leistung mit einem Nicken anerkennend.

„Einen Kaiserschnitt schon", erklärt er. „Dafür entscheiden sich heute viele Frauen, weil sie sich und ihrem Kind das Geburtstrauma ersparen wollen. Die Meinungen darüber sind geteilt: Manche sagen, die natürliche Geburt mache Kinder resistenter."

Er unterbricht seine Erläuterung. Vermutlich deshalb, weil ihn mein Gesichtsausdruck daran erinnert, dass dies für mich in dieser Lage alles andere als einfach zu verdauende Kost ist.

„Fahr nach Hause, Lisa. Du kannst hier jetzt sowieso nichts dazu beitragen. Wenn das eine natürliche Geburt ist, kann es noch Stunden dauern."

„Genau das werde ich auch tun!", bekräftige ich meine Absicht und verabschiede mich von meinem Freund.

Doch meine entschlossene Haltung scheitert am Widerwillen meiner Vespa. Sie weigert sich, überhaupt noch ein Lebenszeichen von sich zu geben.

Nach mehreren vergeblichen Versuchen, den Motor selbst durch Anschieben zu starten, rufe ich den Händler an, der mir das Fahrzeug verkauft hat. Ich erreiche nur die Werkstatt, die früher mit der Arbeit beginnt, als die Verkäufer. Der Mann verspricht in zehn Minuten mit einem Schlepper an Ort und Stelle zu sein.

Fünfzig Minuten später biegt tatsächlich ein blinkender Abschleppwagen um die Ecke und versperrt die Einfahrt zur Notaufnahme. Der Mechaniker wischt meinen Hinweis auf diese Tatsache mit einem „*solo due minuti*"[28] beiseite und macht sich daran, die Ladefläche seines kleinen Lasters herunterzufahren.

Natürlich biegt eine Minute später, wie nicht bestellt, ein Ambulanzfahrzeug um die Ecke. Als die beiden Sanitäter uns entdecken, schalten sie sofort das Martinshorn ein und fuchteln wilde Verwünschungen aus dem jeweiligen heruntergekurbelten Fenster.

„Nun machen Sie doch um Himmels Willen die Einfahrt frei!", bettle ich den Mann, der in Seelenruhe seinen Ladevorgang fortsetzt.

„Die kommen schon noch rechtzeitig zu ihrem Kaffee!", meint er lässig und zieht einen Gurt fest. „Die haben keinen Notfall. Die wollen frühstücken."

„Aber das können Sie doch gar nicht wissen!", brülle ich genervt gegen das ohrenbetäubende Gejaule der Sirene an und werfe einen besorgten Blick auf das blinkende Fahrzeug.

Die beiden Krankenpfleger machen keine Anstalten auszusteigen, drohen aber dafür umso heftiger mit Anzeige und Polizei.

„Die wären doch mit Alarm angefahren, wenn sie jemanden geladen hätten, der so dringend behandelt werden muss, dass man keine zwei Minuten warten kann", erklärt mir der Mann und stellt dabei zu allem Überfluss auch noch seine Handlungen ein, um mich vielsagend anzusehen.

Dann geht er zu dem Ambulanzfahrzeug und reicht dem Fahrer einen Fünfeuroschein.

„Hier, für einen Kaffee", sagt er und klopft dem jungen Mann auf die Schulter. „Schon fertig!"

Der nimmt den Schein tatsächlich entgegen, stellt die Sirene ab, lenkt das Fahrzeug in aller Ruhe um den Abschleppwagen herum und wirft uns

---

[28] nur ein paar Minuten

ein „das nächste Mal nicht mehr die Einfahrt versperren! Das kann Leben kosten!" zu.

„*Certo, certo!*",[29] versichert der Mechaniker in so untergebenem Ton, dass es die beiden Jüngeren stillschweigend dabei belassen.

Schon wieder stehe ich verdattert da.

„Soll ich Sie mitnehmen?", fragt mich der Mann im Blaumann.

Ich schüttle den Kopf: „Danke. Ich laufe. Ich brauche frische Luft! Rufen Sie mich bitte an, wenn Sie wissen, was mit der Vespa los ist."

Als ich eine Stunde später, ein wenig gefasster von meinem Spaziergang, das große Holztor zum Eingang unseres Hauses aufschließe, kommt meine Freundin Vittoria über die kleine *piazza* gelaufen. Sie winkt mir schon von weitem zu.

Den Schlüssel im Schloss, drehe ich mich nochmals um. An diesem Morgen scheinen alle ungewöhnlich zeitig unterwegs zu sein.

Vittoria hechelt heran und grüßt mich mit drei Luftküsschen links, rechts, links[30].

„Kommst du mit rauf auf einen Kaffee? Ich habe auch Blaubeerkuchen", lade ich sie ein und schließe das Tor fertig auf. Ich trete ein und signalisiere ihr, mir zu folgen.

„Nein", schüttelt sie den Kopf. „Ich muss gleich weiter zur Arbeit. Maurizio hat mir doch diesen Teilzeitjob in dem Immobilienbüro vermittelt. Ist stinklangweilig ...", sie verdeutlicht ihre Aussage mit einer Geste der linken Hand, die der Länge nach über ihren rechten Arm fährt, als wolle sie sich die Pulsader aufschneiden[31], dann richtet sie sich wieder auf. „... aber gut bezahlt. Dort muss man pünktlich sein!"

Sie tritt trotzdem durch das Tor und folgt mir ins Treppenhaus.

„Ich habe dich gesehen und wollte dir nur schnell zum Geburtstag gratulieren: *Auguri*[32]! Außerdem muss ich dir etwas Wichtiges sagen: Ich ....". Sie hält in ihrer Rede inne und rümpft mit verzogenem Gesicht die Nase. „*Ma, che puzzo!*"[33]

In der Tat hat sich der Gestank im Treppenhaus mittlerweile bis nach unten ausgebreitet und scheint sogar noch intensiver zu sein als am Vortag.

„Ich muss unbedingt mit der Verwalterin sprechen", stimme ich zu. „Das ist wirklich nicht mehr auszuhalten."

---

[29] Bestimmt!
[30] Das unter Freunden übliche Begrüßungs- und Verabschiedungsprocedere wird in Frankreich mit zwei Luftküsschen, in Italien unbedingt mit drei vollzogen
[31] stumme Geste der extremen Langeweile
[32] Glückwunsch; kann für alle Gelegenheiten verwendet werden
[33] Was für ein Gestank!

„Versuch es mal mit *bicarbonato e aceto*![34] Das ist ein Wunderputzmittel und vollkommen biologisch! Damit putze ich bei mir zu Hause alles. Und es kostet fast nichts! Du kannst dir die teure Chemie sparen!"

„Ich habe keine Ahnung, wo das herkommt!", weise ich den Verdacht, dass ich etwas mit dieser widerlichen Verpestung zu tun haben könnte, weit von mir.

Vittoria zieht mich wieder hinaus auf die *piazza* und atmet einmal tief durch.

Dann beendet sie ihren angefangenen Satz genau an der Stelle, wo sie ihn abgebrochen hat:

„... ich werde bei Maurizio einziehen! Wir werden also direkte Nachbarinnen, fast wie in einem richtigen *borgo*[35]! Ist das nicht wunderbar?! Dort drüben Max und Enzo, hier du und im Hinterhaus Norio. Und nun auch noch ich bei Maurizio dort drüben."

Sie strahlt mich an wie eine Schönheitskönigin, die endlich das ersehnte Diadem auf den Kopf gesetzt bekommt: „Und die Garage wird mein Atelier!"

„Das sind ja schöne Neuigkeiten!", freue auch ich mich, ergreife beide ihrer Hände und drücke sie. „Wenn wir in unserem Freundeskreis so weiter machen, werden wir noch die gesamte *Piazza San Martino* in Beschlag nehmen!"

Sie lacht herzlich.

„Sehen wir uns auf ein Glas heute Abend? Zum Anstoßen auf Dein Wohl? Vielleicht in unserem Stammlokal hier drüben?"

Sie winkt mit dem Kopf hinüber zu dem Restaurant auf der gegenüberliegenden Seite des kleinen Platzes.

„Ich glaube nicht", schüttle ich bedauernd den Kopf. „Heute Nacht war es so weit."

„Ah! *Il bambino. Capisco,*"[36] nickt auch Vittoria so verständnisvoll wie zuvor Max. „Gleich in der ersten Nacht nach Marcos Rückkehr? Naja. Da kann man nichts machen. Was ist es denn?"

Als hätte mein Handy die Frage an meiner Stelle aufgenommen, meldet es sich just in diesem Moment mit einer Textnachricht.

Ich werfe einen Blick auf das Display.

„Ein Junge ... es ist ein Junge."

Ich blicke mit derart gemischtem Gefühl auf, dass meine Freundin mich tröstend in den Arm nimmt.

---

[34] Bikarbonat und Essig
[35] Ansammlung mehrerer, aneinandergefügter Häuser und Wohnungen, die eine Art unverbindliche Wohngemeinschaft bilden.
[36] Ich verstehe

„Dai! Su! Andra tutto bene![37] Das ist heute nicht mehr so wie früher! Du wirst sehen, dass sich das einspielt. Marco hat seine Entscheidung gefällt. Und irgendwann wird diese Situation für alle ganz normal sein."

„Ich kann es nur hoffen", klage ich.

Sie wirft einen prüfenden Blick auf ihre Armbanduhr und verabschiedet sich hektisch mit einem flüchtig angedeuteten Dreifachküsschen.

„Dieser blöde Job!", mault sie. „Meine neue Chefin ist so penetrant auf Pünktlichkeit bedacht. Ekelhaft. Man könnte meinen, sie sei Deutsche!"

Sie lacht mich mit einem Augenzwinkern an, wirft ihre Handtasche über die Schulter und eilt mit einem Winken davon. Nach wenigen Schritten kommt sie jedoch noch einmal zurück und drückt mir einen Flyer in die Hand.

„Ach ja, das wollte ich dir auch noch geben! Das ist eine Versammlung der *Cinque Stelle*[38]. Du solltest auch kommen! Es betrifft uns alle hier in Bologna. Wir müssen uns für unsere Stadt engagieren. Ruf mich an!"

Und damit hechtet sie schon um die Ecke und ist verschwunden.

Als ich die Stufen zu meiner Wohnung mit angehaltenem Atem emporklimme, empfängt mich ein leises, metallenes rhythmisches Schlagen aus meiner Wohnung.

Aus Mangel an Sauerstoff und wegen der für mich unerklärlichen Geräusche aus meinen vier Wänden, beeile ich mich, so schnell wie möglich die Tür zu öffnen und hinter mir sofort wieder zu schließen.

Massimiliano sitzt mit dem Rücken zu mir an einem Tischchen am Fenster und hämmert mit den Pfoten auf eine alte mechanische Schreibmaschine ein.

Zu seinen Füßen liegt Norios Hund Poppäa, die bei meinem Eintreten nur kurz den Kopf hebt, mich mit einem leisen „wuff" begrüßt und dann wieder desinteressiert ihre ursprüngliche Position mit der Schnauze auf dem Boden einnimmt.

Neben der Schreibmaschine steht eine Flasche, ein Kuchenteller mit einem Haufen an Bröseln und ein volles Glas Absinth[39]. Eine Zigarre qualmt in einem Aschenbecher vor sich hin, mehrere Bücher liegen aufeinandergestapelt um die Maschine herum drapiert und auf dem Boden verteilen sich

---

[37] Kopf hoch! Es wird alles gut werden!
[38] Neue politische Protestbewegung in Italien, die seit 2010 an Wahlen als Partei teilnimmt; 2016 wurde erstmals die Position des Bürgermeisters in Rom von der Partei besetzt. 2018 stellt die Bewegung erstmals einen Teil der Regierung.
[39] Absinth fand große Popularität bei berühmten Schriftstellern und Künstlern wie Charles Baudelaire, Paul Gauguin, Vincent van Gogh, Ernest Hemingway, Edgar Allan Poe, Arthur Rimbaud, Aleister Crowley, Henri de Toulouse-Lautrec und Oscar Wilde.

unzählige zerknüllte weiße Papierbälle. Es sieht aus wie nach einer wilden Schneeballschlacht.

„Was ist denn hier los?!", entfährt es mir, bevor ich die Tür hinter mir ins Schloss geschubst habe.

Der Kater tippt weiter heftig vor sich hin und antwortet, ohne aufzusehen.

„Norio hat Poppäa im Garten angebunden gelassen, weil er zu einem Arzttermin muss. Deine Diagnose der Übermüdung hat ihn wohl nicht ausreichend überzeugt. Er hat dir eine Nachricht unter der Tür durchgeschoben, sie zu holen."

Im Vorbeilaufen hänge ich meinen Helm an den Kleiderständer.

„Ich habe dir doch gesagt, du sollst ihm keine Notizen mehr schreiben!", rüge ich ihn aufgebracht. Das kann ich nun nicht auch noch brauchen!

„Wieso musst du mir eigentlich immer alles so schwer machen!? Heute ist mein Geburtstag und ich habe mich so auf diesen Tag mit Marco gefreut! Alles läuft sowieso schon aus dem Ruder. Kannst du es nicht einmal lassen, irgendein Schlupfloch in unserer Vereinbarung zu finden und es schamlos auszunutzen!?"

Ich lasse mich auf mein Sofa plumpsen.

Massimiliano stellt das Tippen ein, jedoch ohne sich zunächst umzudrehen. Er schaut steif und mit den Pfoten unbeweglich auf der Tastatur zum Fenster hinaus. Dann schwingt er auf dem Drehhocker, den ich noch nie zuvor in meiner Wohnung gesehen habe, herum und stoppt genau in Blickrichtung zu mir.

Mit einem bedeutungsvollen Atemzug nimmt er eine eckige, dickwandige Hornbrille von seiner Nase. Die habe ich ebenfalls noch nie an ihm gesehen.

Dann klemmt er lässig einen Bügel der Brille in den Mund und sieht mich erwägend an.

„Man sollte den Tag nicht vor dem Abend beanstanden", meint er dann gediegen. „Dein Geburtstag ist erst ein paar Stunden alt. Da kann noch viel kommen!"

„Es reicht mir völlig, was bisher passiert ist", meine ich resigniert. „Und es wäre schön gewesen, wenn du nicht, wie üblich, auch noch eins draufgesetzt hättest."

„Ich habe weder etwas drauf-, noch sonst irgendwohin gesetzt!", antwortet mein Hausgeist pikiert.

Er legt die Brille demonstrativ auf einem der Bücherstapel ab. „Im Gegenteil: Ich habe letzte Nacht das Feld für dich und deinen Liebhaber geräumt, den Hund heraufgeholt, habe mich nun hierher zurückgezogen und bin einsam meiner Tätigkeit nachgegangen. Mein Fell sollte sich weiß färben aus Empörung über diese ungerechtfertigte Anschuldigung!"

„Du hast also tatsächlich keine Notizen mehr hinterlassen?", zweifle ich noch immer.

„Nicht einmal mehr mit Telepathie habe ich es versucht", versichert der Kater mit gekränkter Miene. „Obwohl er meine Unterstützung dringend brauchen könnte! Er ist in einer Krise, einer Schreibblockade. Das ist deutlich zu erkennen! Als Künstlergefährte sehe ich das. Vielleicht konsultiert er deswegen einen Arzt?"

„Wieso Künstlergefährte? Was tust du da eigentlich?", forsche ich, abgelenkt durch diesen Hinweis.

„Ich schreibe."

„Das ist nicht zu übersehen", bemerke ich mit Zeichen auf den überquellenden Papierkorb und die, um den Schreibtisch verteilten, zerknüllten Bögen. „Was schreibst du denn?"

„Ein Buch."

„Ein Buch?"

Er erhebt sich von seinem Platz, kickt einen Papierschneeball aus dem Weg und ergreift wieder die Hornbrille, ohne sie jedoch aufzusetzen. Dann schreitet er vor mir auf und ab, als müsse er nun das Konzept eines Achthundertseitenromans vor mir ausbreiten.

„Nachdem es nicht mehr erlaubt ist, meine Gedanken an anderer Stelle hilfreich einzubringen, habe ich mich entschlossen, eben selbst ans Werk zu gehen. Es wird ein epochales Stück werden!"

Er bleibt stehen und wirft mir mit gewichtigem Lächeln eine Abschlussbemerkung zu: „Es erstaunt mich selbst, dass ich darauf nicht schon eher gekommen bin!"

„Willst du Norio San Konkurrenz machen?"

„Ha!", ruft der Kater mit abschätzigem Wink der Pfote, geht zurück an seinen Platz und setzt die Brille wieder energisch auf. „Was ich schreibe, wird konkurrenzlos sein! So etwas wird die Welt noch nicht gelesen haben!"

„Soso", sage ich schlicht.

Ich gehe an die Küchenzeile, um mir einen zweiten Kaffee aufzusetzen. Der fehlende Schlaf einer ganzen Nacht macht sich bemerkbar und ein Stück Kuchen soll zumindest meinen Festtag andeuten und mich damit etwas trösten.

„Möchtest du auch einen Kaffee? Der Genuss von Absinth ist ja umstritten", bemerke ich mit einem Fingerzeig auf das Glas neben der Schreibmaschine. „Es soll den Geist erst aktivieren und dann völlig zerstören, habe ich gehört."

Mein Blick fällt auf die *Crostata* auf dem Küchentisch. Sie ist völlig zerfleddert und sieht aus wie ein Schweizer Käse, so viele Löcher weist sie auf.

„Hast du alle Blaubeeren aus der Torte gepult?!", erzürne ich mich. Ich funkle ihn böse an.

Er dreht sich langsam herum, schiebt den Kuchenteller mit den Bröseln wie beiläufig unter ein Blatt Papier und antwortet gedehnt: „Vielleicht haben wir wieder eine Ratte im Haus? Oder Mäuse? Du weißt ja, wie diese gefräßigen Biester sind! Man kann sich nie sicher sein ... aber *ich* habe sie diesmal nicht eingeschleppt! Ich habe hier gearbeitet. So vertieft, dass ich vielleicht nicht bemerkt habe, wie ..."

„Leugne nicht!", falle ich ihm ins Wort. „Nur weil du keine Blaubeeren magst, zerstörst du meinen gesamten Kuchen?!"

„Ich verbitte mir diese erneute Unterstellung!", empört er sich nun mit großer Gestik und springt von seinem Hocker. „Ich liebe Blaubeeren!"

„Schau dir das an", schimpfe ich weiter. „Das kann man niemandem mehr anbieten!"

Er tritt näher, schiebt eine Brille wie zum besseren Einsatz korrekt auf seiner Nase in Position und beugt sich wie ein Gerichtsmediziner analysierend über den Tortenkadaver.

„Vielleicht sind Tauben durch das Fenster hereingeflogen?" Er richtet sich auf und sieht mich mit bemüht weisem Gesichtsausdruck an. „Du kennst das Problem der italienischen Städte mit diesen Ratten der Lüfte!?"

Wortlos halte ich ihm meinen kleinen Taschenspiegel vors Gesicht.

„Also gut", gesteht er schließlich angesichts der nicht zu leugnenden Tatsachen. Seine Zähne sind total blau. „Ich habe mich von meiner Arbeit so vereinnahmen lassen, dass ich ein wenig gedankenlos genascht habe."

„Ein wenig?!"

Ich lasse mich enttäuscht auf einen Stuhl sinken.

Der Kater tritt an meine Seite und stupst mich versöhnlich an: „Ich backe dir eine neue *Crostata* für deinen Geburtstag. Es tut mir leid. Mit mir ist einfach die Muse durchgegangen. Es war wohl eine etwas hungrige Muse?"

Ich seufze nur.

Im Grunde ist die Torte nur ein Symbol sämtlicher Ereignisse, die meine Vorfreude auf diesen Tag völlig verschlissen haben.

„Willst du gar nicht wissen, welche Art von Buch ich schreibe?"

„*Dimmelo*,"[40] murmle ich mit dem Mut des Fatalisten.

„Es wird ein Kochbuch!"

---

[40] Sag es mir!

Er geht an die Küchenzeile und befüllt an meiner Statt die kleine Espressokanne:

„Ein Kochbuch der ganz besonderen Art: Es wird die besten Rezepte aus zweittausend Jahren Geschichte beinhalten, all die Erfahrung, die ich als Meisterkoch in meinem Leben gesammelt habe! Es wird Geheimnisse alter Küchenkunst preisgeben, die heute niemand je auch nur ahnt!"

Er stellt das Gefäß auf die Gasflamme und sieht mich gespannt an.

Ich zucke die Schultern: „Zumindest richtest du so lange keinen Schaden an!"

„Pah!"

Der Kater dreht sich empört ab, geht zurück an den Schreibtisch und hämmert sofort wieder auf die Maschine ein, ohne mich eines weiteren Blickes zu würdigen.

Ich lehne mich mit verschränkten Armen mit dem Rücken gegen die Arbeitsplatte meiner Küchenmöbel und warte auf das sanfte Röcheln des Kaffees.

Mich für das Projekt des Katers tiefgreifend zu begeistern, dazu fehlt mir heute einfach Raum in meinem Inneren. Dort breitet sich seit den frühen Morgenstunden zunehmend ein ungutes Gefühl aus, das ich schwer deuten kann. Es kreist immer wieder nur um einen Gedanken: Marco ist jetzt also Vater eines Sohnes.

Hoffentlich wird er sich bald wieder bei mir melden und mich von dieser unerträglichen Ungewissheit der letzten Stunden befreien! Vielleicht fühle ich mich nur aus dieser ganzen Angelegenheit ausgeschlossen und erwarte sehnlichst seinen Bericht, damit ich wenigstens auf diese Weise irgendwie eingebunden bin?

Zumindest wird mein Hausgeist mir in dieser herausfordernden Lage nicht auch noch Ärger bereiten. Der wird erst mal mit seinem epochalen Werk beschäftigt sein und so lange er in meiner Wohnung tippt, kann er keinen anderen Unfug anstellen. Das ist immerhin beruhigend.

Dieser Irrglaube holt mich jedoch schneller ein, als meine Vespa in dieser Nacht durch Bologna gerauscht ist.

4. Einsichten

Mein Geburtstag endet, wie er begonnen hatte: Nachdem der Kater und ich alleine eine gute Flasche Wein geöffnet und das leckere Essen mit frischer *crostata* als Dessert genossen haben, das mein Hausgeist anlässlich meines Wiegenfestes auf einen wunderschön gedeckten Tisch gezaubert hat, lege ich mich mit diesem Trostpflaster im Herzen alleine schlafen. Da ich am nächsten Morgen sehr früh raus muss, kann ich nicht mehr auf Marco warten. Trotz allem Verständnis für seine Lage: Ich bin enttäuscht, dass er meinen Geburtstag vergessen hat.

Er schlüpft erst spät, als ich längst schlafe, zu mir ins Bett. Seinen sachten Kuss auf die Stirn nehme ich nur sehr entfernt im Tiefschlaf wahr. Den Rest der Nacht schlummere ich in seinem Arm, als hätte der Tag dazwischen nicht stattgefunden.

Aber er hat.

Das Büro meiner neuen Arbeitsstelle liegt hinter der *Bologna fiera*[41] und ist damit von meiner Wohnung aus nicht mehr bequem zu Fuß erreichbar.

Wie mich die Vespa-Werkstatt informiert hat, werde ich nämlich genau das die kommenden zwei Wochen tun müssen: zu Fuß gehen.

Das benötigte Ersatzteil für die Reparatur liegt nicht auf Lager und muss bestellt werden. Mit einem langgezogenen *„ehhhhä"*, untermalt durch große, rollende Augen und leicht nach hinten gekipptem Kopf, hat mir der Händler unmissverständlich vermittelt, dass es sich hier um eine komplexe Angelegenheit handelt, die nicht ohne differenzierte Kenntnisse und einigem Aufwand geregelt werden kann. Es war der typische Laut, der in Italien nur Eines bedeutet: Es wird dauern.

An diesem Montagmorgen laufe ich jedoch nicht, sondern entscheide mich für den Bus. Die Reue folgt auf dem Fuß.

Die Fahrt raubt mir nicht nur eine geschlagene halbe Stunde kostbaren Schlafes, sondern auch noch die viel wertvolleren Nerven. Aufgrund einer Messe sind die Omnibusse meiner Linie völlig überlastet. Ich verbringe die Fahrt ins Büro unter der Achsel eines Mannes, der offensichtlich schon länger keine Dusche mehr von innen gesehen hat.

Mit angehaltenem Atem überlege ich, welche Alternative mich die nächsten Tage, bis zur hoffentlich baldigen Genesung meiner Vespa, ohne diese Tortur an meinen Schreibtisch bringen könnte.

Erst vor kurzem habe ich das verlockende Angebot meines deutschen Arbeitgebers mit sehr ambivalenten Gefühlen angenommen: die Geschäftsleitung für den Aufbau einer neuen Produktsparte mit Sitz in Bologna.

Einerseits saniert das bestechende Gehalt mein leergefegtes Konto, und der schicke Firmenwagen, der bisher ungenutzt in der Büro-Tiefgarage vor sich hin glänzt, weil vor meiner Wohnung kein Parkplatz ist, ist auch nicht zu verachten. Andererseits habe ich jedoch gar keine Lust auf Machtkämpfe mit meinem ehemaligen Vorgesetzten, der mich nun als eindringende Rivalin in sein Jagdrevier betrachtet.

Meine Entscheidung war eine gut vergütete Flucht nach vorne, denn weiter unter der Fuchtel des Tyrannen zu arbeiten, war keine wirkliche Option gewesen.

Endlich der olfaktorischen Belastungsprüfung entronnen und am Ziel der Fahrt angekommen, klingelt mir bereits auf dem Gang ungeduldig das Telefon entgegen.

Ich werfe meine Jacke über den Stuhl, stelle eilig den Plastikbecher Cappuccino aus dem Automaten riskant knapp neben der Tastatur meines Computers ab und hechte an den Hörer.

---

[41] Bologna Messe

„Come va la nuova 'amministratrice delegata'?"[42]

Es ist Marcos Vater, der Besitzer der Marino Mozzarella Werke in Neapel.

Während der vergangenen drei Monate, die sein Sohn im Auslandseinsatz verbracht hat, hatte ich von seiner Familie nichts mehr gehört. Die Abwicklung der zuvor von ihnen drei bestellten Maschinen obliegt seit meinem Wechsel meinem ehemaligen Chef. Somit hatte es nicht einmal mehr geschäftliche Berührungspunkte gegeben.

Der familiäre Ton, den er nun anschlägt, wirkt deshalb sehr unpassend auf mich.

„Seit wann bist du nun in Amt und Würden?", will er weiter wissen, als hätten wir uns erst gestern über den letzten Familientratsch ausgetauscht.

„Zehn Tage."

„Infatti[43], das ist ja noch ganz frisch. *Bene. Bene. Congratulazioni[44]*, allora."

„Grazie."

Mit dem ersten Schluck aus dem Becher, verziehe ich den Mund. Die schwarze Brühe schmeckt scheußlich. Ich nehme mir sofort vor, diesen Automaten, der an Chemiesäure grenzende Getränke produziert, als eine meiner ersten Amtshandlungen durch eine umweltfreundlichere und appetitlichere Variante zu ersetzen.

Noch während ich auf weitere Kommentare meines Anrufers warte, tippe ich eine Mail an meine Assistentin sich der Sache anzunehmen.

„Sag Marco bitte, er soll seine Mutter anrufen! Nun ist er schon seit über einem ganzen Tag zurück in Italien und hat sich noch nicht gemeldet. Sie hat sich solche Sorgen gemacht all diese Zeit! Er ist doch bei dir?"

„Jaaa ...", bestätige ich zögerlich.

Nicht nur, weil es mich stört, diesen Auftrag zu erhalten, sondern vielmehr, weil ich ahne, dass Marco seiner Familie noch immer nichts von seiner Vaterschaft erzählt hat. Würde der frisch gebackene Opa sonst nicht nach dem Enkel fragen?

„Ruft ihn doch einfach an", schlage ich vor. Ich höre mich an wie die alte Sprechblasen-Werbung der Deutschen Bundespost von einst.

„Si, si, das ist aber nicht der Grund, warum ich dich sprechen will", fährt er fort. „Sag ihm einfach, er soll sich bei seiner Mutter melden! Ich wollte dir eigentlich etwas anderes sagen: Dein früherer *Capo[45]*, den musst du ein wenig im Auge behalten!"

---

[42] Wie geht es der neuen Geschäftsführerin? In Anführungszeichen, da nur die männliche Form grammatikalisch korrekt ist
[43] In der Tat
[44] Glückwunsch
[45] Chef

Zwei Gefühle wüten sofort in meiner Brust los: Heftige Beunruhigung über die Frage, was der Choleriker bereits gegen mich aussheckt? Und Ärger darüber, dass Marcos Vater mir den Ball so unverhohlen wieder zurückgespielt hat, dass nun doch ich wieder dafür verantwortlich bin, Marcos mütterlichen Kontakt herzustellen.

Aber ich antworte auf das berufliche Thema: „Ja, das weiß ich. Warum sagst du das?"

„Ich bin mir nicht sicher, ob er von unserer privaten Verbindung weiß? Ich denke nicht. Und das ist gut so", überlegt *Signore* Marino. „Es ist besser, wenn er von den Plänen der neuen Fabrik in Bologna erst noch nichts weiß. Ich traue ihm nicht."

Es geht also gar nicht um Attacken gegen mich, sondern vielmehr um seine Interessen des geplanten Großprojektes der Familie Marino!

Marcos Vater hatte mich vor drei Monaten in dieses Geheimnis eingeweiht. Da ich jedoch seitdem nichts mehr von ihnen gehört hatte, war ich davon ausgegangen, dass ich durch meinen Wechsel an den neuen Arbeitsplatz davon nun verschont bleibe. Mir ist noch immer nicht klar, womit Marcos Vater glaubt, dass ich ihm nützlich sein könnte. Zumal ich das nicht will: nützlich sein, im Sinne von italienisch politischer Verstrickung. Je weniger ich in diese geschmeidigen Verwicklungen hineingezogen werde, umso besser!

„Ich habe hier in meiner neuen Aufgabe damit nichts mehr zu tun", erkläre ich deshalb.

„Mehr, als du denkst, *carissima!* "[46]

Er macht eine Pause und lässt die Worte auf mich wirken. Dann fährt er fort:

„Dein früherer Vorgesetzter will den Vertrieb für das neue Maschinenspektrum unter seiner Fuchtel haben. Da erzähle ich dir bestimmt nichts Neues. Aber was du vielleicht nicht weißt, ist, dass es auch im Vorstand in Deutschland gewichtige Personen gibt, die das befürworten würden. Du musst also achtsam sein!"

„Was?", stottere ich beinahe ton-, da völlig fassungslos. Nachdem das Pochen meines Herzens einmal ausgesetzt hat, schlägt es nun heftig um sich.

Als mir diese Position angeboten wurde, war von einer einstimmigen Entscheidung des Vorstands die Rede gewesen! Was hat das zu bedeuten?

„Du weißt ja, wie das in der Geschäftsleitung eines großen Unternehmens ist: Politik", fährt er fort.

Jedes seiner Worte macht mich zunehmend nervöser.

---

[46] Allerliebste

„Da gibt es Machtkämpfe. Das gehört zum Geschäft. Da darf man nicht naiv sein. Nach Außen wird viel mit Glanz dargestellt, dahinter sieht es anders aus. Aber das weißt du ja! Du arbeitest im Verkauf. Wir müssen nur die Augen offenhalten und klug agieren."

„Woher hast du diese Information?", will ich nun direkt wissen und schiebe die Kaffeeimitation von mir. Mein Herzklopfen könnte auch von dieser aggressiven Brühe kommen? Wäre kein Wunder.

Vermutlich aber sind es eher meine Gedanken, die mich so aufwühlen. Bereits vor drei Monaten hatten mein Anrufer und Marcos Zwillingsbruder Enrico mir angekündigt, dass man mir dieses Jobangebot machen würde, bevor ich selbst überhaupt je daran gedacht hatte. Im Gegenteil: Ich hatte es für so utopisch gehalten, dass ich gar nicht nachgefragt hatte, woher sie diese Behauptung nahmen. Aber dann ist genau das eingetreten! Und nun scheint Marcos Vater über meine eigene Situation schon wieder umfassender informiert als ich selbst!

„Ich kenne die Gründerfamilie, die Hauptaktionäre", erklärt er, als wäre es das Normalste der Welt. „Der Sohn der Familie, heute Vorstandsvorsitzender, hat damals hier in Italien zwei Semester studiert. Er war in meinem Kurs und wir haben uns angefreundet."

„Du bist ein Freund des Herrn ..."

Ich richte mich vor der Nennung des Namens unbewusst mit Achtung in meinem Stuhl auf und er fällt mir ins Wort, bevor ich ihn aussprechen kann.

„... *si si*, wir sind gute Freunde, schon sehr lange."

Das erklärt allerdings Einiges!

Ich lasse mich zurück in die Lehne meines Sessels sinken. Ich fühle mich wie eine Schachfigur auf dem Brett unsichtbarer Spieler und weiß dabei nicht einmal, welche Figur ich darstelle. Bin ich ein Bauer? Ein Läufer? Wohl kaum die Königin. Die ist eindeutig das Business. Oder die Macht?

Worauf habe ich mich da eingelassen?!

„Steckst du dahinter, dass man mir diese Stelle angeboten hat?", schieße ich diesem Gedanken gemäß hervor. Das wäre zwar typisch italienisch, aber sehr kränkend für mein deutsches Selbstbewusstsein.

Er lacht kurz auf: „Zu viel der Ehre! Nein. So weit geht das nicht. Das hast du schon deinem Können zu verdanken. Und vielleicht dem Glück, zur rechten Zeit am rechten Ort gewesen zu sein. Das gehört auch dazu."

Als ich darauf nichts antworte, sagt er: „Ich gebe zu, dass es mir sehr entgegenkommt. Wenn sie das nicht von sich aus getan hätten, hätte ich es glatt anregen müssen! Besser konnte es für uns nicht laufen."

Er lacht über seine eigene Bemerkung.

Dann fährt er mit ernsterem Tonfall fort: „Ein Familienmitglied in wichtiger Position hier in Bologna bei dem Weltmarktführer sitzen zu haben, ist immer gut. Du kannst zu einer zentralen Figur in diesem Vorhaben werden!"

Die mir mit diesen Worten verpasste Rolle gefällt mir noch weniger, als es mein Gefühl bereits angekündigt hat. Und angesichts des frischen Stadiums meiner Beziehung mit seinem Sohn, empfinde ich die wiederholte Betonung der Familienbande als sehr belastend.

Seine Metapher passt aber wie die Faust aufs Auge zu meiner eigenen, zuvor gedachten des Schachspiels: meine passive Rolle in einem politischen Setting, dessen Aufstellung ich nicht einmal kenne.

Diesen Anruf verstehe ich als Warnung, dass die gegnerische Partei dabei ist, die Partie mit dem ersten Zug zu eröffnen. Und ich habe noch nicht einmal verstanden, wer welche Figur spielt.

Marcos Vater wechselt an dieser Stelle der Konversation kurzerhand zu privaten Themen, erzählt von der Büffelfarm unter der Leitung von Marcos Bruder und dem angegliederten Hotelbetrieb, den seine Schwester führt. Er beendet das Gespräch wieder einmal mit einem Seufzer darüber, dass sein anderer Sohn es - zu seinem großen Bedauern - vorzieht im Norden den *Carabiniere* zu spielen, was ein ständiger Schmerz im Herzen dessen Mutter sei.

Mit diesem Satz wieder am Ausgangspunkt des Gespräches angekommen, weckt er in mir den Impuls, es schnell zu beenden.

Auf meinen Hinweis, dass ich in eine Besprechung müsse, verabschiedet er sich mit einem „*stai attenta!*"[47]

Außer der Beauftragung einer anständigen Kaffeequelle bringe ich an diesem Tag nichts Produktives mehr zustande.

Zu sehr beschäftigen mich die Frage des Schachbretts und ein wachsendes Gefühl der Verärgerung über diese Umstände. Als ob die Herausforderungen meines Privatlebens nicht schon genug wären!

Am Abend trete ich entsprechend, in düstere Gedanken versunken, auf die vierspurige *Via Stalingrado* vor unserem Bürogebäude.

Ein Strauß roter Rosen fliegt mir vors Gesicht.

„Es sind sechsunddreißig!"

Das duftende Blütenmeer senkt sich und Marcos Lächeln erscheint darüber wie der aufgehende Mond am Horizont: „*Auguri!*"[48]

---

[47] Nimm dich in Acht!

[48] Alles Liebe, alles Gutes, ein Glückwunsch, der zu jeder Gelegenheit verwendet wird: Geburts-, Hochzeits-, Namenstag, Weihnachten, usw.

Er drückt mir die Blumen in die Arme, legt einen Arm um meine Schultern, zieht mich an sich und fegt mit einem innigen Kuss meine Sorgen ein Stück weit hinweg.

„*Buon compleanno!*[49] Es kommt verspätet, aber von Herzen!"

Ich vergrabe meine Nase in die samtigen Blütenblätter und atme den aphrodisierenden Duft ein. Abermals weichen meine trüben Gedanken ein weiteres Stückchen von mir.

„Die sind wunderschön."

„Wo parkt dein Auto?", will Marco wissen und sieht sich suchend um. „Ich habe eine Überraschung für dich!"

Kaum verweise ich auf die Tiefgarage, nimmt er mir den Schlüssel ab und zieht mich hinter sich her.

„Schließe die Augen!", befiehlt er geheimnisvoll.

Ich folge seinen Anweisungen in buchstäblich blindem Vertrauen.

Nach circa fünfzehn Minuten, in denen wir gefühlt sämtliche Kurven der Stadt genommen haben, geht es schließlich ebenso verschlungen bergauf. Die grünen Hügel Bolognas kenne ich wenig. Mit wachsender Neugierde warte ich auf den Moment, an dem ich die Augen wieder öffnen darf.

Der Wagen rollt schließlich langsamer und kommt zu stehen, der Motor verstummt und ich höre, wie Marco hinausspringt und um das Auto herum läuft. Die Wagentür auf meiner Seite öffnet sich und eine Hand ergreift meine, während die andere sich über meine Augen legt.

Er zieht mich sanft aus dem Sitz hinaus in die kühle, abendliche Frühlingsluft, dreht mich mit dem Rücken zu sich in Position und nimmt die Hand von meinem Blick.

Ein endloses Lichtermeer breitet sich vor mir aus. Ich weiß nicht, was mehr funkelt: die Sterne über uns oder die goldenen Lichtpunkte der alten Stadt zu unseren Füßen? Ich lasse den Blick mit einem „ohhh!" schweifen. Schließlich bleibt er an der orange beleuchteten Basilika *San Luca* auf einem Hügel zu unserer Linken hängen.

Marco schlingt von hinten seine Arme um mich, küsst mich in meinen Nacken und flüstert: „Verzeih die Verspätung!"

Eine Gänsehaut übermannt mich, wie immer, wenn er meinen empfindlichen Punkt im Nacken liebkost. Es ist, als ob dort ein unsichtbarer Knopf säße, der mich sofort schachmatt setzt.

„Das ist märchenhaft!", begeistere ich mich und drehe mich zu ihm um. „Ich danke dir für diese schöne Überraschung! Nun lebe ich schon ein Jahr in dieser Stadt und bin noch nie hier oben gewesen!"

Ich drücke ihm einen dicken Kuss auf.

---

[49] Alles gutes zum Geburtstag

Wieder lasse ich den Blick schweifen.

„Du kennst noch lange nicht alles hier! Ich übrigens auch noch nicht. Es gibt noch viel gemeinsam zu entdecken!"

Damit führt er mich an der Hand in Richtung eines Restaurants in unserem Rücken.

Bereits bei Betreten des Lokals wird klar, dass man dieses Panorama bezahlen wird. Der Kellner reicht mir an unserem reservierten Tisch sofort eine Karte. Ohne Preise. Restaurants dieser Klasse gehen selbstverständlich davon aus, dass die Dame von ihrem begleitenden Galant eingeladen ist und ohne Rücksicht auf Kosten wählen soll.

Ich wage kaum, eine Auswahl aus den Köstlichkeiten zu treffen. Schließlich entscheide ich mich für hausgemachte *fagottini pere e formaggio*[50] und einen Salat. Marco bestellt eine *tagliata di manzo con rucola e pomodori*[51].

Dann stoßen wir mit einem perlenden Glas *prosecco* aus dem berühmten Anbaugebiet *Friuli-Venezia Giulia* an. Ich weiß nicht, was prickelnder ist: Das sprudelnde Getränk in meinem Glas oder der erneute Kuss quer über den Tisch, der mich mit einem „*gin-gin*" wieder von den Füßen fegt.

„Ausgerechnet an deinem Geburtstag! Das hat der kleine Wicht treffend ausgesucht!", lacht Marco und stellt sein Glas ab.

„Ja, schon", lächle nun auch ich und nehme gleich noch einen großen Zug aus meinem Glas.

Der Kellner kommt sofort, um mir nachzugießen.

„Willst du ein Bild sehen?"

Bevor ich antworten kann, zieht Marco sein Handy hervor, wischt mit dem Finger über das Display und hält es mir vors Gesicht.

Ich nehme ihm das Telefon aus seiner Hand entgegen. Mit einem tiefen Atemzug des Mutes schaue ich auf das Bild.

Doch sobald meine Augen auf das kleine Wesen treffen, das Marco als stolzer Vater in seinen Arm hält, überflutet mich ein warmes Gefühl. Es überrascht mich dermaßen, dass ich eine ganze Weile unbeweglich auf das Foto starre.

So klein das menschliche Bündel noch ist, man erkennt deutlich Marcos Züge. Sogar auf diesem digitalen Bild. Und da kann mein liebendes Herz gar nicht anders, als sich ebenfalls in diese Miniaturausgabe meines Traummannes zu verlieben.

„Den kannst du nicht leugnen", sage ich schließlich aufblickend.

---

[50] Nudelsäckchen gefüllt mit Birne und Käse
[51] Nach Geschmack gebratenes Rinder Entrecote, aufgeschnitten mit Rauke und kleinen Tomaten, häufig serviert mit Parmesan

Auf Marcos Gesicht zeichnet sich ein Anflug von Entsetzen ab: „Aber das tue ich doch gar nicht!"

Ich tätschle seine Hand.

„Das ist nur so ein Ausdruck. Das sagt man bei mir zu Hause in Bayern so", beruhige ich ihn.

„Ach so", murmelt er.

Dann überrascht mich ein aufkeimender Gedanke noch mehr als diese Empfindungen: Ob unser beider Kind auch so hübsch aussehen würde? Dieser Gedanke versetzt mir einen Stich im Brustkorb.

Nun bin ich noch verwirrter. Denn Gedanken an eigene Kinder hatte ich angesichts des frühen und - vor allem - verzwickten Stadiums unserer Beziehung weit von mir geschoben. Nie wollte ich mich von meinen Hormonen steuern lassen. Der Wunsch nach einem Kind musste sich, nach meiner Vorstellung, bisher der Vernunft der Lebenssituation unterordnen. Das offensichtliche Eigenleben meiner Hormone bringt mich in diesem Moment ziemlich aus der Fassung.

„Er gleicht dir sehr!", bekräftige ich meine Aussage von zuvor nochmals deutlicher und starre wieder, mit meinen wirren Gefühlen beschäftigt, auf das Bildnis des Babys.

„Findest du?" Marco hebt erfreut die Stirn. „Bianca meint das auch."

Bei dem Namen der Mutter versetzt es mir einen noch heftigeren Hieb. Ihre Züge kann ich in dem Bild natürlich nicht entdecken, ich kenne sie ja nicht. Und selbst wenn ich es könnte, ich würde es gar nicht wollen!

„Da sind noch mehr!"

Er reicht über den Tisch und wischt dann ein Bild nach dem anderen vor meinen Augen über das Display, bis mir beinahe schwindelig wird.

„Er sieht gar nicht verdrückt aus, wie die meisten Neugeborenen", bemerke ich, um überhaupt etwas Unverfängliches zu sagen.

„Das ist so bei einem Kaiserschnitt", erklärt Marco und wischt fleißig weiter Bilder vor meinem Gesicht durch sein Smartphone. Er muss tausende aufgenommen haben. Es nimmt kein Ende.

Ich horche auf und sehe ihn prüfend an.

Sofort habe ich Max' Erklärungen zu diesem Thema in den Ohren: Die meisten Fälle dieser Geburtsversion sind heute von langer Hand geplant.

„Gab es denn Komplikationen?"

„Nein, wieso?"

Ein Gruß aus der Küche wird aufgetragen und unterbricht uns. Marco legt sein Handy beiseite und pickt sofort mit der Gabel die herzhafte Leckerei auf.

Ich folge seinem Beispiel mit sich aufbäumender, innerer Empörung. Je länger ich darüber nachdenke, umso mehr Gewissheit breitet sich in mir aus: Diese Bianca hat die Geburt auf die erste Nacht seiner Rückkehr geplant, um uns das Wiedersehen zu vermiesen? Sie kämpft also noch immer um ihn!?

Die kleine Speiseprobe verschwindet mit einer überladenen Gabel in meinem Mund, ohne dass ich darauf achte, was ich esse.

Alles spricht dafür! Und jetzt setzt sie sogar das Kind als Waffe gegen mich ein. Dieses Miststück!

Ich schlucke die Speise beinahe unzerkaut hinunter und spüle mit einem kräftigen Schluck aus meinem Glas nach. Sofort befüllt es der wachsame Kellner wieder.

Dann fängt mich meine Vernunft wieder ein: Vielleicht tue ich ihr Unrecht? Vielleicht bilde ich es mir nur ein, dass sie Marcos Entscheidung zu meinen Gunsten noch immer nicht akzeptiert? Nach der Achterbahnfahrt an Eindrücken der letzten achtundvierzig Stunden wäre es kein Wunder, wenn meine Urteilskraft gelitten hätte.

„Wieso hat es denn dann so lange gedauert?", forsche ich mit aufgesetztem Unschuldsblick nach.

„Hat es gar nicht", berichtigt mich Marco kauend und schiebt das leere Tellerchen von sich. „Nach drei Stunden war alles vorbei. Bianca hat mich gebeten, in die Wohnung zu fahren und ein paar Sachen ins Krankenhaus zu bringen. Und dann habe ich mich um die Formalitäten gekümmert."

Also doch!

Schließlich weiß jeder, dass man vor der Geburt eines Kindes eine fertig gepackte Tasche griffbereit hält! Und die Formalitäten hätte sie auch vorher erledigen können, zumindest weitestgehend. Mein gutherziger Marco geht ihr voll auf den Leim!

Ich kippe das dritte Glas Prosecco hinunter und hoffe, dass es mich ein wenig beruhigen wird. Die Neuigkeiten an diesem Tag reichen jetzt aber dicke! Bevor der Kellner wieder an unseren Tisch kommen kann, schenke ich mir selbst nach.

„Was hältst du von Nicolo?"

Ich blicke irritiert auf.

„Wir haben uns noch ewig über einen möglichen Namen unterhalten, aber wir konnten uns nicht einigen", fährt er in völliger Unschuld weiter mit Begeisterung fort. „Was meinst du? Nicolo oder Andrea? Bianca würde Luca oder Giovanni gefallen, aber beides habe ich abgelehnt. Mein Sohn wird auf keinen Fall so heißen! Andrea ist doch ganz hübsch, findest du nicht?"

„Das ist in Deutschland ein Mädchenname", sage ich trocken, denn ich kann mir bildlich vorstellen, wie sie ihn mit der Namensdiskussion im Krankenhaus festgenagelt und davon abgehalten hat, zu mir nach Hause zu meinem Geburtstag zu kommen. Freilich konnte sie dieses letzte Detail nicht wissen. Aber auch ohne diese Steigerung ist ihre Aktion schon niederträchtig genug!

„Ach ja?", meint Marco nachdenklich. „Interessant. Dann Nicolo. Auch Nico ist immer noch nett, oder?"

„Nico ist hübsch", stimme ich zu und bin erleichtert, dass in diesem Moment meine Pasta aufgetragen wird.

„Es ist mir wichtig, dass dir der Name auch gefällt", erklärt Marco und lässt den Kellner seinen Teller vor ihm platzieren.

Dieser fragt nach dem Wein zum Hauptgang. Er rümpft demonstrativ die Nase als ich ihm versichere, dass wir uns, trotz des Rindfleisches auf Marcos Teller, an den restlichen Prosecco halten werden.

Mit einem prüfenden Blick nimmt er die fast leere Flasche an sich und regt an, eine neue zu bringen.

Marco nickt ihm mit den Augen kurz zu und er verschwindet.

„Na dann: auf Nico!", proste ich Marco zu und versuche meine ausgewachsene Gefühlsverwirrung halbwegs unter Kontrolle zu wahren.

Ich experimentiere mit einem Scherz, aber es kommen zweideutige Worte aus meinem Mund: „Wenigstens wirst du es in Zukunft leicht haben: Zwei Geburtstage an einem Tag ist doch sehr effizient!"

Marco lacht zustimmend.

Ich kippe das vierte Glas Prosecco hinunter und stelle es unabsichtlich ein wenig schroff ab. Der Alkohol raubt mir die Sensorik.

Dieser Tag war erkenntnisreich für mich.

Selbst Marcos liebevolle Überraschung kann mich nicht mehr völlig von diesen unangenehmeren Einsichten ablenken: Attacken gegen mich von allen Seiten!

Aber wenn meine Umgebung Krieg will, dann sollen sie ihn haben!

5. Es stinkt zum Himmel

Der nächste Tag ist glücklicherweise ein Samstag.

Marco ist schon früh ins Krankenhaus gefahren, um seinen Sohn zu besuchen. Er will ihm die erste Flasche des Tages geben.

Nur mit Mühe konnte ich seinen Überredungskünsten, ihn zu begleiten, entkommen. Ich bin noch nicht so weit. Ich fühle mich der Situation noch nicht gewachsen, wenn auch aus anderen Gründen, als er vermutet.

Nun sitze ich am Küchentisch vor meiner ersten Tasse Kaffee und grüble ohne Fokus in eine vierte Dimension. Meine aktivierte Kampfbereitschaft des Vorabends unterliegt noch morgendlicher Anlaufschwäche.

Ich muss gründlich nachdenken, was ich jetzt in welcher Frage unternehmen kann?

Der Kater hämmert hinter einem Gebirge zerknüllter Papierbälle bereits auf der Schreibmaschine herum. Wieder zieht er das Blatt heraus, zerknittert es, wirf es achtlos hinter sich auf den Haufen wie ein russischer Trinker sein geleertes Glas und spannt ein neues Blatt ein.

„Willst du diesen Berg nicht endlich mal entsorgen?", richte ich das Wort an ihn. „Hier sieht es mittlerweile aus wie in einem Recyclinglager für Altpapier!"

In den wenigen Tagen, seit der Kater sein epochales Werk begonnen hat und Marco vorübergehend bei mir eingezogen ist, hat sich mein kleines Ein-Zimmer-Studio in eine Art Rohstofflager verwandelt. Massimiliano produziert Papierhaufen und mein *Carabiniere* schleppt mit jedem kleinen Einkauf mindestens drei Plastiktüten und Unmengen an Wasserflaschen aus demselben Material ins Haus. Der zweite Berg neben der Küchenzeile besteht aus diesem Werkstoff.

Mein Hausgeist tippt emsig weiter, während er mir über den Rücken ein „*dopo*"[52] zuwirft.

„Wir sind hier zurzeit zu dritt", ermahne ich ihn weiter. „Du kannst dich nicht so ausbreiten. Wenn das jeder von uns so macht, können wir uns bald nicht mehr umdrehen."

Mit einem sehr lästig klingenden Seufzer lässt er seine Pfoten von den Tasten sinken und schwingt auf dem Drehhocker herum.

„Wenn ein Künstler von der Muse geküsst wird, braucht er unbedingte Ruhe und darf auf keinen Fall gestört werden! Alle Partnerinnen weltberühmter Kunstjünger haben das verstanden, sonst wären deren große Werke wohl nie zustande gekommen. Klimts Geliebte Mizzi[53] oder Thomas Manns Gattin Katja[54] oder Sartres Gefährtin Simone[55] ... soll ich weiter aufzählen? Ein Autor braucht vorbehaltloses Verständnis, sonst ..."

---

[52] später
[53] Maria "Mizzi" Zimmermann genoss bei Gustav Klimt, 1862-1918, eine Sonderstellung. Sie war mehrere Jahre mit ihm liiert und schenkte ihm zwei Söhne.
[54] Katharina Hedwig „Katia" Mann 1883 – 1980, Ehefrau des deutschen Schriftstellers Thomas Mann, Mutter von Erika, Klaus, Golo, Monika, Elisabeth und Michael Mann.
[55] Jean-Paul Sartre, 1905 -1980, franz. Romancier, Dramatiker, Philosoph und Publizist. Er gilt als Vordenker und Hauptvertreter des Existentialismus. Seit seinem 25. Lebensjahr war er mit Simone de Beauvoir liiert

„Simone de Beauvoir[56] war selbst eine große Schriftstellerin", falle ich ihm ins Wort. „Ich glaube kaum, dass Sartre hinter ihr die Papierhaufen beseitigt hat ... oder anders herum."

Er kräuselt die Lippen und zieht sein Schnurrhaar nach oben.

„Die beiden haben sich gegenseitig alle Freiheit gelassen", postuliert mein Hausgeist und ergreift die Zigarre, die kalt und ekelhaft abgelutscht im Aschenbecher neben der Schreibmaschine liegt. Er schiebt sie sich in den Mund und mimt ein Paffen. „Vielleicht kein exemplarisches Beispiel ..."

„Ich lasse dir die Freiheit, den Müll heute zu entsorgen", stelle ich klar.

„Aha! Da haben wir's!"

Er springt von seinem Drehsitz auf die Beine, legt die Zigarre wieder ab, schiebt seine Hornbrille ins Fell und hüpft mit wenigen Sätzen an die Küchenzeile.

„Mein künstlerisches Schaffen wird gestört durch äußerst banale Diskussionen, in denen ich meine Kraft vergeuden muss. Und das hier ...", er zeigt mit der Pfote anklagend auf den nicht minder großen Berg an in die Ecke gestopften leeren Plastikflaschen und –tüten „... das hier wird geduldet!"

„Nein, das will ich auch abstellen", entgegne ich mit Inbrunst. „Ich hatte nur noch keine Zeit mit Marco in Ruhe darüber zu sprechen."

„Gut", nickt der Kater kurz angebunden und schreitet zurück in Richtung Schreibtisch.

Schon bin ich überrascht über sein schnelles Einlenken, als er hinzufügt: „Wenn Marco das wegräumt, werde auch ich das Ergebnis meiner schriftstellerischen Irrwege beseitigen."

Ich leere den Rest meiner Tasse und erhebe mich energisch: „Wir sind hier nicht auf einem Bazar! Das ist kein Thema mit Verhandlungsspielraum."

Vor meiner Wohnungstür ertönt ein kurzes Bellen. Dann klopft es.

Norio San tritt schneller als sonst ein und schlägt selbst die Tür hinter sich und dem Hund ins Schloss - ein Benehmen, das gar nicht seiner Art entspricht.

„Hier ist der Gestank ja noch schlimmer!", ruft er, bevor er überhaupt ein ‚Guten Morgen' hervorbringt.

Er hat recht.

Tatsächlich kriecht dieser Verwesungsgeruch mittlerweile sogar durch die Ritzen der Tür in meine Wohnung. Da ich aber fast immer das Fenster

---

[56] Simone de Beauvoir, 1908 – 1986, franz. Schriftstellerin, Philosophin, Feministin, politisch engagiert, Vertreterin des Existentialismus.

offenhalte, seit die ersten Frühlingstage ins Land gezogen sind, riecht man es innerhalb meiner Wohnung noch nicht allzu sehr.

„Ich dachte zunächst, dass irgendwo im Garten ein totes Tier liegt", erklärt mein Nachbar. „Aber ich habe alles abgesucht. Selbst Poppäa findet nichts. Was ist das nur?"

„Wir sollten die Verwalterin anrufen", stimme ich zu. „Über die Aufregungen der letzten Tage bin ich nicht dazu gekommen."

„Das habe ich schon erledigt. Sie wird sich dessen annehmen", informiert mich der Japaner. Dann erscheint ein verwunderter Ausdruck auf seinem Gesicht: „Schreibst du?"

Er zielt mit diesen Worten in Richtung des Schreibtisches, der wie für ein Stillleben mit dem Titel ‚Der Schriftstellerarbeitsplatz' vor meinem offenen Flügelfenster thront.

„Äh, nein", sage ich gedehnt.

Der Kater begibt sich mit hochgezogenen Augenbrauen zum Sofa und lässt sich dort nieder.

Dann ergänze ich meine Aussage, denn ich weiß einfach nicht, wie ich das Papiergebirge sonst erklären soll: „Marco muss einen Bericht schreiben."

Ich nicke heftig, um meine Lüge glaubwürdiger zu machen. „Du weißt ja, wie rückständig die Polizei ist. Immer noch die alte Schreibmaschine."

Ich lache mich aus der Verlegenheit.

Mein Hausgeist quittiert es mit Verachtung.

Norio San hingegen nimmt es ohne Hinterfragen hin.

„Ich wollte dich bitten, dich ein paar Tage um Poppäa zu kümmern", kommt dieser dann ohne weitere Umschweife zum Grund seines Besuches. „Ich muss für kurze Zeit nach Rom zu einem Treffen mit meinem Verleger. Da kann ich den Hund nicht mitnehmen. Ich weiß, dass es ein wenig beengt ist mit Marco hier bei dir. Aber du kannst sie in meiner Wohnung lassen. Meinst du, das klappt?"

Poppäa setzt sich auf die Hinterläufe und schaut ihn mit treuen Augen an, als verstünde sie jedes Wort. Er beugt sich zu ihr hinunter, tätschelt ihr auf den Kopf und tröstet sie mit japanischen Redefiguren, die ich nicht verstehe.

„Klar", nicke ich.

Da Norio San mir damals freundlicherweise aus der Verlegenheit geholfen hat, als Marco den Hund mit derselben Bitte für drei Monate zu mir brachte, fühle ich mich verpflichtet.

Poppäa lebt seitdem bei dem Japaner. Es war die perfekte Lösung angesichts der Herausforderung, die mein Hausgeist uns damit beschert hatte. Damals hatte Massimiliano Marco mit dem Argument weichgekocht, den streunenden Hund aus Pompeji aufzunehmen, weil sie seiner Hoffnung nach möglicherweise ein Wesen wie er sei: eine *penata*. Bisher hat sich das Tier allerdings als der ganz normale Straßenköter offenbart, für den ich sie von Beginn an gehalten habe.

„Wir machen das", versichere ich meinem Freund aus dem Hinterhof. „Wann reist du ab?"

Er wirft einen Blick auf meine Küchenuhr an der Wand: „In zwei Stunden geht mein Zug. Es tut mir leid, aber mein Verleger hat mich mit diesem Termin überrascht. Er war nicht geplant. Ich nehme an, sie fürchten, dass ich nicht rechtzeitig fertig werde mit meinem Manuskript."

„Dann lass Poppäa am besten gleich hier."

Der Hund drückt sich an sein Herrchen und gibt winselnde Laute von sich. Wieder überzeugt er sie mit Worten in seiner Muttersprache, klopft ihr aufmunternd das Fell, drückt mir die Hundeleine in die Hand und verabschiedet sich dann auch von mir.

An der Wohnungstür findet ein fliegender Wechsel statt: Mein fernöstlicher Freund tauscht Platz mit Marco, der soeben mit angehaltenem Atem die Treppen herauf stürmt und Norio San nur mit einem Wink der Hand kurz grüßt, bevor auch er die Tür hinter sich schnell zuschlägt.

„Das wird immer schlimmer!", keucht mein *Carabiniere* und wirft drei kaum gefüllte Plastiktüten mit ein paar Einkäufen auf den Tisch. *„Che puzzo bestiale!"*[57]

„Die Verwalterin weiß schon Bescheid. Wie war es?"

Marco geht an den Küchentresen, gießt sich Kaffee aus der großen Maschine, die noch heiß auf dem Herd steht und hält mir wieder sein Handy mit neuen Fotos hin.

„Nico ist ein richtig kleiner Schluckspecht", lacht er begeistert. „Schau, wie er trinkt! Bianca ist mit dem Namen übrigens einverstanden."

Ich blättere durch zu viele Bilder eines an der Flasche saugenden Babys, die für mich alle gleich aussehen.

Marco sieht mir dabei stolz über die Schulter, kommentiert jede Aufnahme und erklärt dabei den Vorgang der abzupumpenden Muttermilch. Ich kann die Liebe für seinen Neugeborenen nachvollziehen und kommentiere deshalb weder die Schwemme der Bilder noch Marcos detaillierte Ausführungen. Außerdem ist der Kleine wirklich herzig.

Während ich mich noch artig weiter durch Marcos Handygalerie arbeite, setzt er sich mit seiner Tasse an den Küchentisch.

Im gleichen Augenblick hämmert es vor dem Fenster wieder los. Massimiliano zieht das Blatt wieder aus der Maschine, knüllt es zusammen und wirft es, mit einem demonstrativen Blick über die Schulter, auf den beachtlichen Haufen.

---

[57] Was für ein bestialischer Gestank

„Kannst du damit bitte einen Moment aufhören? Wir unterhalten uns", sagt Marco trocken zu dem *penato*.

Der Kater springt von seinem Platz auf, als hätte er auf dieses Zeichen nur gewartet, kommt an den Tisch und ergreift die Lebensmitteleinkäufe.

„Dann werde ich diese Sachen inzwischen wegräumen und die drei neuen Beutel auf den Gipfel unseres Mount Everest an Plastiktüten packen", deutet er in meine Richtung betont an.

Marco hält diese Reaktion für gehorsame Hilfsbereitschaft und nickt nur.

Ich nehme dem Kater die geleerten Einkaufstüten schweigend aus der Hand, weil er in dem Eck so übertrieben herumfuhrwerkt, dass das von mir zuvor mühsam zusammengepresste Plastik immer mehr auf den Boden quillt. Er stellt sich mit verschränkten Pfoten hinter mich und sieht mir mit einem kopfschüttelnden „zszsz" zu, wie ich alles wieder zwischen Wand und Küchenzeile stopfe.

In meinem Rücken höre ich, dass Marco nachdenklich brummt, an die Wohnungstür geht und diese öffnet. Eingehüllt in das Rascheln der Tüten habe ich gar nicht gehört, dass es geklingelt hatte.

Signora Boldrini hechtet mit zugehaltener Nase herein.

Bei ihr weiß man normalerweise nie, in welcher ihrer drei Rollen sie vorspricht: als meine ehemalige Maklerin, jetzige Hausverwalterin oder als Massimilianos Treuhänderin, die die Interessen des vermeintlich fernen unbekannten Eigentümers vertritt?

Diesmal aber grüße ich sie mit erfreuter Haltung über ihre schnelle Reaktion: „Sie kommen bestimmt wegen dieses schrecklichen Geruchs?! Schön, dass sie so schnell reagieren. Es ist wirklich nicht mehr auszuhalten!"

Mit einem misstrauischen Blick auf Marco und mich, die offensichtlich ohne Gasmasken im Raum stehen, entfernt sie vorsichtig ihre zudrückenden Finger von ihrer Nase. Sie dreht sich in jede Richtung und schnüffelt wie ein Drogenhund.

„Aus Ihrer Wohnung kommt es also auch nicht", stellt sie fest und fragt dann: „Darf ich?"

Sie geht sofort weiter ins Badezimmer, wo sie die olfaktorische Analyse wiederholt.

„Kann es mit den Abwasserrohren zutun haben?", überlegt Marco. „Wie verlaufen denn die Leitungen?"

Signora Boldrini tippelt auf ihren hohen Absätzen wieder quer durch den Raum auf uns zu. Wie immer ist sie nach der neuesten Mode gekleidet und trägt passende Designerhandtasche und –schuhe zu ihrem Outfit.

Ich stecke noch immer in meinem morgendlichen Jogginganzug mit achtlos hochgeklammerten Haaren. Mehr denn je, fühle ich mich als Ge-

genfigur zu ihr wie eine graue Maus. Besonders der direkte Vergleich vor Marcos Augen passt mir überhaupt nicht. Ich nehme mir fest vor, mich später besonders schick zu machen für ihn. Auch an dieser Front sollte ich dringend zu den Waffen einer Frau greifen.

„Nein, sonst würde man das im Bad riechen", überlegt sie. „Es sei denn, es gibt alte Leitungen unter dem Haus, von denen ich nichts weiß? Ich muss mit der Stadt sprechen. Dies ist ja ein sehr altes Haus und Bologna ist untermint mit Kanälen und Wasserläufen. Deswegen haben wir auch noch immer keine U-Bahn."

Sie prüft mit einer Pause, ob wir ihrer kritischen Bemerkung über das mangelnde moderne Transportmittel zustimmen.

„Es gibt sogar einen ziemlich hohen Wasserfall unter der Stadt, wussten Sie das?", fährt sie dann fort.

Wieder wartet sie nicht auf eine Antwort; es war eine rhetorische Frage: „Gut möglich, dass da unten irgendetwas blockiert ist und das Wasser nicht mehr abfließen kann? Etwas anderes fällt mir als Ursache nicht mehr ein. Es tut mir leid. Sie werden damit eine Weile leben müssen, bis die Stadt herausgefunden hat, was es ist."

„Das hört sich aber nach sehr lange an", gebe ich zu Bedenken. „Kann man da denn gar nichts machen? Es wird mit jedem Tag schlimmer!"

„Wem sagen Sie das!", stöhnt sie. „Die Steuerberater oben haben deswegen gekündigt. Erst die Anwälte letztes Jahr, nun auch sie! Jahrelang lief in diesem Haus alles zum Besten: kein Ärger, pünktliche Zahlungen der Miete, renommierte Namen. Seit Sie hier eingezogen sind, ist bedauerlicherweise alles anders."

Als sie meinen betroffenen Blick auffängt, fügt sie schnell hinzu: „Das tut mir leid für Sie! Wirklich. Ist ja ärgerlich. Schon wieder neue Nachbarn!"

Ich kenne die Steuerberaterin nur vom Grüßen auf der Treppe und als trippelndes Geräusch über mir, wenn unter der Woche dort Parteiverkehr herrscht oder die Stromsicherung des Hauses wieder einmal ausfällt und wir beide gleichzeitig zum Sicherungskasten hetzen. Ich denke also vielmehr, dass die gute Frau sich selbst bedauert, dass sie wieder Arbeit mit dieser Sache hat und neue Mieter finden muss.

„Ich suche eine Wohnung", platzt Marco in meine Gedanken.

„Ach ja?"

Die Maklerin zieht erfreut die Augenbrauen hoch.

Auf Marcos Interesse hin, tun ich und der Kater das Gleiche, aber ohne zunächst etwas zu sagen und sehr wahrscheinlich aus unterschiedlichen Gründen.

„Ich kann Ihnen die Räume gerne zeigen", flötet die Maklerin sofort geschäftstüchtig los und wirft ihre Löwenmähne kokett über die Schulter.

„Momentan wird es als Büro genutzt, aber es gibt ein Bad und eine Küchenzeile, ist also als Wohnraum durchaus zu nutzen."

Der Kater tritt so dicht an Marco heran, dass dieser ihn nicht länger ignorieren kann: „Du solltest zuerst mit *mir* reden!"

Marco räuspert sich verlegen und steckt die Hände in die Hosentasche. Dann sieht er mich hilfesuchend an. Er ist es noch nicht gewöhnt, dass mein Hausgeist ihn so offensichtlich auch vor Anderen, die ihn nur als normale Katze sehen und ein einfaches Miauen hören können, anspricht.

„Ich sehe, Sie haben die Katze behalten", bemerkt *Signora* Boldrini in meine Richtung, macht einen Schritt zurück, lächelt jedoch bemüht: „Er gehört ja irgendwie zum Haus, *giusto*?"[58]

„Das Haus gehört vielmehr zu ihm", korrigiert der Kater lautstark, dreht ab und lässt sich umständlich auf dem Sofa nieder.

„Er versteht wohl, dass wir über ihn sprechen? Wie niedlich", lacht sie gekünstelt, schnäuzt sich in ein Taschentuch und fügt entschuldigend hinzu: „Meine Katzenallergie."

„Ich rege an, wir machen einen Besichtigungstermin, wenn die oben ausgezogen sind", komme ich meinem wortlosen *Carabiniere* zu Hilfe, der noch immer über das an ihn gerichtete Wort aus Massimilianos Mund verstummt dasteht.

„*Perfetto*[59]," nickt sie geschäftstüchtig und fügt an Marco gerichtet hinzu: „Ich rufe Sie an!"

Ich schiebe die Frau freundlich in Richtung Tür: „Sagen Sie uns bitte Bescheid, wenn Sie von der Stadt mehr wissen!"

Kaum haben sich ihre Schritte auf der Treppe entfernt, dreht sich Marco wütend in Richtung Couch: „Das machst du bitte nie wieder, mich vor Fremden so anzusprechen!"

„Willst du vielleicht unnötig hohe Miete abdrücken? Nur zu!"

Der Kater springt auf die Beine und baut sich vor meinem Freund in drohender Haltung auf.

Es sieht komisch aus: der große Marco, der, mit in die Hüften gestemmten Armen auf den, die Pfoten vor dem Brustkorb verschränkten, Massimiliano herabblickt. Der reicht ihm gerade mal bis zu den Oberschenkeln, plustert sein Fell jedoch so bedrohlich auf, dass er ziemlich massiv wirkt. Ein ungewöhnlich großer, aufrechtstehender Kater eben, der jedoch für Andere immer noch als Hauskatze einer besonders großen Rasse durchgehen kann.

„Du solltest dankbar sein, dass ich anwesend bin!"

Massimiliano dreht schwungvoll ab und lässt Marco einfach stehen.

---

[58] sage ich das richtig? Nicht wahr?
[59] Perfekt!

„Ich werde ihr schreiben und sie beauftragen, einen relativ jungen, unbedingt italienischen Single-Mann zu suchen. *Imprescindibile*:[60] Einen mit festem Arbeitsplatz im öffentlichen Dienst, der dem Haus durch seinen Beruf mehr Sicherheit verleihen kann, ohne Katzenallergie und handwerklichen Fähigkeiten ...“, er wirft ihm einen kurzen Blick zu: „ ... die hast du doch?“

„Hat er!“, antworte ich, denn ich finde diese Entwicklung mehr als begeisternd.

Marco überlegt.

„Das wäre tatsächlich die perfekte Lösung“, stimmt er zu und lässt schließlich von seiner kleinen Drohgebärde, mit der er noch immer alleine im Raum steht, ab.

Er nimmt mich in den Arm, wirbelt mich einmal um seine Achse und küsst mich dann auf den Mund: „So kann ich Nico in meinen freien Tagen hier haben und du bist auch in meiner Nähe!“

„Ja, das wäre in der Tat zu schön, um wahr zu sein!“, frohlocke auch ich und küsse ihn meinerseits. „So hat jeder seine eigenen vier Wände, aber wir sind trotzdem irgendwie zusammen! Das kann funktionieren.“

Und diese Bianca wird es schwerer haben, ihn mir wieder ausspannen zu wollen, denke ich für mich.

„Wie bist du eigentlich in den Besitz dieses Hauses gekommen?“, fragt Marco dann in Richtung meines Hausgeistes und lässt mich los.

Er gesellt sich zu dem Kater, der wieder auf dem Sofa Platz genommen hat und sieht ihn neugierig an.

„Dein Interesse ist sehr lobenswert!“, tönt dieser und sieht mich dabei kurz vorwurfsvoll an.

Tatsächlich hatte ich ihn das auch immer fragen wollen, bin jedoch immer wieder mit anderen Dingen abgelenkt gewesen.

„Das war, neben dem Wechsel in den Körper eines Katers[61], in der Tat eine weitere komplizierte Angelegenheit in meinem Leben. Lasst euch berichten ...“

Ich setze mich ebenfalls zu seiner anderen Seite auf die Couch, was ihn sofort veranlasst, diese eingeengte Position zu verlassen. Er nimmt vor uns die Pose eines Fabelerzählers aus einem Puppentheater ein, der zu seinem kleinen Publikum spricht.

„*Cera una volta una bella principessa*[62], eine Prinzessin, die war so beliebt bei den Leuten, dass jeder sich geehrt fühlte, bei ihr zu Gast zu sein. Sie ...“

---

[60] Unabdingbar, nicht zu verhandeln
[61] Buch 2, „Verliebt in Bella Italia“
[62] Es war einmal eine schöne Prinzessin

„Jetzt erzähl uns keine Märchen!", unterbricht ihn Marco wie ein Kommissar den Verbrecher, der mit verwirrenden Nebenschauplätzen ablenken will. „Komm zum Punkt."

„*Allora*!",[63] baut sich Massimiliano vor ihm auf.

Er steht nun seinerseits, mit in die Hüften gestemmten Pfoten, in genau derselben Pose wie Marco kurz zuvor, da. „Ich muss schon bitten! Hast du noch nie etwas von der *principessa Hercolani* gehört?!"

„Das war eine Bologneser Adelsdame", erkläre ich meinem Freund, mich vage an die Erzählung meines Hausgeistes erinnernd. Marcos mich treffender, beeindruckter Blick währt nicht lange.

„Von der du nur weißt, weil ich es dir erzählt habe", reißt der Kater das Wort wieder an sich. „Ich hatte um die Jahrhundertwende, genau gesagt 1800, bereits seit einigen Jahren bei ihr gewohnt. Sie hat mich nämlich auch als Einzige sofort sehen und hören können! Sie war eine absolute Ausnahme, ... so, wie du, Lisa."

„Wirklich? Eine Ausnahme? Ich?"

Geschmeichelt lächle ich vor mich hin.

Es ist selten, dass mein Hausgeist ein so liebes Kompliment macht und es trifft mich völlig unvorbereitet.

„Bei den meisten Menschen dauert es lange", kritisiert er deutlich in Richtung Marco und beginnt dann vor unserem Logenplatz auf dem Sofa auf- und abzuschreiten.

„Und manche schaffen es nie, mich zu sehen und zu hören! So sehr ich mich auch anstrenge", ergänzt er dann und bleibt kurz vor uns stehen.

Dann nimmt er seine Bewegung wieder auf und kreist durch den ganzen Raum. Wir folgen ihm mit unseren Blicken und versuchen geduldig zu warten, was er erklären wird.

„Bei ihren politischen Salons, die damals große Mode waren, war ich stets gegenwärtig. Sie war sehr engagiert in diesen Dingen, müsst ihr wissen. Es waren bewegte Zeiten und sie machte sich Sorgen um mich. Sie fragte sich ständig, was aus mir werden sollte, wenn sie selbst einmal nicht mehr sein würde, um sich um mich zu kümmern. Damals war das in Italien nicht wie heute. Ihr müsst wissen: Der heutige Stiefel auf der Landkarte war ehemals geteilt in die Italienische Republik im Norden und die Königreiche Neapel und Sizilien im Süden. Das weckte Begehrlichkeiten bei den Nachbarn. Und bevor dieser Napoleon das Reich im Norden eroberte[64], hatte sie einen Plan ausgeheckt, der meine Zukunft sichern sollte."

---

[63] in diesem Fall ein Ausdruck der Empörung
[64] Napoleon gewann im Jahr 1800 das zuvor verloren gegangene Italien zurück. Österreich erkannte die *Cisalpinische* Republik an. Nach der Gründung des Französischen Kaiserreichs

„Da bin ich aber gespannt, wie sie diesen rechtlichen Kniff ausgeführt hat", bemerkt Marco skeptisch.

„Eine solche Anspielung hätte mich von Lisa nicht überrascht, aber von dir als Italiener?"

Er kommt in seiner Runde durch meine kleine Wohnung gerade bei seinem Schreibtisch an und blättert, wie auf der Suche nach einem Dokument, durch einen dort liegenden Stapel Notizen.

Er zieht ein Blatt aus dem Haufen: „Ah, da haben wir es ja!"

Er streicht das bereits vergilbte und ausgefranste Pergament ein wenig an seinem Bauch glatt. Dann fährt er fort, indem er zu uns kommt und uns das Dokument zur Sichtung hinhält.

„Sie hat dieses Haus ihrem sehr weit entfernten Neffen *Massimiliano Penati* in Amerika überschrieben. Eine Schenkung."

Er beugt sich in unsere Richtung, um die nächsten Worte zu flüstern, als dürfte das Gesprochene selbst heute nicht in falsche Ohren geraten: „Den gab es natürlich nie! Das bin ich."

Marco und ich versuchen gleichzeitig, die geschwungene Schrift auf dem Bogen zu entziffern. Da steht tatsächlich sein Name und auch das Datum stimmt mit seinem Bericht überein.

„Unterdessen beauftragte sie einen Verwalter und Treuhänder, sich um das Haus in Abwesenheit des Besitzers zu kümmern."

Mit diesen Worten entzieht er das Dokument wieder unserer Prüfung und trägt es zurück auf den Schreibtisch.

„Ihrem treuen Diener schenkte sie Wohnrecht auf Lebenszeit, weil dieser ihr versprach, ihre Katze zu übernehmen, wenn sie eines Tages von dieser Welt gehen würde. Er war um einiges jünger als sie."

„Und es hat sich niemand je gewundert, dass dieser Neffe sich nie sehen ließ?", frage ich erstaunt.

„Amerika war damals weit weg", erklärt der Kater als Antwort. „Zunächst hat sie den vermeintlichen Schriftverkehr im Namen des Neffen, geschickt um ein paar Ecken herum, selbst geführt. Sie hatte tatsächlich Verwandte in Amerika. Einmal so akzeptiert, war es ein Leichtes, es später weiterzuführen."

„Aber auch der Neffe hat ein menschliches Leben?", gibt Marco zu bedenken.

„Gut mitgedacht!", lobt ihn mein Hausgeist.

Auch mein Freund kann sich der seltenen Schmeichelei nicht ganz entziehen. Ein Lächeln huscht über Marcos Gesicht.

---

wandelte Napoleon auch Italien in ein Königreich um. Damit war Napoleon Kaiser der Franzosen und König von Italien.

Nun läuft Massimiliano nur noch in kurzen Schrittfolgen vor dem Sofa auf- und ab, als kündige er mit der geringer werdenden Weitläufigkeit seines Spaziergangs das Ende der Geschichte an.

„Mit dem Sohn des Dieners hatte ich großes Glück, denn diese Familie war fruchtbar und hatte viele Nachkommen! Kinder haben die natürliche Fähigkeit, mich sofort zu sehen und wenn sie mich von klein auf erleben, bleibt das auch so. Da ich wusste, wie der Trick funktioniert, schenkte ich nun dieser Familie das Haus, genauso, wie ich es zuvor erhalten hatte. Nur umgekehrt. Ich lebte mit ihnen über viele Generationen, bis vor kurzem auch ihr Stammbaum einbrach. Moderne Zeiten!"

Er wirft uns einen merkwürdigen Blick zu, den zu deuten mir ein verwundertes Stirnrunzeln verursacht.

Doch er erklärt seinen Einwurf sofort im nächsten Satz: „Heute hat die durchschnittliche Frau Italiens nur noch 1,35 Kinder, sogar noch weniger, als andere europäische Länder. Und das bei dem kinderliebsten Volk der Welt! Es wird einfach zunehmend schwieriger für mich ... wo war ich stehengeblieben? Ach ja, beim Stammbaum."

Er steckt die Hände in die Hosentasche und nimmt seinen Rundgang wieder auf: „Vor dem Tod des letzten Nachfahren haben wir dann das Ganze einfach wiederholt. Diesmal bin ich offiziell allerdings in Papua-Neu-Guinea, das ist weiter weg."

Damit hält er in seiner Bewegung abrupt inne und drängt sich wieder zwischen uns auf das Sofa, die wir mittlerweile Arm in Arm, eng aneinander gekuschelt, lauschen.

„Und dann kamst du, Lisa."

Eine Weile schweigen wir noch.

Marco spricht als Erster wieder: „Das ist wahrlich eine ungeheuerliche Märchenchronik. Ich kann nicht glauben, dass das funktioniert hat!"

Massimiliano sieht ihn mit erhobenem Haupt an: „Hat es aber."

„Seit ich Massimiliano kenne, halte ich vieles für möglich, was ich früher als absoluten Unsinn abgetan hätte", meine ich und drücke den Kater kurz an mich. Ich stehe noch immer unter dem Einfluss seines Komplimentes.

Sofort schiebt er meinen Arm zurück und schält sich aus der Umarmung.

„Jedenfalls hast du es diesen unfassbaren Vorgängen zu verdanken, dass ich dir heute eine günstige Bleibe anbieten kann", richtet er das Wort an Marco.

Nun erhebt sich auch mein Freund, zuckt die Schultern und nickt: „Das ist allerdings ein erfreulicher Vorteil, das muss ich zugeben. Ich danke dir."

„Ich hoffe, die da oben ziehen bald aus!", stehe nun auch ich von meinem Platz als Letzte auf und hake mich mit einem Blick an die Decke bei

Marco unter. „Nicht, dass ich dich loswerden will, aber das ist eine so schöne Lösung."

„Ja, das ist es!", lächelt mich Marco an und drückt mir einen Kuss auf. „Und dieser Gestank wird dann hoffentlich auch verschwunden sein, wenn ich mit Nico das erste Mal kommen werde."

„Das lässt sich leider nicht ganz vermeiden."

Der Kater steht mit den Händen in den Hosentaschen vor uns und blinzelt uns an.

Wir verharren in unserer Haltung unbeweglich, drehen nur die Köpfe zur Seite in seine Richtung und suchen diese Bemerkung aus heiterem Himmel geistig einzufangen.

Der Kater setzt ein selbstgefälliges Gesicht auf, geht zu seinem Schreibtisch und lässt sich auf dem Drehhocker nieder.

„*Garum* ist eine Flüssigkeit, die dadurch entsteht, dass man Fische wie Thunfisch, Sardelle, Aal, Makrele und andere, einschließlich ihrer Eingeweide, mit Salzlake vermischt und in einem offenen Behälter lange, bei genau vierzig Grad, gären lässt. Das ist ein wichtiger Vorgang: Dabei wird das Fischeiweiß durch in den Eingeweiden enthaltene Enzyme abgebaut. Leider ist das der unangenehmste Teil. Es riecht ein wenig streng."

Wir starren den Kater mit offenen Mündern an: „*Cosa?*"[65]

Dann lassen wir uns gegenseitig los, bleiben jedoch wie angewurzelt auf der Stelle stehen.

Was redet der Kater da?

„Bei konstant gehaltener Temperatur von vierzig Grad sollte die Fermentation nach circa einer Woche abgeschlossen sein", fährt er unbeirrt fort. „Übermorgen wird es vorbei sein mit diesem unangenehmen Geruch. Ich kann euch beruhigen."

„*Cosa?*", wiederholt Marco noch einmal verdattert.

Leidgeprüfter als mein *fidanzato*[66] bin ich schneller in der Auffassungsgabe: „*Du* bist für diesen widerlichen Gestank verantwortlich?! Ich hätte es mir denken können!"

„Allerdings!", postuliert er und legt die Pfoten in gediegener Geste in den Schoß. „Wer außer mir hat heute noch die Kenntnis und vor allem die Erfahrung, die man für den Herstellungsprozess eines der edelsten Gewürze der Menschheit benötigt!? Dieses Gemisch wird jetzt als Nächstes ausgepresst und mehrfach gefiltert, bis man eine klare, bernsteinfarbene Flüssigkeit erhält. Und dieses Endprodukt hat dann das feinste, charakteristische, wunderbare, edelste Aroma! Was soll ich sagen: Es war einfach *in-*

---

[65] Was?
[66] Fester Freund; kann auch Verlobter bedeuten, wird aus dem Zusammenhang definiert

dispensabile[67] in der anspruchsvollen antiken Küche und ich werde es mit meinem Kochbuch in die Moderne tragen!"

Marco wendet sich mit einem „*ma, pensa*[68]!" ab und schüttelt den Kopf wie über eine unglaubliche Nachricht aus den TV-News, die man zwar hört, aber nicht wirklich aufnehmen kann. Er beginnt in irgendwelchen Jackentaschen zu kramen.

Ich verziehe in Ekel das Gesicht. Unter Berücksichtigung des Ausmaßes an Gestank mag ich mir dieses Gebräu, das irgendwo im Haus vor sich hin verrottet, gar nicht vorstellen.

„Wo, um Gottes Willen, hast du dieses ekelerregende Zeug versteckt?!", frage ich angewidert.

„Es ist nur im Herstellungsprozess ein wenig unappetitlich", spielt Massimiliano meine Aussage herunter.

Er kommt mit einem Blatt Papier an getippten Kochanleitungen in der Pfote auf mich zu: „Du wirst sehen, diese Rezepte werden eine kulinarische Revolution auslösen!"

„Wo?", bohre ich nach.

Er lässt seine Pfoten enttäuscht sinken: „Auf dem Dachboden. Dort stört es doch niemanden!"

Ich hole tief Luft.

Genau in diesem Moment drückt mir Marco von hinten einen flüchtigen Kuss im Vorbeilaufen zur Tür auf und klimpert mit den Hausschlüsseln.

„Ich muss nochmals los. Bianca hat mich gebeten, die Wohnung herzurichten und ein paar Einkäufe zu machen. Ich werde sie morgen mit dem Kleinen nach Hause bringen. *A dopo!*"[69]

„*Come?*",[70] rufe ich nun hinter ihm her und drehe mich um die eigene Achse in seine Richtung.

Aber schon hat er die Tür hinter sich ins Schloss gezogen, um den Gestank draußen zu halten.

Seine dumpfen Schritte entfernen sich eilig über die Stufen des Treppenhauses hinab.

---

[67] unabkömmlich, unverzichtbar
[68] kann man sich das vorstellen?!
[69] bis später
[70] Wie bitte? Wie?

6. Cosa!?

Eine Woche später hat sich die Lage mit einer Reihe an unguten Entwicklungen zugespitzt:

Mein Team hat den Kaffeeautomaten auf dem Gang lediglich durch einen anderen Lieferanten ersetzt. Das Gebräu kommt noch immer in Plastikbechern und schmeckt genauso verheerend wie der Vorgängerkaffee. Dafür kostet das Getränk jetzt mehr. Ansonsten herrscht an der Front mit meinem ehemaligen Chef Ruhe, beinahe verdächtige Stille.

Meine Vespa steht noch immer in der Werkstatt und wartet auf das Ersatzteil, das sich als eine Sonderanfertigung herausstellt. Mein Modell ist eines der älteren Generation. Man bereitete mich auf weitere Wochen des Wartens vor.

Der Gestank im Treppenhaus hängt noch immer penetrant fest, obwohl ich persönlich dafür Sorge getragen habe, dass der Kater die Ursache des Übels sofort beseitigte. Noch am selben Abend habe ich den Speicher kontrolliert, dort tatsächlich nichts mehr vorgefunden. Die Verpestung jedoch hängt hartnäckig wie ein Gespenst im Gebälk des alten Hauses fest und will sich einfach nicht verflüchtigen.

Mein Vorhaben, Marco durch einen umweltbewussten Einkauf ohne Plastikflaschen und -tüten davon zu überzeugen, keine solche mehr ins Haus zu schleppen, scheiterte an seinem Nicht-Erscheinen zu unserem verabredeten Termin vor dem Supermarkt. Er musste überraschend etwas für den kleinen Nico in der Apotheke besorgen.

Doch die negativste Entwicklung ist, dass Marco und ich uns überhaupt seit Tagen nur noch die Türklinke in die Hand geben. Zwischen unseren Arbeitszeiten und seinen täglich mehr werdenden Aktivitäten für die Mutter seines Sohnes bleibt einfach keine Zeit mehr für uns.

Mittlerweile bin ich von böser Absicht dieser Bianca absolut überzeugt! Ich muss handeln, denn Marco ist von seiner neuen Rolle so überwältigt, dass er gar nicht bemerkt, was läuft. Ich bin auf das Höchste alarmiert.

Als er mir wieder einen langen Arbeitstag bis spät abends mit einer Notiz auf dem Küchentisch ankündigt, ergreife ich die Initiative.

Pünktlich zur Mittagspause betrete ich die Zentrale der *Carabinieri*. Ich will Marco mit einem gemeinsamen Mittagessen in seiner Lieblingspizzeria erfreuen. Dort, wohin er mich zum ersten Mal ausgeführt hat, um mir die original süditalienische Variante vorzustellen.

Es ist ein wunderschöner, warmer Frühlingstag und wir könnten sogar draußen auf der Terrasse speisen. Es wird unserer Liebe guttun, wieder ein wenig Zeit für uns zu haben, wenn auch nur für das kurze Intervall eines Mittagessens.

Außerdem habe ich mich bewaffnet: Ich trage den kürzesten Minirock zu den höchsten Pumps, die ich in meinem Schrank gefunden habe, die oberen Knöpfe meiner Bluse habe ich bei Verlassen des Büros geöffnet.

Während ich meine Lippen im kleinen Handspiegel rot nachziehe, übe ich einen verführerischen Catwalkgang. Tatsächlich drehen sich Männer auf der Straße nach mir um und einer schickt mir sogar ein freundliches *„che bella!"* hinterher. Ich beginne zu verstehen, warum Italienerinnen sich stets sehr weiblich kleiden: Die wertschätzende Aufmerksamkeit, die *frau* sofort erhält, fühlt sich wirklich gut an. Mit diesem Erfolgsgefühl ausgestattet, betrete ich siegessicher das Polizeigebäude.

Doch die Überraschung ist auf meiner Seite: Ich treffe Marco an seinem Arbeitsplatz nicht an.

„Er hatte gerade Dienstschluss", informiert mich sein älterer Kollege freundlich. „Er ist vor einer Minute zur Tür hinaus. Wenn Sie sich beeilen, erwischen Sie ihn vielleicht noch."

So schnell es meine hochhackigen Absätze erlauben, haste ich mit eiligen Schritten die Treppen wieder hinunter und strebe dem Ausgang entgegen. Marco läuft für gewöhnlich die kurze Strecke von meiner zentral gelegenen Wohnung zur Wache. Da habe ich gute Chancen, ihn wirklich noch einzuholen.

Tatsächlich erblicke ich ihn auf der anderen Seite der Straße. Aber er ist zu weit weg, um mein Rufen zu hören. Bevor ich, mit winkenden Armen, nahe genug herantippeln kann, steigt er jedoch in einen Wagen, der neben ihm anhält.

Ich halte für eine Sekunde überrascht an.

Kurz darauf ist er auch schon in diesem Auto um die Ecke aus meinem Sichtfeld verschwunden.

Enttäuscht lasse ich meine Arme sinken und schaue verdattert in die Richtung, in die das Fahrzeug gefahren ist.

Meine Fußballen beginnen zu schmerzen.

Ich schlüpfe aus einem Schuh und reibe mir das Gelenk, während ich mich an der Stange eines Straßenschilds festhalte. Dann zwänge ich meine Zehen wieder in den Stöckelschuh und stehe etwas unschlüssig auf der Stelle.

Was hat das zu bedeuten? Warum schreibt er mir eine Nachricht, dass er spät arbeiten wird, wenn er bereits mittags Dienstschluss hat? Was hat er Geheimnisvolles vor, das ich nicht wissen darf? Zu wem ist er ins Auto gestiegen? Gerne würde ich an eine harmlose Verabredung mit einem Kollegen oder Freund glauben, aber dafür ist mir die Vorbereitung mit der irreleitenden Nachricht an mich zu verdächtig. Bestimmt steckt wieder diese Bianca dahinter! Hört das denn nie auf?!

Vielleicht merkt Marco mittlerweile selbst, dass es zu viel des Guten ist, was er für sie tut? Möglicherweise versucht er deshalb, es vor mir zu verbergen, weil er schon wieder in ihren Diensten unterwegs ist?

Oder gar noch schlimmer: Haben sich seine Gefühle schon geändert und er ist sich gar nicht mehr sicher, ob er mit mir die richtige Wahl getroffen hat?! Das wäre allerdings das begreiflichere Motiv, es vor mir zu verbergen!

Mit diesem letzten Gedanken mache ich auf dem Absatz kehrt.

Doch eine andere Person hinter mir macht in diesem Augenblick genau dieselbe Bewegung. Wir stoßen frontal zusammen und ich kippe beinahe von meinen Absätzen.

„Enzo!"

„Lisa!"

Noch verblüffter als über meine soeben gemachte Beobachtung schaue ich direkt in die Augen des Lebenspartners meines Freundes, dem deutschen Arzt Max.

Mit einem Ausdruck des Erstaunens rufen wir in der jeweiligen Muttersprache dasselbe aus:

„Was tust du denn hier?!"

„Che cosa fai tu qui?"

Ich antworte ihm so knapp und beiläufig wie möglich. Als Freundin eines *Carabiniere* ist es schließlich nicht außergewöhnlich vor dem Polizeigebäude zu warten. Aber er? Was hat er hier zu suchen?

Enzo fährt sich mit der Hand durch sein stylisch in die Luft gegeltes Haar und bringt es damit aus der *Façon*. Er wirkt aufgebracht.

Er zieht eine Zigarette aus seiner sehr feinen Lederjacke, zündet sie mit zittrigen Händen an und bläst den ersten Zug theatralisch in die Luft.

„Du rauchst?", frage ich erstaunt, denn in der ausgesuchten Penthouse-Wohnung der beiden, auf der anderen Seite der *Piazza San Martino,* ist es Gästen strengstens untersagt, das zu tun.

„Wenn es die Lage erfordert."

„Was ist denn los?", frage ich wie selbstverständlich, obwohl mein Verhältnis zu dem besitzergreifenden Partner meines deutschen Freundes eigentlich nie ein derart Vertrautes war.

Er scheint das ebenso zu empfinden, denn er sieht mich eine Weile zögernd an. Dann scheint er jedoch, mangels anderer Ansprechpartner, mit meiner Person Vorlieb nehmen zu wollen.

Mit einem tiefen Lungenzug stößt er Worte und Rauch gleichzeitig aus: „Max betrügt mich!"

Er macht noch einen weiteren Zug, wirft dann den erst zur Hälfte gerauchten Glimmstängel auf den Boden und tritt ihn so energisch aus, als würde er damit seinen unsichtbaren Rivalen zerquetschen wollen.

„Seit Tagen benimmt er sich absonderlich. Er verheimlicht mir etwas. Wenn ich ihn danach frage, weicht er aus. Er ist ein so schlechter Lügner! Aber ich kann durch ihn hindurchsehen. Er meint, ich merke es nicht. *Che cosa ridicola!*[71] Da unterschätzt er mich. Gewaltig!"

Enzo ist nicht der Typ, um mein Busenfreund zu werden. Stets hatte ich den Eindruck gehabt, dass ihn meine Freundschaft zu seinem Partner auf eine mir nicht nachvollziehbare Weise eifersüchtig macht. Es herrscht deswegen eine gewisse Distanz zwischen uns. Doch in diesem Moment kann ich sein Leiden sogar sehr gut nachempfinden.

„Aber das ist ja noch nicht das Schlimmste!", fährt er fort und sieht mich mit bebenden Lippen an. „Ich war ja auf alles gefasst, aber nicht auf das!"

---

[71] lächerlich

Er wirft den Kopf wie ein Shakespeare-Darsteller mit Dramatik in den Nacken und wiederholt: *„Questo, no!*[72]*"*

Ich warte.

Es war immer dieses überspitzte Verhalten einer Dramaqueen, das mich an ihm nervte, aber jetzt tut er mir beinahe ein bisschen leid. Irgendetwas scheint ihn in der Tiefe seiner Seele aus dem Gleichgewicht gebracht zu haben. Es ist eben seine Art, es auf diese Weise zu zeigen.

„Es tut mir auch leid für dich, Lisa!", stößt er mit tränenerstickter Stimme hervor. Er fächelt mit der Hand vor dem Mund, als wolle er einen hervorbrechenden Weinkrampf unterdrücken. „Es ist Marco! Ich habe es mit eigenen Augen gesehen! Gerade ist er zu Max ins Auto gestiegen. Dort!"

Er zeigt in die Richtung, in der das Auto verschwunden ist.

Er schnieft ein wenig: „Wer weiß? Vielleicht fahren sie in ein Hotel? Unsere Wohnungen kommen für ein *Tête-à-tête* ja nicht infrage."

Das in letzter Zeit häufig hervorgestoßene Wort entfährt mir mit einem deutsch betonten, sehr harten K aus der Kehle: „*Cosa*!?"

Nie hätte ich gedacht, dass ich jemals Enzo, mit dem ich nichts anderes gemeinsam habe, außer dass wir in Max denselben Freund haben, in einem Restaurant in einem vertraulichen Gespräch alleine gegenübersitzen würde. Aber genau das ist zehn Minuten später der Fall.

Wir sitzen in dem schnuckeligen, kleinen Restaurant *Teresina* in der Via *Oberdan*, in der Nähe der Bologneser Wahrzeichen, der beiden *torri Asinelli*[73]. Ich hatte es bisher noch nicht einmal entdeckt, so versteckt liegt es in der kleinen Seitengasse.

Es stehen ein paar Tischchen vor der Tür. Schirme, die von Hausmauer zu Hausmauer reichen, spannen ein gemütliches Dach darüber und Grünpflanzen an den alten Mauern täuschen einen üppigen Garten vor.

Es scheint ein sehr beliebtes Lokal zu sein, aber Enzo kennt den Inhaber gut und wir bekommen ohne Vorbestellung gerade noch einen Platz.

„Du irrst dich! Marco ist definitiv dem weiblichen Geschlecht zugetan", versuche ich ihn wiederholt zu überzeugen. Bei allen Fragen, die mich in meiner eigenen Situation beschäftigen: Davon bin ich nun, weiß Gott, mehr als überzeugt.

---

[72] Das, nein!
[73] neben San Luca sind die schiefen Zwillingstürme die Wahrzeichen Bolognas; Patriziertürme aus dem Mittelalter der Familien Asinelli und Garisinda.

„Hast du eine Ahnung!", entgegnet Enzo und nippt an seinem Grappa, den er als Aperitif zusammen mit einer *burrata*[74] bestellt hat. „Du machst dir keine Vorstellung davon, wie viele Ehemänner, mit ahnungsloser Gattin und Kindern zu Hause, in der Szene unterwegs sind. Und sie verheimlichen es nicht nur ihren Frauen! Wenn du an so einen gerätst und dich auch noch verliebst, dann gehörst du der Katze!"

Unwillkürlich muss ich an Massimiliano denken und schmunzeln. Er würde auf so eine Bemerkung bestimmt ein irritiertes Gesicht machen und so etwas, wie „was soll ich denn mit einem homosexuellen Fremdgänger anfangen?!" einwerfen.

„Das ist nicht lustig!", mault mich mein Gegenüber sofort eingeschnappt an. Damit nimmt er so einen tiefen Schluck, dass er sich anschließend schüttelt.

„Ich weiß", entschuldige ich mich mit ernster Miene und fahre dann fort: „Ich glaube zwar auch, dass Marco mir etwas verheimlicht ..."

„Siehst du!", unterbricht er mich triumphierend.

„ ... aber ich glaube vielmehr, dass er sich von dieser Bianca, der Mutter des Babys, ausnützen lässt. Sie versucht noch immer, ihn mir auszuspannen!"

„Und was hat er dann mit Max zu schaffen?"

Das kann ich mir allerdings auch nicht erklären. Ratlos sehen wir uns an.

Dann widmen wir uns nachdenklich dem *Risotto al radicchio*[75] auf unseren Tellern. Der dunkelrote Reis hat genau den richtigen Biss.

„Wir werden sie einfach fragen", sage ich nach einer Weile kauend. „Bestimmt gibt es dafür eine Erklärung und wir machen uns hier für nichts verrückt."

Enzo spült seinen Mund mit einem großen Schluck Rotwein leer. Der Kellner hat uns unbedingt denselben Wein empfohlen, in welchem auch der Reis gekocht wurde.

„Wir werden sie fragen", stimmt er mir dann zu. „Aber ohne Vorwarnung! Ich will keine weiteren Ausreden mehr hören. *Basta!* Treffen wir uns doch zu viert zum Essen in unserem Stammlokal an unserer *piazza*? Und dann konfrontieren wir sie beide zusammen. Auf diese Weise können sie keine Ausflüchte mehr finden!"

„Nein", schüttle ich den Kopf, weil ich fürchte, dass Marco, wie so häufig in letzter Zeit, wieder einmal kurzfristig absagen könnte, weil

---

[74] Große Kugel Büffel-Mozzarella, die innen beinahe cremig flüssig ist;
[75] radicchio risotto

Bianca ihn auf einen Botengang schickt. „Besser: Ich lade Euch zu uns ein. Wenn ich aufwändig koche, wird Marco hoffentlich da sein!"

„Noch besser", heckt Enzo den Plan weiter aus, „wir sagen, dass auch Vittoria und Maurizio kommen. Sonst wird Max misstrauisch."

Er zieht sein Mobiltelefon aus der Tasche und prüft den Kalender.

„Max hat morgen Abend keinen Dienst."

Auch Marco hat frei.

Also vereinbaren wir unser geplantes Gespräch mit den beiden auf den folgenden Abend.

7. Einladungen

Ich habe den Kater bestochen, für uns ein kleines Menü zu kochen, weil ich in der Kürze der Zeit nicht dazu kommen werde. Im Gegenzug musste ich ihm versprechen, auch ihm bei Bedarf einen Gefallen zu tun. Wohl ist mir bei dem Gedanken nicht, aber ich habe keine Wahl.

Denn an diesem Morgen werde ich im Büro von einer zutiefst beunruhigenden Nachricht überrumpelt. Vielmehr ist es ein als Einladung getarnter Befehl aus dem Personalbüro, an einer Assessmentprüfung anlässlich meiner neuen Position als Geschäftsführerin teilzunehmen.

Ich lese den Text dreimal, weil ich es nicht glauben will.

Ich weiß, dass dies im Unternehmen obligatorisch ist. Doch als man mir vor drei Monaten diese Stelle angeboten hat, war davon keine Rede gewesen. Im Gegenteil! Man hatte mir diese Stelle fast aufgedrängt.

Doch anscheinend gibt es wirklich jemanden, der mich nicht in dieser Position haben will? Und dieser Jemand ist mächtig genug, bestehende Vereinbarungen über den Haufen zu werfen und mich mit einem Assessment unter Druck zu setzen. So ein anstehender Test raubt Nerven und so lange ich mich damit herumschlagen muss, kann ich mich nicht voll auf meine Aufgabe konzentrieren.

Marcos Vater hat also recht!

Nachdenklich sitze ich an meinem Schreibtisch und starre missmutig den Kaffeebehälter in meiner Hand an, als wäre er der unsichtbare Feind in meinem Rücken. Beinahe zerdrücke ich ihn, so angespannt sind meine Nerven.

Fieberhaft überlege ich, um wen es sich handeln könnte? Aber meine Gedanken drehen sich im Kreis. Jedes Vorstandmitglied könnte einen Grund haben, gegen die Wahl meiner Person Position zu beziehen.

Entschlossen greife ich zum Hörer und wähle die Nummer des Personalchefs.

„Aber das ist doch die ganz normale Vorgehensweise", behauptet er, als hätte er nie etwas anderes zu mir gesagt. „Jede Führungskraft durchläuft diesen Prozess bei uns. Auch ich musste das tun."

„Damals haben Sie aber etwas anderes gesagt!", behaupte ich bestimmt. „Ich habe mich für diese Stelle schließlich nicht beworben. Das Unternehmen hat sie mir angeboten!"

„Nun regen Sie sich nicht auf", versucht er, mich zu beruhigen. „Vielleicht habe ich mich damals missverständlich ausgedrückt? Es tut mir leid, wenn ich in diesem Punkt unklar gewesen sein sollte."

Er kennt alle Züge einer de-eskalierenden Kommunikation. Natürlich. Er weiß genau, was er wie sagen muss, um mir den Wind aus den Segeln zu nehmen und das Gespräch in ruhigere Gewässer zu lotsen. Wenn ich nicht aufpasse, werde ich auflaufen wie ein Ruderboot in einem abgelassenen Fischweiher.

„Keine Sorge, das waren Sie nicht", beharre ich nun ebenso bemüht ruhig, wie er. Meine Halsschlagader schwillt indes zu einem kleinen Baumstamm an.

„Sie waren sehr klar. Ich erinnere mich ganz genau, dass ich Sie damals nach einem Assessment-Verfahren gefragt habe, und sie haben gesagt, das sei nicht nötig. Woher kommt das jetzt auf einmal?"

Freilich erwarte ich nicht wirklich, dass er sich aus dem Fenster lehnen wird, um mir den Namen eines Vorstandsmitglieds zu nennen, aber einen Versuch ist es wert.

Nun ändert er die Strategie. Anstatt auf meine Aussage einzugehen, eröffnet er geschickt eine andere Sichtweise:

„So ein Assessment zu machen, ist für Sie von Vorteil: Wir sehen gemeinsam, wo Sie Unterstützung benötigen und wir werden Ihnen diese geben. Was immer es braucht, das Unternehmen wird diese Investition in Sie tätigen. Außerdem ist es völlig anonym. Sie haben wirklich nichts zu befürchten."

Was für eine lahme Ausrede.

Aber das hatte ich erwartet.

Unser Gespräch legt eine Pause ein.

Mutig versuche ich eine Provokation: „Und wenn ich mich weigere? Es war schließlich nicht so vereinbart."

„Das schadet nur Ihnen selbst", antwortet er trocken. „Alle ihre Kollegen unterziehen sich diesem Vorgang. Sie schießen sich damit selbst ins Aus. Außerdem ist es doch ein Vorteil, Hilfe in Form eines Coaches an der Seite zu haben? Einen vertrauten Partner zur Verfügung haben, kann doch von Nutzen sein? Ich will nicht vorgreifen, es ist nicht gesagt, dass dies für Sie die richtige Maßnahme ist. Wir werden sehen. Häufig ist es aber so. Führung muss man schließlich auch lernen und unsere Ausbildungen berücksichtigen das wenig, nicht wahr?"

Er will mich dazu bringen, ein „ja" zu äußern, damit ich nach mehreren Malen der Zustimmung schließlich auch zu dieser Prüfung einwillige. Ich kenne diese rhetorische Technik aus Vertriebsschulungen.

Obwohl ich ihm inhaltlich gar nicht widersprechen will, bleibe ich hartnäckig bei meiner Haltung: „Hat mein ehemaliger Vorgesetzter das auch absolvieren müssen?"

„Das ist etwas anderes", antwortet der Personalchef wie aus der Pistole geschossen. „Er war bereits in dieser Stellung, als wir das Vertriebsbüro in Italien übernommen haben. Im Ausland können wir nicht immer so agieren, wie es unsere deutschen Regeln vorsehen. Das verstehen doch gerade Sie bestimmt sehr gut, stimmt's?"

„Aber bei mir kann man das?"

„Natürlich", lacht er erleichtert.

Sofort habe ich das Gefühl, einen Fehler begangen zu haben.

„Sie sind ja Deutsche und kennen unsere Gepflogenheiten. Sie haben sozusagen unseren Stallgeruch!"

Er lacht durchs Telefon.

Ich schweige.

„Natürlich bin ich gerne bereit, Sie dabei zu unterstützen", fügt er dann scheinheilig hinzu.

„Dann schaffen Sie mir diese Einladung vom Hals!", antworte ich sofort verbissen. „Ich kann das jetzt nicht brauchen! Mitten in der Vorbereitung für das Pilotprojekt und vor allen Dingen, den Kontakten, die ich hier in der Lokalpolitik herstellen muss. Ich habe weder Zeit noch Nerven dafür!"

Ich weiß nicht, was mich bewogen hat, dieses letzte Argument in die Schale zu werfen? *Signore* Marino hat mir diesen Gedanken offensichtlich erfolgreich eingepflanzt, der sich nun ohne Vorwarnung verselbstständigt hat.

„Hm", macht mein Gesprächspartner am anderen Ende der Leitung. „Würde es Ihnen helfen, wenn wir den Termin nach hinten verschieben?"

„Ja. Ein Jahr."

Mist! Damit habe ich zugestimmt. Meine Hoffnung, dieses lästige Thema zunächst vom Hals zu haben, hat mich in die Falle tappen lassen.

„Das geht nicht. Drei Monate kann ich möglich machen, mehr aber nicht."

„Sechs."

Ich komme mir vor wie Massimiliano, der mit mir über eine neue Hausregel verhandelt und rausschlagen will, was geht.

„Also gut, ausnahmsweise."

Der Personalchef hört sich auch genauso an wie ich mich selbst, wenn ich dem Kater scheinbar klein beigebe, ohne meinen Standpunkt verlassen zu haben.

Zerknirscht lege ich den Hörer auf.

Immerhin habe ich mir für ein halbes Jahr Luft verschafft. Wer im Vorstand steckt bloß dahinter?

Als ich am Abend völlig entnervt die Treppen zu meiner Wohnung emporsteige, empfängt mich eine seltsame Geruchsmischung: der noch immer festhängende Verwesungsmief aus Massimilianos Gewürzlabor und ein verlockender Duft, der aus meiner Küche kommt.

Ein hübsch gedeckter Tisch für vier Personen, bereitstehende Wein- und Wasserflaschen, *gasata e naturale*[76], und sogar brennende Kerzen verbreiten eine beinahe romantische Atmosphäre. Das ist zwar nicht

---

[76] mit und ohne Sprudel

73

ganz passend für den Anlass, aber ich schätze das Bemühen meines Hausgeistes trotzdem.

Der steht in Kochmütze und –schürze vor einer Ansammlung dampfender Töpfe und hackt mit einem unglaublich geschickten Tack-tack-tack Petersilie so schnell klein, dass man die einzelne Bewegung kaum sehen kann. Vor dem geöffneten Fenster liegt Poppäa und schnarcht. Die Szene vermittelt einen heimeligen Anschein.

Mein erster erfreulicher Eindruck wird jedoch schlagartig getrübt, als mein Blick auf die Vorhangstange fällt. Dort hängt, mit den Köpfen nach unten, fein säuberlich aufgefädelt, allerlei Grünzeug. Ich vermute: zum Trocknen. Das könnte ich, mit viel Wohlwollen, noch als Dekoration durchgehen lassen. Doch die ebenso behangene Wäscheleine, die sich auf der anderen Seite des Raumes quer über mein Bett bis ins Badezimmer spannt, verdient diese Bezeichnung keinesfalls.

„Es ist alles fertig!", wirft Massimiliano mir über die Schulter zu.

„Das kannst du so nicht lassen! Wir erwarten Gäste!", entsetze ich mich. „Das sieht ja aus, wie bei Zigeunern!"

Der Kater sieht von seiner Tätigkeit auf.

„Was ist mit der Tischdekoration nicht in Ordnung?", fragt er verwundert. „Ich habe die Gläser extra poliert und dein Silberbesteck auf Hochglanz geputzt! Und das - wie ich anmerken möchte - hat bestimmt noch nie einen Lappen gesehen, so erbärmlich war der Zustand! Es war schon so schwarz, dass ich es beinahe für altes Eisen gehalten habe!"

„Ich meine das Gestrüpp da!", sage ich mit Bestimmtheit und zeige auf den hängenden Urwald über meinem Bett.

„Das ist kein Gestrüpp!", korrigiert er mich trocken und hackt wieder weiter. „Das sind Kräuter! Wichtige und sehr wertvolle Küchenkräuter!"

Ich trete näher zu ihm.

„Kannst du die nicht im Supermarkt kaufen, wie andere auch?!", frage ich und spähe neugierig in einen Topf.

Er wischt das Grünzeug mit einem Messer in eine Schüssel und dreht sich zu mir um.

„Nein!", antwortet er unmissverständlich, drückt den Deckel wieder auf den Topf und reicht mir einen Zettel.

„Hier ist das Menü! Ich glaube, ich habe mich heute selbst übertroffen!", schwingt er stolz die Klinge.

Ich schiebe das auf mich gerichtete, sehr scharfe Küchenwerkzeug in seiner Pfote vorsichtig zur Seite.

„Kannst du das Zeug dann nicht wenigstens auf dem Speicher trocknen, wenn es schon sein muss?", frage ich weiter und sehe wieder mit kritischer Stirnfalte auf mein Bett. „Bestimmt sind da jetzt tausend Insekten in meine Decken gefallen! Das ist ekelhaft! Und man kann sich hier drinnen ja kaum noch bewegen!"

„Wie stellst du dir das vor?!", antwortet er mit erhobenem Kopf. „Da stinkt es! Auf keinen Fall dürfen die Kräuter den Geruch von faulendem Fisch aufnehmen! Das verdirbt das ganze köstliche Aroma!"

„Dann warte eben, bis der Gestank weg ist", schlage ich sofort die nächste Lösung vor.

Wieder macht er ein Gesicht wie ein Fahrlehrer, der zum wiederholten Male in die Bremsen steigen muss, weil sein Schüler sonst einen Unfall verursacht hätte.

„Niemals dürfen Kräuter in derselben Umgebung getrocknet werden, wie der Fisch für das *garum*!" Er macht eine bedeutungsschwere Pause. Dann fügt er in einem abschließenden Satz hinzu: „Die Wohnung ist nun mal nicht größer. Ich kann es nicht ändern. Früher hatten wir dafür einen extra Raum. Heute muss man eben flexibel sein."

Ich seufze: „Wofür brauchst du überhaupt so viele getrocknete Kräuter? Die hast du doch bisher auch nicht benötigt?"

„Ja, *bisher*", dehnt er das letzte Wort endlos und rollte dabei die Augen. „Aber jetzt arbeite ich an einem Buch! Und ich muss alle Rezepte einmal zubereiten, um die Anleitung an heutige Umstände anzupassen. Das ist viel Arbeit und das will Hand und Fuß haben, wenn es gelingen soll!"

Langsam beginne ich zu begreifen, dass ich wieder einmal einen fatalen Denkfehler begangen habe, als ich dachte, dass der Kater mir keinen Ärger machen würde, solange er mit seinem epochalen Werk beschäftigt ist.

„Wie soll ich das denn bitte unseren Gästen erklären?!", weise ich wieder in Richtung der Wäscheleine. „Die werden mich bald nicht mehr ernst nehmen!"

„Gibt es Ehrenwerteres als Küchenkräuter auf dieser Welt?", hebt er sofort mit Pathos an. „Ich würde sagen: gewiss nicht! Schon bei den Ägyptern gab es vor mehr als viertausend Jahren Kräutergärten. Im Islam wird das Paradies als umschlossener Garten dargestellt. In der chinesischen Kräuterkunde werden über fünftausend verschiedene Kräuter beschrieben und auch die Ayurveda-Medizin setzt an die fünfhundert Kräuter zur Behandlung ein! Der Grieche *Dioskurides*[77] schrieb

---

[77] griechischer Militärarzt, stand unter den römischen Kaisern Claudius und Nero im 1 Jahrhundert im Dienst, aus der römischen Provinz Kilikien (heute Landschaft in Kleinasien). Er ist der berühmteste Pharmakologe des Altertums.

eines der bedeutendsten pharmazeutischen Werke der Antike über Kräuter: die *Materia Medica*[78]. Und, ich sage nur drei Namen: *Walafrid Strabo*[79], Hildegard und ich!"

Mit hochgezogenen Augenbrauen wartet er auf eine beeindruckte Reaktion von mir.

„Jetzt sag bloß nicht: von Bingen!"[80]

Ich lege meinen Kopf schief und verziehe den Mund.

„Doch! Genau die!", behauptet er beleidigt. Er wendet sich mit erhobenem Haupt ab. „Dafür, dass ich dieses köstliche Menü - auf deine Bitte hin! - gezaubert habe, kannst du ein bisschen Häme aushalten. Darf ich dich daran erinnern, dass du mir etwas schuldest?"

„Schon gut!", gebe ich mich geschlagen. „Ich muss schon sagen: Du forderst mein Versprechen ja sehr zügig ein!"

„Man muss die Gunst der Stunde nutzen, bevor sie einem schlägt!", antwortet er süffisant und grinst mich an.

„Was wird denn aufgetischt?", frage ich und schaue auf das Blatt, das er mir in die Hand gedrückt hat.

Ich lese laut: „*Antipasto: Insalata alla Tiberius*[81]. *Primo: Tisana* aus Erbsen, Kichererbsen, Graupen und Linsen in Gemüse. *Secondo: Pullus tractogalatus* - Huhn mit Milchteigbrei. *Dolce*[82]: *Dulcia* mit Datteln, Nüssen und Pinienkernen in Honigpfeffer. "

„Das klingt aber gar nicht *bolognese*?"[83], blicke ich auf.

„Es sind antike römische Rezepte", erklärt mir der Kater mit bedeutungsvollem Kopfnicken.

„Antik? Aber wie soll ich das denn nun erklären?! Unsere Freunde denken doch, dass ich dieses Essen gekocht habe."

„Sei froh, dass ich nicht Schweineeuter zubereitet habe. Das hat sich vor zweitausend Jahren großer Beliebtheit erfreut. Aber ich dachte mir schon, dass euch so etwas nicht schmecken wird."

„*Ci mancherebbe!*"[84]

---

[78] Titels eines Werkes *De materia medica* des griechischen Arztes Pedanios Dioskurides ab. Der Begriff „Materia medica" wurde bis ins 20. Jahrhundert verwendet und allmählich durch den Begriff Pharmakologie oder im Deutschen auch durch „Arzneimittellehre" ersetzt. In der Homöopathie wird der Begriff *Materia medica* weiterhin zur Bezeichnung der homöopathischen Arzneimittellehre benutzt.

[79] Walahfrid von der Reichenau, Kloster Reichenau, Verfasser des Werkes ‚Hortulus', 849 n.Chr.

[80] 1098-1179 Benediktinerin, Äbtissin, Dichterin, Komponistin, bedeutende Universalgelehrte.

[81] Buch 2 „Verliebt in Bella Italia"

[82] Vorspeise, erster Gang, zweiter Gang, Nachtisch

[83] nach der Art Bolognas

[84] Das würde gerade noch fehlen!

„Sag eben, dass es deutsche Gerichte sind", bedeutet er leichtfertig und winkt mit der Pfote meine Bedenken als überflüssig beiseite.

Damit schiebt er das schmutzige Kochgeschirr auf den bereits beachtlichen Berg in der Spüle: „Ich habe nicht abgespült. Es soll ja so aussehen, als ob du gekocht hättest."

Ich überhöre die Beleidigung und antworte auf das, was mich mehr beschäftigt: „Das geht nicht! Max ist doch auch Deutscher."

„Dann eben bayrische Spezialitäten", schlägt er achselzuckend vor. „Die Römer waren schließlich bis an Rhein und Donau. Letztes eine Grenze, die übrigens *Tiberius*[85] – du erinnerst dich an ihn? ...", er sieht mich fragend an und fährt erst fort, als ich nicke: „... nach erheblichen Verlusten auf Seiten der Römer anerkannt hat! Das ‚Waterloo' des Römischen Imperiums im Versuch dein Volk zu unterjochen sozusagen: die epochale Schlacht im Teutoburger Wald gegen den Germanen Herrmann. Drei Adler haben sie verloren! Drei!"

Er hebt die Pfote, im Versuch drei Krallen zu zeigen, schafft es aber nicht und redet deshalb ohne Handzeichen weiter: „Kluge Entscheidung von Tiberius, den Handel Krieg vorzuziehen! Sehr klug! Und der *Limes* verlief ab da entlang dieser Flüsse."

Er hält einen Moment inne und prüft, ob ich seinen Ausführungen auch folgen kann. Mein Augenkontakt scheint ihm für den Moment zu genügen.

„Der Erfolg der Römer lag nämlich genau darin!", fährt er hochtrabend fort. „Eure Geschichtsbücher behaupten ständig, dass das Reich aufgrund seiner militärischen Überlegenheit tausend Jahre andauerte. Aber das stimmt nicht! Das ist wieder einmal so eine wenig durchdachte Idee von euch Menschen. Die Römer hatten gerade mal hundertfünfzigtausend Soldaten, so alles in allem. Damit konnte man nicht die gewaltigen Ausmaße dieses Reiches ständig unterdrücken!"

Nun lasse ich mich doch kurz ablenken: „Wie haben sie das dann gemacht?"

„Durch Handel!", verrät Massimiliano mit ausladender Gestik. „Die Völker wurden erst erobert, das war natürlich der Erfolg des Militärs. Doch dann ..." er hebt die Tatze wie ein Lehrer, der mit Spannung auf den zentralen Punkt in seiner Präsentation deutet, „... dann wurde mit Warenaustausch und Gesetzen dafür gesorgt, dass es den Menschen unter den Römern besser ging, als zuvor. *So haben sie ihre Macht gesichert!* Und ebenso haben sie es mit den Germanen getan, auch wenn

---

[85] Römischer Kaiser 42 v. Chr. – 37 . Chr.; Hinweis auf Roman 2 „Ein Kater für Liebe al dente"

sie diese nie besiegt haben. Aber auf diese Weise haben sie die Grenze gesichert."

„Das ist vernünftig", bestätige ich.

Er belässt den historischen Ausflug zu der vernichtenden Niederlage der Römer an diesem Punkt: „Oder kommt Max auch aus Bayern?"

„Ganz im Gegenteil: der kommt aus Flensburg," sage ich schlicht.

„*Allora!*", beschließt der Kater damit das Thema. „Dann ist das doch kein Problem: Die Rezepte sind bayrische."

Ich nicke einfach.

Mir wird eine passende Ausrede über dieses ausgefallene Menü und die Kräuterleine einfallen, beschließe ich.

Damit darf ich mich nicht aufhalten, denn ich will mich ganz auf das kommende Gespräch konzentrieren. Ich habe mir nämlich vorgenommen nach der gemeinsamen Klärung der Frage, was Max und Marco zusammen zu schaffen haben, auch die Situation unserer Dreiecksbeziehung noch zu besprechen. Dies natürlich im Anschluss und ohne unsere Freunde.

„So, nun habe ich mir aber eine Pause verdient!", befindet Massimiliano, nimmt Schürze und Mütze ab, streicht sich übers Fell und schreitet zur Couch, um sich dort der Länge nach mit einem gedehnten „ahhhh!" auszustrecken.

Als hätte Marco wie auf seinen Einsatz in einem Theaterstück hinter den Kulissen gewartet, höre ich in diesem Augenblick den Schlüssel in der Wohnungstür.

„Hier drinnen duftet es ja verlockend!"

Er schwingt eine große Tasche durch die Tür, stellt sie ab und kommt dann vollbepackt mit zahlreichen anderen Beuteln und Umhängetaschen selbst herein. Er sieht aus wie ein vollbeladener Sonderangebots-Ständer aus dem Supermarkt.

„*Guarda*,[86] wen ich mitgebracht habe", säuselt er in meine Richtung, lässt alles rings um sich auf den Boden gleiten und schiebt etwas in der großen Tasche sachte mit einem Fuß zur Seite. Ein leises Glucksen tönt aus dem Gewühl einer Decke.

Ich leiste seiner Aufforderung Folge: Ich schaue. Aber im Gegensatz zu ihm, nicht sehr beglückt.

Dass er den Kleinen ohne Vorwarnung einfach mitbringt, kommt ungelegen. Ausgerechnet an diesem Abend, an dem ich endlich ein klärendes Gespräch mit ihm führen will!

---

[86] Schau

Ich hole tief Luft und gehe beherrschten Schrittes, um einen näheren Blick in die Babytasche zu werfen. Der kleine Nico liegt putzmunter darin und führt mit Kopf und Händchen unkontrollierte Säuglingsbewegungen aus.

Er sieht Marco in Wirklichkeit noch ähnlicher als auf den Fotos. Die niedlichen dunklen Haare auf dem kleinen Köpfchen sind schon so dicht, wie das Haar seines Erzeugers und sein Kinn trägt bereits jetzt die Veranlagung zu denselben charakteristischen Grübchen, die mich an meinen *Carabiniere* so fesseln.

Sofort lindert sich mein Ärger bei diesem Anblick ein wenig.

Ich tätschle seine Fingerchen und lächle ihn an. Er kann ja nichts dafür, dass sein Vater ihn ausgerechnet zu solch unpassender Gelegenheit anschleppt und dass seine Mutter ihn auch noch zu ihren Zwecken instrumentalisiert.

„Er kann uns noch nicht richtig sehen, aber er erkennt Stimmen", erklärt mir dieser Vater in meinem Rücken und fügt dann in demselben harmlosen Tonfall hinzu, was mich hochfahren lässt: „Er hat die letzten drei Nächte nur geschrien. Bianca muss unbedingt wieder mal durchschlafen. Sie kann nicht mehr. Ich habe gesagt, dass ich heute Nacht den Dienst übernehme."

„*Cosa?*"

Dieses Biest!

Der fällt doch tatsächlich immer noch eine Steigerung ein, um unsere Beziehung zu torpedieren!

Marcos stutziger Blick macht mir klar, dass ich meinen Ärger besser kontrolliere, wenn ich an diesem Abend noch mein Ziel erreichen will.

Aber ganz ohne Erklärung kann ich meinen überraschten Ausruf dann doch nicht stehen lassen.

„Wir müssen doch beide morgen wieder arbeiten und sie hat noch Mutterschutz und kann sich auch am Tag hinlegen, wenn er dann schläft", gebe ich mit betont ruhiger Stimme zu bedenken.

„Ich weiß. Aber es ist auch mein Kind!", erwidert er in leicht gekränktem Tonfall. „Freust du dich gar nicht, meinen Sohn kennenzulernen?!"

Ich trete an ihn heran, ergreife liebevoll seine Hände und sehe ihm innig in die Augen: „Natürlich! Sehr! Und ich verstehe absolut, dass wir uns in unseren Leben danach ausrichten müssen. Aber du könntest das vorher mit mir absprechen, meinst du nicht?"

Sein Augenausdruck verrät, dass ihm dieser Gedanke neu ist, dass er völlig selbstverständlich angenommen hat, dass ich in allem bedingungslos an seiner Seite stehe und er davon ausgegangen ist, dass eine solche Absprache überflüssig sei.

Als könne das Baby die Anspannung im Raum spüren, beginnt es zu quäken und steigert sich binnen weniger Minuten in ein nicht enden wollendes Gebrüll.

Schlagartig dreht sich alles nur noch um den kleinen Nico. Marco nimmt ihn aus der Tasche und trägt ihn, vergeblich in seinen Armen wiegend, in meinem kleinen Studio auf und ab. So weit es die gespannte Kräuterleine zulässt, die er nur kurz als ‚interessante Dekoration' betitelt und dann wieder ignoriert. Er überprüft die Windel. Ich wärme währenddessen eine Flasche Milch, nachdem ich die dazu nötigen Utensilien aus den zahlreichen Taschen gezerrt habe und auf dem Boden eine entsprechende Unordnung hinterlasse.

Weder neue Windeln noch Milch beruhigen das Kind. Ich schlage vor, ihn wieder in seine Tasche zu packen und ihn mit Hilfe der Henkel in den Schlaf zu schaukeln.

Doch auch das vermag den Schreihals nicht zu besänftigen. Zu allem Überfluss beginnt nun auch Poppäa, mit einem konstanten Winseln auf der Suche nach einem ruhigeren Plätzchen, durch meine kleine Wohnung zu schlappen und schließlich missmutig zu bellen.

Meine Felle sehe ich bereits in einem Strom von Babytränen und Hundejaulen durch ein Meer an Kräutern davon schwimmen. Wenn das so weiter geht, ist weder das Abendessen noch die wirklich nötige, anschließende Klärung zwischen meinem Freund und mir machbar!

Wieder mal.

Ratlos stoße ich einen tiefen Seufzer in Richtung Marco aus.

Sein Augenausdruck ist nur besorgt: „Was hat Nico nur?"

„Das kann ich euch sagen!"

Der Kater erhebt sich von dem Sofa wie ein angeschlagener Boxer, der nach dem Gong wieder in den Ring steigen muss.

„Ihr beiden verbreitet eine Unruhe hier, dass selbst ich nach stundenlangem Schuften nicht mehr schlafen kann. Und ich kann viel ausblenden, wenn ich will."

Der Kater tritt zu uns und befiehlt mit einem stummen Handzeichen, die Tasche mit dem Baby abzustellen.

Wir gucken verdutzt.

Dann lassen wir den Kinderwagenaufsatz tatsächlich langsam ab, was den kleinen Nico erst recht zu einem *Crescendo*[87] ermutigt.

---

[87] Musik: lauter werden

Poppäa kommt näher und schnüffelt an der Babytasche, als verstünde sie endlich, dass die Ursache der Ungemütlichkeit darin zu suchen ist.

Massimiliano beugt sich sachte über den Schreihals, der rot vor Anstrengung den Schnuller ignoriert und sein Konzert wie ein Dirigent durch heftige Bewegung mit seinen Ärmchen unterstreicht.

Der Kater beginnt einen seltsam tiefen, ausdauernden Ton von sich zu geben. Schlagartig ist der Kleine still.

„Ich gehe mit ihm eine Runde spazieren", bedeutet er dann und greift die Henkel der Tasche. „Und ihr beruhigt euch bitte in der Zwischenzeit!"

„Du kannst doch nicht als Katze einen Kinderwagen durch die Gegend schieben!", gebe ich zu bedenken und Marco stößt gleichzeitig hervor: „Ich lasse meinen Sohn doch nicht in der Obhut eines Katers!"

„Ich werde nur im Garten ein paar Kreise ziehen. Ihr könnt es ja von hier oben aus dem Fenster beobachten ...", er sieht uns kurz gezielt in die Augen, „... und lernen, wie man so etwas macht! Du musst mir nur den Aufsatz auf den Wagen unten befestigen. Folge mir und lerne!"

Er winkt Marco mit sich, dreht ab und ruft mir zu: „Es dauert nicht lange, ich bin in zehn Minuten wieder da. Komm mit!"

Die letzte Aufforderung gilt Poppäa, die mit einem Satz an seiner Seite ist. Damit verschwindet er mit Marco, Kind und Hund zur Tür hinaus.

Kurz darauf stehen wir tatsächlich am Fenster und beobachten, wie die kleine Prozession aus Kinderwagen, Kater und Hund - in dieser Reihenfolge - Kreise um den großen Baum im Garten zieht. Nico ist mucksmäuschenstill. Nur der brummende, tiefe, monotone Ton aus Massimilianos Brustkorb dringt zu uns empor.

„Das ist ja unglaublich!", murmelt Marco mit vor sich verschränkten Armen. „Was macht er mit ihm?"

„Zweitausend Jahre Erfahrung?"

Nie zuvor war ich darüber so dankbar wie in diesem Moment. Vielleicht endet dieser Abend nun doch noch wie geplant?

Fünfzehn Minuten später schläft der kleine Nico friedlich in seinem transportablen Bettchen zurück in der Wohnung, der Hund liegt schnarchend zu seinen Füßchen und Massimiliano bewacht die Szene mit großer Genugtuung im Gesicht.

Wir decken den Tisch fertig und räumen das Babysachen-Chaos auf dem Boden weg. Das Gefühl einer glücklichen, kleinen Familie könnte sich über diese Szenerie breiten, wenn nicht aufwühlende Zweifel, groß wie unsichtbare Drachen, durch den Raum schweben würden.

Poppäa springt bei Erklingen erster Schritte auf der Treppe auf und steht schon schwanzwedelnd vor der Tür, bevor es klingelt.

Anstatt der erwarteten Gäste stapft Norio San die Treppe herauf und meldet sich von seiner Reise zurück.

Er tätschelt den Hund und begrüßt uns sofort mit vorauseilenden Worten, dass er müde sei und nur sein Haustier holen will. Dann spricht er in seiner Muttersprache auf den Vierbeiner ein, der sich auf die Hinterläufe setzt und mit gespitzten Ohren lauscht.

Mir wäre die genötigte Einladung zum Abendessen, die ich angesichts des gedeckten Tisches hätte aussprechen müssen, alles andere als willkommen gewesen. Gott sei Dank drängt ihn auch Marco nicht dazu.

Der Japaner spricht eine ganze Weile zu dem Hund und als er aufblickt, gibt dieser quiekende Laute zurück.

„Wenn die Polizei endlich auch Computer erhält, wäre ich an der alten Schreibmaschine interessiert", meint Norio lächelnd an Marco gerichtet, während er Poppäa tätschelt.

Der sieht ihn nur verdutzt an.

„Ich habe sie schon meinem Vater versprochen", sage ich schnell, um von meiner Ausrede vor einigen Tagen abzulenken.

Doch dann geschieht etwas Merkwürdiges, das unsere Aufmerksamkeit völlig in Beschlag nimmt.

Wieder stupst Poppäa Norio mit der Nase an und gibt merkwürdige Welpenlaute von sich, die beinahe wie genuschelte Worte klingen. Abermals streichelt dieser den Hund und redet mit ihm in seiner Sprache. Das Ganze hört sich an wie ein geheimes Gespräch, aus dem alle anderen Anwesenden ausgeschlossen sind.

Marco stößt mich mit dem Ellenbogen in die Seite. Er sieht mich mit großen Augen vielfragend an. Auch er ist von der Szene mehr ergriffen, als von der merkwürdigen Bemerkung unseres Nachbarn über die rückständige Polizei.

Ich selbst beobachte das Vorgehen mit wachsendem Unbehagen. Ist es möglich, dass hier vor unseren Augen eine Unterhaltung stattfindet? Ein heimlicher Dialog in Japanisch zwischen unserem Nachbarn und einem ...?"

Ich wage nicht, den Gedanken zu Ende zu denken. Massimiliano hat immer behauptet, die Hündin könnte eine Überlebende aus seinem Geistergeschlecht sein. Bisher hat es dafür aber keine Anzeichen gegeben. Hat sich dort unten in der Wohnung im Hinterhaus inzwischen etwas ereignet, das sich unserer Kenntnis entzieht?

Ich spähe hinter mich auf Massimiliano.

Dieser steht senkrecht vor dem Sofa, beide Pfoten über dem Brustkorb verkrampft und den aufgeblähten Schwanz steif wie eine Antenne in die Höhe gereckt. Seine Schnurrhaare zittern auf und ab wie eine Hochspannungsleitung unter Strom. Mit zu Schlitzen verengten Augen beobachtet er das Geschehen. Ansonsten ankert er starr auf der Stelle wie ein Stalagmit in einer Tropfsteinhöhle. Noch nie habe ich ihn in so einem Zustand der Erregung gesehen!

„Danke, dass ihr sie versorgt habt", richtet sich Norio San endlich auf und ich mich wieder ihm zu.

„Ich bin hundemüde", entschuldigt sich der Japaner weiter. Er lacht über dieses Wortspiel Poppäa an, die abermals mit einem schlappenden Laut antwortet.

„Komm! Wir gehen."

Kaum sind die beiden über den Hinterhof verschwunden und wir haben mit aufgerissenen Augen verdattert die Tür in unserem Rücken ins Schloss gedrückt, fährt der Kater aufgebracht herum.

„Das ist die Höhe!"

Er zischt es leise genug, um den Schlaf des kleinen Nicos nicht zu stören.

„Da rettet man sie aus dem Elend des Straßenköterdaseins aus Pompeji und das ist der Dank dafür!"

„Hast du sie sprechen gehört?"

„Ist sie eine *penata*?"

„Ich spreche kein Japanisch!", faucht Massimiliano uns an, schiebt seine Pfoten in die Hosentasche und jagt aufgeregt um das Sofa, als wolle er einen Pfad in den Boden wetzen. „Mir verweigert sie jedes Wort und mit diesem Schreiberling plaudert sie verführerisch wie eine Sirene! Hat die Welt so etwas schon gesehen!"

„Du hast sie also sprechen gehört?", bohre ich entsetzt nach. Um nicht diesem Schreck zu verfallen, hätte ich mich zuvor nicht durch zahlreiche Beobachtungen schon vom Gegenteil überzeugen dürfen, dass Poppäa ein ganz gewöhnlicher Hund ist. Nun trifft mich die vermeintliche Enthüllung doppelt hart.

Marco wiederholt nur seine Frage: „Ist sie eine *penata*?"

„Ihr habt es doch selbst gesehen!", fährt mein Hausgeist auf, bleibt nur für den Moment dieses Ausrufes kurz stehen und fegt dann umso entrüsteter weiter durch den Raum.

„Eben nicht!", beharre ich. Ich versuche ihn aufzuhalten als gerade an uns vorbeirauscht. „Für uns hat sich das angehört, wie es sich vermutlich für Norio San darstellt, wenn du mit uns sprichst!"

„Für mich auch!"

Damit reißt er sich wieder aus meinem Griff los und braust wie ein Berserker zum Fenster. Mit düsterem Blick bleibt er davor stehen und knurrt: „So ein undankbares Geschöpf!"

„Ist sie nun eine *penata* oder nicht?", wiederholt der *Carabiniere* seine Frage ein drittes Mal, vermutlich aus beruflicher Gewohnheit heraus penibel am Thema bleibend.

„Dem werden wir auf den Grund gehen!"

Damit dreht der *penato* sich energisch ab, geht wieder zum Sofa, setzt sich entschieden nieder und beginnt sinnierend rhythmisch mit der Babyrassel zu spielen.

Er ignoriert uns.

8. Geheime Zutaten

„Störe ich?"

Die Frage kommt aus meinem Mobiltelefon, die dazugehörige Person sitzt in Deutschland. Es ist eine ehemalige Kollegin, die sich für die ungewöhnliche Stunde ihres Anrufs entschuldigt.

„Ich wollte dich nicht aus der Firma anrufen", fährt sie sogleich fort. „Sag mal, was ist denn bei euch da unten los?"

„Was meinst du?", frage ich zurück und ich kann nicht verhindern, beunruhigt zu sein. Sie hatte sich bisher nie bei mir ohne Grund gemeldet und wenn, dann immer im Rahmen beruflicher Angelegenheiten während der Arbeitszeit. Warum also jetzt so heimlich?

„Na, dein ehemaliger Chef ist auffallend oft hier in Deutschland", erklärt sie mit vielsagendem Unterton. „Ständig sitzt er beim Vorstand auf dem Schoß! Der kam sonst doch höchstselten hier her?"

„Ich habe keine Ahnung", antworte ich wahrheitsgemäß, jedoch zunehmend nervöser. „Weißt du mehr als ich?"

Sie antwortet mit einer Gegenfrage: „Musst du eine Assessment-Prüfung machen?", die ich ebenfalls wieder mit einer Gegenfrage beantworte: „Woher weißt du das?"

„Die Meier aus der Personalabteilung hat mir das im Vertrauen gesteckt", erklärt sie mit verschwörerischer Stimme. „Sie ärgert sich, weil so wenig Frauen in Führungspositionen sind und sieht es nicht gerne, dass man nun eine der Wenigen torpediert."

„Wieso torpediert?", frage ich noch immer, als ob ich nicht verstünde. Dabei ahne ich, wie ihre Antwort ausfallen wird.

„Dein ehemaliger Chef, der italienische Choleriker steckt dahinter!", tönt meine Kollegin nun mit wutentbrannter Stimme. Diese Machos, - Italiener oder Deutsche, die sind doch alle gleich! – können es einfach nicht ertragen, dass eine Frau ihnen zu nahekommt!"

„Aber das ist doch die ganz normale Prozedur," winke ich ab.

Ich weiß selbst nicht, warum ich genau dieselben abwiegelnden Worte des Personalleiters wiederhole, als müsse ich die Sache verteidigen.

„Das war aber doch so gar nicht ausgemacht!", ereifert sich meine Kollegin in Deutschland. „Du darfst dir das nicht gefallen lassen!"

Wieder erwische ich mich dabei, verdutzt zu fragen: „Woher weißt du das denn schon wieder?!"

„Wir haben uns hier alle total gefreut, dass endlich mal eine Frau zum Zuge kommt", übergeht sie meine Frage. „Lass dich ja nicht drauf ein! Die versuchen nur, dich mit allem Möglichen abzulenken, damit sie ihr Spiel im Hintergrund in Ruhe verfolgen können. Die Meier hat gesagt, dass sie nichts machen können, wenn du auf Einhaltung der Abmachung bestehst! Deshalb habe ich dich gleich angerufen!"

Ich seufze.

„Zu spät! Ich habe leider schon zugesagt."

Ihre Enttäuschung ist hörbar.

„Mist!"

Dann, nach einer weiteren Pause, in der weder ich noch sie etwas sagen, fährt sie fort: „Naja, wenigstens weißt du, dass du dir unserer Unterstützung sicher sein kannst. Nicht viel, aber wir werden dich auf dem Laufenden halten, wenn wir etwas bemerken, ja?"

„Danke", murmle ich und ärgere mich gewaltig, dass ich mich vom Personalleiter so schnell in die Falle habe locken lassen.

Missmutig lege ich auf.

Nur mit Mühe kann ich das Telefonat gedanklich beiseitelegen und mich dem anstehenden Besuch mit einem viel wichtigeren Thema als diesem wieder widmen.

Die erwarteten Gäste beugen sich kurz darauf interessiert über ihre Teller.

„Das sieht ja lecker aus!"

Max schnuppert an dem ersten Gang, den ich serviere. Enzo mustert immer wieder kommentarlos, jedoch mit kritischem Gesichtsausdruck, die

Kräuterleine. Seinem Partner scheint sie ebenso wenig aufzufallen, wie Marco sie zuvor abgetan hat.

Baby Nico schlummert friedlich in seiner Tasche neben meinem Bett und der Kater sitzt mit gespitzten Ohren auf der Couch und maniküurt seine Krallen. Er lauscht jedem unserer Worte wie eine Familie während des Zweiten Weltkrieges vor dem Radio verbotenen Sendern.

„Schade, dass Maurizio und Vittoria nicht kommen konnten", fährt Max fort und gießt den von einer Reise in die Toskana mitgebrachten *Orcia Rosso*[88] in unsere Gläser. „Aber wir wissen ja selbst, wie das während eines Umzugs ist. Man ist froh, abends ins Bett zu kommen und seine Ruhe zu haben. *Gin-gin*!"

Er hebt das Glas.

„Auf die Wahrheit!", prostet Enzo mit pikierter Miene in die Runde.

Ich werfe ihm einen beschwörenden Blick zu, etwas klüger zu agieren.

Max runzelt kurz die Stirn, kostet dann den Wein und befindet ihn als hervorragend wie immer.

Wie auf Kommando gabeln wir alle gleichzeitig den ersten Happen auf. Meine beiläufige Bemerkung über das angeblich alte Rezept meiner bayrischen Großmutter rief bei Auftragen der Teller keine unnötigen Nachfragen hervor und ich vermeide es, über die Gerichte ein weiteres Wort zu verlieren.

„Köstlich!", befindet Max kauend und Enzo stimmt ihm sogar mit einem Nicken des Kopfes und wohlwollender Miene zu.

„Habe ich zu viel versprochen?! Wie schmeckt euch das *garum*?", tuschelt der Kater plötzlich unter dem Tisch hervor. Sein Kopf taucht mit dem letzten Wort zwischen Marcos und meinem Stuhl auf wie das Sichtrohr eines U-Bootes aus dem Untergrund.

Gleichzeitig spucken mein *fidanzato* und ich den ersten Bissen in unsere Servietten und starren mit aufgerissenen Augen auf die Teller. Der Ekel der Erinnerung an den grauenhaften Gestank und das Wissen über die abstoßende Herstellung übermannt uns.

Enzo räuspert sich, hörbar geziert, mit einem kritischen Blick auf die große Katze, die seinem Befinden nach nichts an einem Esstisch zu suchen hat. Er hält die geraunte Botschaft über die antike römische Gewürzsauce offensichtlich für das bettelnde Miauen eines verzogenen Katers.

„Geh zurück zum Sofa!", gebe ich die strenge Hausherrin in Richtung des vermeintlichen Haustieres.

„Ihr seid wirklich nicht besonders experimentierfreudig!", kritisiert der Kater in missbilligendem Ton mit vernichtendem Augenspiel auf unsere Servietten. „Nehmt euch ein Beispiel an ihnen!"

---

[88] Rotwein, San Quirico d'Orcia, Toskana

Damit zeigt er mit der Pfote auf das uns gegenübersitzende Männerpaar, dreht auf den Hinterläufen um und geht erhobenen Hauptes zurück zum Sofa.

„Es ist lecker, aber heiß! Ihr habt euch wohl die Zunge verbrannt?", lächelt mein Landsmann uns an, bläst die wartende Portion vor seinem Mund kurz an und schiebt sie dann genüsslich hinein. „Ich finde, es schmeckt verführerisch gut!", er kaut konzentriert vor sich hin, „Sehr ausgefallen! Was ist das? Es hat eine geheimnisvolle Note."

„Geheimnisvoll, mhm ... das muss an dir liegen", murmelt Enzo kaum hörbar.

Mit rollenden Augen steigere ich meine telepathischen Versuche, ihm mehr Diplomatie zu bedeuten, während Max nach einem kurzen, irritierten Blick auf seinen Partner, fortfährt:

„Das ist offensichtlich mit einer Art Fleischbrühe angereichert! Stimmt's?"

Die Frage ging zwar an mich, doch von dem Sofa klingt ein abfälliges „Pah!" herüber.

Ich bleibe die Antwort einfach schuldig und erhebe mich unter dem Vorwand, den nächsten Gang vorbereiten zu müssen. Meine Portion stelle ich wie unabsichtlich weg.

Marco stochert zögerlich in seinem Gericht herum und schielt immer wieder zweifelnd auf unseren mit Genuss essenden Besuch. Beide leeren ihre Teller inzwischen mit der Geschwindigkeit eines Staubsaugers.

Ich spähe in den Topf des Hauptgerichts.

Huhn und Milchbreisauce sollten jedenfalls das unappetitliche Gewürz nicht enthalten, denke ich. Bestimmt hat nicht einmal der antike Geschmack der Römer Geflügel und Milch mit verwesendem Fisch kombiniert!

Ich serviere den nächsten Gang, während Marco die Teller des ersten abräumt. Max schenkt inzwischen Wasser nach und stellt den Rotwein zur Seite.

„Ich hätte Weißwein mitgebracht, wenn ich gewusst hätte ...", entschuldigt er sich, ohne den Satz zu beenden.

„Möchtest du Weißwein?", fängt Marco die Aussage auf und geht sofort an den Kühlschrank, um eine kalt gestellte Flasche zu holen.

„Nicht doch!", wehrt Max beflissen ab. „Du musst wegen mir keine neue Flasche öffnen!"

Enzo lauscht dem überaus freundlichen Dialog zwischen den beiden mit verbissenem Gesichtsausdruck.

„Es ist besser, wir behalten einen klaren Kopf!", schickt er seine erneute Bemerkung mit abgewandtem Haupt in eine unbestimmte Richtung.

„Nun ist es aber gut!", fährt Max ihn daraufhin an. „Was ist das mit dir heute Abend?! Was sollen diese ständigen Anspielungen!? Du benimmst dich ziemlich unhöflich unseren Gastgebern gegenüber!"

„Schon in Ordnung!", beschwichtige ich eilig und platziere die angerichteten Teller vor den beiden, weil ich eine wenig hilfreiche Eskalation befürchte.

Als hätte Enzo nur auf die Freigabe zu einem Ausbruch hingearbeitet, springt er auf, wedelt ein Taschentuch aus seiner Brusttasche und drückt es vor Mund und Nase, um ein beinahe gekünsteltes Schluchzen zu unterdrücken.

„Es ist einfach viel verlangt, mit deinem heimlichen Liebhaber an einem Tisch zu sitzen und so zu tun, als ob nichts wäre!"

„*Cosa*?!", ist das Erste, das Max ausruft. Dann schickt er ein nicht minder verwundertes „*Chi?*"[89] hinterher.

Marco und ich wechseln einen Blick: Er sieht mich fragend an und ich versuche, durch Achselzucken und heruntergezogene Mundwinkel, Ahnungslosigkeit vorzutäuschen.

Diese Entwicklung passt mir gar nicht!

„Schschscht!", tönt es von dem Sofa herüber. „Ihr weckt den Kleinen noch auf!"

Und sofort beginnt der Kater wieder wie ein Sänger klassischer Musik Indiens mysteriöse kratzende Töne zu brummen.

Enzo und Max schauen einen Moment, abgelenkt von ihrem Disput, konsterniert in seine Richtung.

„Was ist los mit deiner Katze?", fragt mein Landsmann. „Sie hört sich merkwürdig an?"

„Er macht das, wenn er müde ist", winke ich lässig ab. Allmählich erlange ich fürwahr Routine in pragmatischen Antworten auf unvorbereitete Situationen mit dem Kater.

Sofort ergreife ich die Gelegenheit der allgemeinen Ablenkung, drücke Enzo auf seinen Stuhl zurück, ziehe Marco an seinen Platz und setze mich selbst. Wenn ich das Gespräch nicht bald in meine gewünschte Richtung lenke, fürchte ich, dass dieser Abend zu keinem Ergebnis führen wird.

„Wir müssen mit euch reden", eröffne ich betont leise, wiederhole die von unserem Babysitter ausgesprochene Ermahnung und füge

---

[89] wer?

dann hinzu, bevor Enzo wieder in Dramatik verfällt: „Was habt ihr beiden denn so Geheimnisvolles miteinander zu schaffen, dass wir das nicht wissen dürfen?"

Diesmal kommt keines der italienischen Überraschungsworte, weder von Max noch von meinem *Carabiniere*.

Marco ergreift Messer und Gabel und beginnt das Huhn auf seinem Teller zu schneiden.

Max folgt seinem Beispiel. Schweigend.

Enzo steckt sein Taschentuch wieder weg, beobachtet seinen Partner betont abwartend und wendet sich dann, nachdem beide Männer noch immer nichts sagen, mit einer beleidigten Kopfdrehung ebenfalls seinem Essen zu.

„Du hast gedacht, dass Marco und ich ...?!", fängt mein Landsmann schließlich an.

Er wendet sich damit seinem Partner zu. Die Frage lässt er unvollendet in der Luft hängen und schließt verärgert: „Das ist ja geradezu geschmacklos!"

„Oouuh!"[90]

Marco wird sich mit diesem Ausruf der Anschuldigung offensichtlich erst jetzt bewusst. Er schaut im Uhrzeigersinn von einem Anwesenden zum Nächsten und wieder zurück.

Der Kater singt mit ungeduldiger Betonung in unsere Richtung, worauf mein *fidanzato* flüsternd Enzo anfährt: „Das ist eine unangemessene Unterstellung! Du hast das doch nicht auch gedacht?"

Mit einer ruckartigen Bewegung und Entsetzen in der Stimme wendet er sich damit an mich.

Betont schweigsam und gediegen lege ich die Serviette auf meinem Schoß aus, lächle ihn an und schüttle schließlich den Kopf: „Nicht eine Sekunde."

„Meno male!"[91], brummt Marco, schiebt sich ein Stück Fleisch in den Mund und deutet dann mit der leeren Gabel in Richtung der Babytasche: „Der Gegenbeweis liegt außerdem da drüben!"

„So etwas ist kein Beweis!", korrigiert ihn Enzo tonlos in derselben verschnupften Art seiner bisherigen Anspielungen.

„Jetzt hör aber auf!", zischt ihn Max ungehalten an und legt sein Besteck weg. „Marco und ich haben uns getroffen, weil ich etwas nicht ganz Legales für ihn getan habe. Das ist alles."

„Wie bitte?!"

---

[90] Jetzt reicht es! Halt ein! Genug!
[91] Immerhin! Umso besser! Wörtlich: weniger schlecht

Ich rufe es auf Deutsch aus.

Unterbewusste Gefühle, die sich überraschend einen Weg bahnen, treten noch immer in meiner Muttersprache zutage. Und ich kann es wahrlich nicht fassen: Mein *Carabiniere* und Max sollen etwas Illegales getan haben?!

Was geht hier vor sich?

Nun schweige ich Marco von der Seite fordernd an, wie zuvor Enzo seinen Partner. Und auch meiner isst anstelle einer Antwort einfach weiter. Er nickt lediglich kaum spürbar.

Ich schaue wieder auf Max, der es meinem Freund gleichtut.

Nur Enzo scheint über diese unerwartete Wendung in seiner bisherigen Theorie mehr als erleichtert. Er blickt mit gehobenen Augenbrauen einmal in die Runde, schiebt sich mit einem befreienden „aha!" eine Portion in den Mund und beginnt das Gericht zu loben, als sei nichts geschehen. Die Erklärung seines Partners scheint ihm ausreichend genug, um über jeden Verdacht erhaben zu sein.

Ich hingegen verliere in zunehmendem Maße den Appetit und diesmal nicht wegen der Kochexperimente meines Hausgeistes. Mein Magen zieht sich unter dieser Anspannung ganz klein zusammen, als müsse er in Deckung gehen. Es zerrt an meinen Nerven, dass wir den beiden alles aus der Nase ziehen müssen. Ich befürchte deshalb schlechtere Nachrichten, als bisher vermutet.

„Es ist für uns beide, für mich als Arzt und für ihn als *Carabiniere,* nicht vorteilhaft, wenn das jeder weiß", fährt Max in seiner Begründung endlich fort. „Ihr hättet uns nicht gleich nachspionieren müssen!"

Nun echauffiere ich mich: „Ich habe nicht hinterhergeschnüffelt!"

In zwei Sätzen erkläre ich den Grund meiner ungeplanten Beobachtung, lasse aber Enzo bewusst außen vor. Der kann für sich selbst reden. Auf ihn trifft der Vorwurf schließlich zu.

Der spielt sofort wieder den Beleidigten, wenn auch mit deutlich reduziertem Ausmaß an Tragödienelementen: „Ich bin nicht Jeder! Mit mir wirst du wohl sprechen können?"

„Nimm es mir nicht übel, aber du bist eine rechte Plaudertasche", meint Max ein wenig versöhnlicher zu seinem Partner. „Du erzählst immer alles sofort deiner Schwester und wenn die es weiß, dann spricht bald ganz Bologna davon. Und das ist gewiss nichts, was ich breitgetreten wissen will!"

Enzo scheint das Urteil über seine Schwester als ein berechtigtes zu billigen, denn er gibt mit kurzem Kopfwiegen und passendem Mienenspiel zu, dass dem wohl so sei.

„Was denn nun?", bohre ich ungehalten nach, nachdem Marco noch immer zugeknöpft vor sich hin isst, als ginge ihn diese Aussprache nichts an. Er wechselt einen kurzen Wink mit seinem Gegenüber, der so offenherzig begonnen hat, die Heimlichkeit vor uns auszubreiten.

Das scheint Max' Zunge endgültig zu lösen:

„Na gut", seufzt er, „ihr gebt ja sonst doch keine Ruhe! Da ist dieser Anästhesist aus dem Krankenhaus. Ein seltsamer Typ. Sehr intelligent, aber total introvertiert. Niemand hat richtig Kontakt mit ihm, dabei sieht er gar nicht übel aus. Die Frauen würden ihm zu Füßen liegen, aber das scheint ihn nicht zu interessieren. Und *gay* ist er nicht, falls ihr das jetzt denkt. Irgendetwas muss in seiner Kindheit total schiefgelaufen sein: Ich habe selten so viel soziale Inkompetenz gesehen. Das nur nebenbei. Jedenfalls ist der irgendwie hinter der Mutter von Marcos Sohn her und Marco hat mich gebeten, etwas über den Kerl in Erfahrung zu bringen. Das ist alles!"

„Aber das ist doch nicht illegal!", ruft Enzo mit so viel Erleichterung, dass es wie Misstrauen wirkt.

„Vertiefen wir das nicht", beschließt der Arzt diesen Punkt trocken und schlägt die Augen nieder auf das Gericht vor ihm. Er widmet sich nun wieder mit aller Aufmerksamkeit seinem Teller.

Je weiter die Erklärung voranschreitet, umso ruhiger wirkt Enzo, der dem speisenden Beispiel seines Gefährten folgt. Umso aufgewühlter werde jedoch ich.

Es ist also noch viel schlimmer, als ich geargwöhnt hatte: Marco ist eifersüchtig auf einen Anderen, der Bianca offensichtlich den Hof macht! Warum sonst sollte ihn das aufwühlen? Warum sonst vor mir geheim halten? Vielleicht hat Bianca dieses Spiel sogar eingefädelt, um den Vater ihres Kindes zu dieser Reaktion zu bewegen? Deshalb auch sein anhaltendes Schweigen und die konsequente Vermeidung eines Augenkontaktes mit mir!

„Ich will nicht, dass Bianca meinen Sohn mit irgendwelchen gemütskranken Typen konfrontiert", verteidigt sich Marco schließlich nach einer weiteren Weile der Stille am Tisch.

„Auch sie hat das Recht auf eine neue Beziehung, meinst du nicht?", versuche ich einen Vorstoß in vernünftige Überlegungen. „Vielleicht ist er ganz nett? Du kennst ihn doch gar nicht!"

„Eben!", kontert Marco mit schwingender Gabel, „genau das wollte ich ja herausfinden!"

Enzo lobt meine Kochkunst, als wäre er die Jury eines Rezeptwettbewerbs: „Hervorragend, dieses Huhn! Perfekt gegart auf den Punkt, knusprig außen und saftig innen, mit einer so fein abgeschmeckten

Sauce, die beinahe ein Prickeln auf der Zunge hinterlässt. Großes Kompliment an die Köchin!"

„In der Tat! Sehr fein", stimmt Max kauend hinzu und sogar Marco nickt: „Schmeckt wirklich gut."

Obwohl ich im Augenblick mit anderen Dingen beschäftigt bin, muss auch ich eingestehen, dass die drei recht haben: Das Gericht ist ausnehmend wohlschmeckend.

Das einschläfernde Summen vom Sofa her, das seit dem letzten Einwurf des Katers unser Gespräch untermalte, bricht jäh ab. Aus den Augenwinkeln sehe ich, wie der Kater interessiert den Hals reckt und mit gespitzten Ohren in unsere Richtung späht.

„Habt ihr wenigstens etwas Brauchbares herausgefunden?", will Enzo schließlich gespannt wissen. Seine Aufregung hat sich völlig gelegt. Übergangslos gleitet seine ursprünglich gereizte Gangart in hellhörige Neugierde.

„Nicht wirklich", brummt Marco ein wenig unwillig.

„Eher im Gegenteil", ergänzt Max vorsichtig.

„Was ist denn das Gegenteil von ‚nicht wirklich'?"

Mir platzt der Kragen über diese verstockte Kommunikation der zwei Männer. Die Verschlossenheit der beiden und die demonstrativ zunehmende ‚ich-bin-aus-dem-Schneider-Haltung' Enzos wenden die Bedrohung in diesem Unausgesprochenen gezielt auf mich. Am liebsten würde ich aus der Schusslinie springen, zumindest eine körperliche Bewegung vollziehen, um meine innere Anspannung zu lösen. Aber das wäre jetzt der unpassendste Moment.

Mein Landsmann sieht Marco abwartend an. Offensichtlich will er an diesem Punkt nicht weiter Rede und Antwort stehen.

„Max hat herausgefunden, dass der Typ einen heimlichen Vaterschaftstest hat machen lassen."

Mit diesen Worten dreht sich Marco endlich mir zu und sieht mir mit großen Pupillen gerade in die Augen, als wolle er in diesem Blick sowohl eine Entschuldigung als auch eine Rechtfertigung betten.

Ich nehme nichts davon auf.

Ich gaffe ihn nur verblüfft an.

Innerlich gerüstet gegen sämtliche Gemeinheiten dieser Bianca, die ich hinter den Heimlichkeiten vermute, trifft mich diese Aussage wie ein Schuss im Kampf, jedoch aus den eigenen Reihen.

„Das darf der eigentlich gar nicht", erklärt der Arzt an unserem Tisch schnell weiter. „Er hätte also nicht gegen uns vorgehen können, wenn ich die heimlichen Testergebnisse entwendet hätte. Aber ich konnte die Dokumente nicht rechtzeitig an mich nehmen. Sie liegen noch im Labor. Nun wissen wir nicht, was es damit auf sich hat?"

„Soll das heißen, dass du vielleicht gar nicht der Vater bist?!"

Meine Stimme überschlägt sich beinahe, als ich mich in dieselbe Dramaqueen verwandle, die kurz zuvor Enzo noch darbot.

„No … si … non lo so …"[92]

Marco scheint von dem ‚*friendly fire*' der Situation beinahe ebenso getroffen wie ich.

„Was soll das heißen: Du weißt es nicht?! Seit wann hast du diesen Zweifel?", knurre ich außer mir.

„Ich hege keine Zweifel! Du hast selbst gesagt, dass der Kleine mir wie aus dem Gesicht geschnitten ist!" Marco versucht offensichtlich, sich selbst mehr zu überzeugen, als die Anwesenden. „Ich wüsste auch gerne, was der Typ damit bezwecken will!? Das ist es ja eben! Deshalb wollte ich die Testergebnisse haben!"

Ich springe auf, laufe zu der Tragetasche in der Ecke und blicke aufgebracht hinab auf den schlafenden Säugling, der bereits einen Wachzustand ankündigend an seinem Schnuller saugt.

Kann man bei einem so frischen Menschenkind überhaupt schon vererbte Anlagen ausmachen? Mit einem Mal bin ich mir gar nicht mehr so sicher, dass ich Marcos Züge in dem kleinen Babygesicht sehe. War es die Projektion der Liebe, die diese zuvor in meinen Blick gezaubert hat? Hat mich mein eigener Wunsch, diesen Nachkommen des Mannes, den ich so sehr liebe, auch in mein Herz schließen zu wollen, überlistet?

Da liegt die kleine Ursache dieses nahenden Dramas, zu meinen Füßen, schläft selig in aller Unschuld, während sich mein Leben seinetwegen in einen mitreißenden Strudel verwandelt. Was geschieht mit meiner bereits gekeimten Liebe zu dem kleinen Wesen, als Teil des Mannes in meinem Leben, wenn sich all dies nun als eine Lüge herausstellen sollte?

Ich schlucke.

Auf meinem Weg zurück an den Tisch guckt mir Massimiliano mit sehr ernster Miene hinterher und dreht wieder grüblerisch die Babyrassel in der Pfote.

„Wieso fragst du nicht einfach die Mutter? Das wäre doch weniger aufwändig?", frage ich die beiden Amateuragenten. „Mir scheint das der weitaus naheliegendere Schritt vor so einer geheimdienstreifen Aktion!"

---

[92] Ja, nein, ich weiß es nicht

Beide Männer, Marco und auch mein Arztfreund ziehen ein wenig die Köpfe ein, antworten aber wieder einmal nicht.

Gedankenverloren beginne ich die Teller abzuräumen, ohne darauf zu warten, ob alle am Tisch den zweiten Gang beendet haben. Enzo hält den seinen sofort mit dem Hinweis fest, dass er gerne noch einen Nachschlag nehmen würde.

„Bianca sagt, dass ich der Vater bin", behauptet Marco dann in meine Handlung hinein.

Ich schaufle energisch Nachschlag auf Enzos Teller.

Natürlich sagt sie das! Sie will ihn schließlich wieder zurückhaben! Da wäre sie ja schön blöd, etwas anderes zu behaupten. Außerdem scheint mir mein gutherziger *Carabiniere* der zuverlässigere Ernährer zu sein. Und was hat es mit diesem Typen auf sich? Dieser Andere muss doch irgendeinen Grund haben, einen solchen Test zu veranlassen? War er vielleicht ein ehemaliger Fehltritt? Oder nutzte sie ihn nur als Köder, aber der hat sich verselbständigt und stellt nun Ansprüche?

Ich kippe den Rest der Speise auf den bereits ziemlich überladenen Teller und setze ihn Enzo wortlos wieder vor.

„So hungrig war ich eigentlich nicht mehr", versucht er einen leisen Protest. Aber ich höre nur, was Marco spricht.

„Bianca kennt ihn von früher, sagt sie", berichtet dieser weiter und bestätigt damit ungewollt meine Gedankengespinste.

Marco steigert sich mit jedem weiteren Wort in eine Gereiztheit, die ich an ihm selten beobachtet habe.

„Sie kann sich auch nicht erklären, wieso der Typ sie nicht in Ruhe lässt. Sie will von ihm nichts mehr wissen und hat ihm das auch gesagt. Aber er verfolgt sie und den Kleinen auf Schritt und Tritt. Das ist ein richtiger Stalker! Wer weiß, wozu der Kerl noch fähig ist?! Da kann man doch nicht einfach tatenlos zusehen! Das sind genau die Geschichten, die man tagtäglich im Fernsehen zu sehen bekommt und niemand etwas dagegen tut. Hinterher, wenn es zu spät ist, jammern dann alle, dass man das ja nicht ahnen konnte!"

Ein innerliches Erdbeben übermannt mich.

Die heftigen Gefühle, die Marcos Aussagen begleiten, sprechen für mehr Bindung an diese Bianca, als mir lieb sein kann! Da spricht nicht nur der besorgte Vater! Das ist personifizierte Eifersucht!

Max stößt seinen Partner mit dem Ellenbogen und vielsagenden Blicken mit einem Wink zur Tür von der Seite an. Dieser antwortet mit einer stummen Gebärde auf den vollen Teller vor ihm. Offensichtlich will er sich den Genuss nicht entgehen lassen, das Drama der anderen

Beziehung auszukosten, nachdem er sich selbst so unerwartet ins Reich der Harmonie gerettet hat.

Abermals laufe ich an dem, mittlerweile die Babyrassel rhythmisch in seine Pfoten klopfenden Massimiliano vorbei, erneut zu der Babytasche.

Ich zwinge mich zu Ruhe und blicke wieder, mit über dem Brustkorb verschränkten Armen, auf das schlafende Kind hinab. Aufgewühlt stehe ich da und weiß nicht mehr, wohin mit meinen amoklaufenden Eindrücken.

Das arme Würmchen ist nur wenige Tage auf dieser Welt und wird schon zum Spielball derartiger Manipulation! Und doch hat er die unglaubliche Macht, seinen Vater wie hypnotisiert zu seiner Mutter zu manövrieren. Und ich stehe da und kann diesem Vorgang nur tatenlos zusehen. Ich habe dem einfach nichts entgegenzusetzen!

Es sei denn, es würde sich tatsächlich herausstellen, dass Marco gar nicht der Vater ist?

Wenn es stimmt, was ich mir zusammenreime, dann dürfte diese Bianca kein Interesse daran haben, dass das wahre Testergebnis ans Licht kommt? Dann wäre es durchaus in ihrem Interesse, Marco derart aufzustacheln, dass er diese gesetzeswidrigen Testdokumente sogar klaut und vernichtet? Das niederträchtige Biest weiß ja nicht, dass Marco einen deutschen Arzt zum Freund hat, der ihm die verschlüsselten Zahlen übersetzen und ihr Geheimnis lüften könnte.

Max erhebt sich vom Tisch und räumt sein Gedeck ab. Obwohl Enzo noch nicht zu Ende gegessen hat, entzieht er auch diesem seinen Teller und stellt ihn beiseite.

„Wir gehen besser", meint er bestimmt. „Wir stören jetzt nur."

Er zupft Enzo am Ärmel ein wenig in die Höhe, nachdem dieser nicht sofort reagiert.

„Möchtest du nicht noch einen *caffè*?", versucht Enzo ihn davon abzuhalten und als sein Partner nicht reagiert setzt er eine weitere Provokation hinzu: „Nicht einmal deiner schlechten deutschen Gewohnheit willst du frönen: einen Cappuccino nach dem Abendessen?"[93]

Max zieht Enzo sanft aber deutlich am Arm in die Höhe und antwortet mit zähmendem Tonfall: „Ich habe dir schon tausend Mal erklärt, dass Deutsche den süßen Milchkaffee oft als Dessertersatz zu sich nehmen. Kaffee und Dessert in einem. Das ist effizient!"

Mit schrägem Kopf, Schulterzucken und einem vernichtendem „Kulturbanausen" erhebt sich Enzo schließlich doch.

---

[93] Italiener trinken Cappuccino nur zum Frühstück

„Grazie."

Marco reicht Max dankend die Hand, unklar ob wegen dessen Feingefühls oder seiner vorherigen Taten. „Tut mir leid, wenn du wegen mir Unannehmlichkeiten hattest."

„Ich hätte es ja nicht tun müssen", antwortet dieser schlicht.

„Nehmt zumindest den Nachtisch mit nach Hause!"

Ich eile an den Tresen und packe die Portionen der beiden in einen transportablen Behälter. Damit will ich mein Bedauern über den abrupten Abbruch des Abendessens ausdrücken, ohne sie scheinheilig zum Bleiben zu drängen. Denn Max kommt mir mit dieser Entscheidung des verführten Aufbruches sehr entgegen: Marco und ich müssen, mehr denn je, dringend miteinander sprechen!

Doch als die beiden weg sind, breitet sich erneut niederschmetterndes Schweigen im Raum aus. Wir sehen uns an und wissen nicht, was wir sagen sollen.

Sogar mein Hausgeist findet keine Worte. Das klatschende Rasseln des Babyspielzeugs in seiner Hand unterstreicht unsere Ratlosigkeit.

„Und nun?", frage ich Marco schließlich mit letzter Beherrschung. Meine zum Bersten gebändigten Gefühle drängen mich, ihm Vorwürfe an den Kopf zu werfen und mit meinen Schlussfolgerungen zu bombardieren. Das wäre aber alles andere als hilfreich in dieser Situation. Viel besser ist es, zu versuchen, ihm zur Seite zu stehen und ihn so bei mir zu halten. Deshalb ersticke ich weitere Worte im Keim des Gedankens.

„Ich weiß auch nicht", gibt Marco resigniert zurück. Er sieht mich mit beinahe flehendem Augenausdruck an.

Der Kater legt die Rassel ab, tritt neben uns und sieht uns abwechselnd in die Augen:

„Zumindest wissen wir jetzt, dass euch das *garum* im Huhn gemundet hat. Das ist ja schon etwas!"

9. Überraschung kommt selten allein

„Überraschung!"

„Mama!"

Eine innige Umarmung erstickt meine nächste Frage in ihre Schultern: „Wie kommt ihr denn hier her?!"

Ich hatte nur auf den Summer gedrückt, gar nicht vorsichtig nachgefragt, wie ich es mir mittlerweile angewöhnt habe. Zu dieser Uhrzeit habe ich Marco von seiner Schicht zurückerwartet.

Stattdessen tritt sich meine Mutter sorgfältig die Schuhe auf dem Abtreter sauber und lockert das Seidentuch um ihren Hals.

„Dein Vater kommt auch gleich. Er muss das Auto zwei Straßen weiter parken. Vor der Tür ist ja kein Parkplatz. Wir wollten dich auf dem Weg in unseren Urlaub kurz besuchen. Auf diese Weise sehen wir endlich mal, wie du hier lebst."

Damit tritt sie ein und ich betreten beiseite.

Sie sieht sich um, ich scanne mit den Augen in Windeseile meine kleine Wohnung nach Verdächtigem ab.

Glücklicherweise habe ich vor kurzem den Plastikberg entsorgt und der Kater hat inzwischen die zerknüllten Papierbälle beseitigt und er selbst ist – seinen eigenen Worten gemäß - in wichtigen Angelegenheiten unterwegs. Und das ist gut so, denn wenn meine Mutter etwas hasst, dann sind es Katzen. Und wenn es etwas gibt, das dies übertrifft, sind es Katzen in Wohnungen. Nur die Kräuterleine zieht sich noch immer quer durch den Raum.

„Warum habt ihr mir nicht gesagt, dass ihr hier nach Italien in Urlaub fahrt?"

Ich lasse die Tür einen Spalt offenstehen und folge meiner Mutter ein wenig konzeptlos in den Raum.

„Willst du einen Kaffee?"

Mit dieser Frage rette ich mich aus meinem kleinen Schock.

„Gerne! Mach auch gleich einen für deinen Vater", nickt sie und dreht sich mitten im Raum stehend einmal langsam um die eigene Achse, als wollte sie in 360 Grad meine Behausung in ihrer Erinnerung peinlichst genau abspeichern.

„Seit wann beschäftigst du dich mit Kräutern?!", wundert sie sich kurz, redet aber sofort weiter: „Hübsch hast du es hier! Das erwartet man gar nicht von außen. Obwohl die kleine *piazza* sehr attraktiv ist. Nur das mit dem mangelnden Parkplatz ist äußerst unpraktisch. Hier fährt man wohl viel mit dem Bus, was? Wir haben auf der Einfallstraße in die Innenstadt so viele junge Frauen am Straßenrand auf den Bus warten sehen. Wie vernünftig, habe ich zu deinem Vater gesagt! Die jungen Männer sollten sich mal ein Beispiel daran nehmen, anstatt mit ihren Motorrädern diese geradezu lebensgefährlichen Manöver zu verursachen!"

„Die warten nicht auf den Bus", berichtige ich sie und mache mich daran, den Kaffee zuzubereiten. „Das sind Prostituierte."

„Ach!"

Sie setzt sich auf das Sofa, streift mit der Hand über das Polster, zieht etwas aus einer Ritze und legt dann nach ein paar verwunderten Momenten die Babyrassel wieder wortlos beiseite.

Ich überlege gerade, welche Ausrede ich mir dafür einfallen lassen könnte, als sie gleich wieder aufsteht, weil sie bemerkt, dass dort kein Tischchen steht, auf das man eine Kaffeetasse abstellen könnte. Umso besser!

Sie kommt an den Küchentisch: „Ich dachte, das ist in Italien verboten? Dass der Vatikan so etwas zulässt?"

„Irgendwie musste man den Zwiespalt zwischen Papst und sämtlichen politischen Strömungen wohl lösen", lache ich so locker wie möglich, stelle die Espressomaschine auf die Gasflamme. Gleichzeitig überlege ich fieberhaft, wie ich diesen Überraschungsbesuch halbwegs mit dem zu erwartenden Marco in Einklang bringen werde. „Ergo, eine

typisch italienische Lösung: Es ist nicht verboten, aber ziemlich einge-
schränkt, glaube ich. Jedenfalls nicht so legalisiert, wie in Deutschland."

Ich suche im Kühlschrank. Der Nachtisch von vorgestern Abend ist
glücklicherweise haltbar und geeignet, um mit einer Tasse Kaffee am
Nachmittag auch als kleine Süßigkeit angeboten zu werden. Ich setze
ihr die von Massimiliano zubereiteten, antiken *dolci* vor.

„Das sieht aber verlockend aus! Hast du das gebacken?"

Unterdessen dreht sie sich wieder auf ihrem Stuhl herum und kramt
mühselig etwas aus der großen Tasche, die sie über die Stuhllehne
gehängt hat.

„A propos backen: Schau! Das haben wir dir mitgebracht. Im Ausland gibt es ja kein richtiges Brot zu kaufen. Dieses furchtbare, trocke-
ne Weißbrot hier muss dir bestimmt schon zum Hals heraushängen?
Das sollte erst mal eine Weile reichen. Wo hast du deinen Gefrier-
schrank?"

Sie legt drei runde Laibe Schwarzbrot auf den Tisch.

„Das ist viel zu viel!", jammere ich, jedoch noch immer mit einer Nuance von Dankbarkeit in meinem Lamento.

Bereits in Deutschland habe ich ihr mehrfach erklärt, dass ich nur
ein kleines Gefrierfach oberhalb des Kühlschranks besitze und deshalb
nicht all die bayerischen *Schmankerl*[94] mitschleppen kann, die sie bei
meinem letzten Besuch für mich hergerichtet hatte. Selbst der Hinweis,
dass Italien das El Dorado der Feinschmecker sei, hat sie nicht überzeugt. Sie bleibt hartnäckig bei der Vorstellung, dass mein Exil in Bologna im Zentrum einer kulinarischen Wüste liegen muss.

Trotzdem umarme ich sie kurz dankbar. Es ist die Geste, die zählt.

Sie packt noch mehrere Paare geräucherte Brat- und eingeschweiß-
te Weißwürste, zwei Dosen Bratwursthack, drei frische Packungen für
rohe Kartoffelknödel und zuletzt noch ein ganzes Stück gewürzten
Schinken auf den Tisch.

In diesem Moment wird die Tür mit dem Schwung eines Kasten Bie-
res aufgestoßen, den mein Vater keuchend neben meinem Kleiderständer hievt: „Schau her: Bier aus der Heimat! Wir haben dir extra
einen Kasten gemischt: *Lamms- und Gansbräu, Glossner und Winkler-
bier!*"[95]

„Papa!", umarme ich ihn, schließe die Tür hinter ihm und ziehe ihm
einen Stuhl am Küchentisch heraus, damit er sich setzen kann. Dankbar
sinkt er darauf nieder.

---

[94] bayrischer Ausdruck: Leckereien
[95] Lokale Brauereien, Neumarkt i.d. Opf.

„Was für eine Fahrt!", pustet er, noch immer ziemlich außer Atem. „Erst dieser Stau um München, dann mit Tempomat einhundert durch ganz Österreich. Als ob das nicht schon lästig genug wäre! Ständig ändern sie die Geschwindigkeitsbegrenzung von achtzig auf hundert auf hundertzehn, dann wieder auf achtzig. Reine Schikane! Die wollen nur abkassieren! Aber nicht mit mir, ich habe aufgepasst, wie ein Schießhund! In Italien kann man wenigstens mit etwas Kalkül hundertfünfzig fahren. Auch, wenn sie verrostete Leitplanken haben, das handhaben die Italiener besser als die Österreicher."

Er holt ein wenig Luft, erhebt sich, dehnt seinen Rücken und breitet seine Arme aus: „Lass dich drücken!"

Diesmal landet mein Gesicht am Brustkorb meines Vaters, der mir einen dicken Schmatzer ins Haar setzt und mich erst wieder freigibt, als ich nach Luft zu schnappen beginne.

„Du schreibst?", fragt mein Vater interessiert freudig über meinen Kopf hinweg in Richtung der alten Schreibmaschine. Die Kräuter beachtet er gar nicht.

Als Journalist fällt ihm so etwas natürlich sofort ins Auge und die unverhoffte Entwicklung seiner Tochter in Richtung väterlicher Fußstapfen zaubert hoffnungsvolle Schwingungen in den Klang seiner Worte.

„Dekoration", erwidere ich geistesgegenwärtig. „Mir gefällt das alte Gerät."

„Verstehe", lächelt mein Vater geschmeichelt. „Deshalb auch die Flasche Absinth. Gefällt mir."

„Weil du auch immer so rasen musst!", beschwert sich meine Mutter, den Inhalt unseres letzten Wortwechsels völlig ignorierend, wie sie es gerne tut, um das Thema zu wechseln. Sie wendet sich mit dieser Einleitung mir zu.

„Mit deinem Vater ist es unmöglich, eine erholsame Anreise in den Urlaub zu erleben! Meinst du, er würde mal eine Pause einlegen? Ganz zu schweigen davon, für ein nettes Restaurant oder einen schönen Ausblick einen kleinen Umweg zu machen?"

„Ach was, erholsam!", wischt mein Erzeuger ihre Klage unwirsch beiseite und setzt sich ebenfalls an den Tisch. „Man muss so effizient wie möglich ans Ziel kommen! Dann hat man alle Zeit der Welt, sich zu erholen! Deswegen fährt man doch weg. Sonst könntest du gleich zu Hause im Kreis fahren und dich dabei erholen! Das wäre billiger."

Und damit sind meine Eltern, mit dem gewohnten Dialog, den ich mein Leben lang nie anders vernommen habe, in meinem kleinen Exil in Italien angekommen.

Um mich dem Sog dieser Dynamik in meiner Rolle als Tochter zu entziehen, widme ich mich sehr ausführlich dem Kaffee auf der Gasflamme. Den Disput im Hintergrund versuche ich auszublenden, bis mich die Worte „das ganze Wochenende" aufschrecken.

Mit dem Kännchen in der Hand und einem „was?" auf den Lippen komme ich zurück an den Küchentisch.

„Wir haben uns übers Wochenende im Hotel hier eingebucht. Montag fahren wir dann ganz gemütlich weiter in die Toskana", erklärt mir meine Mutter und kippt Milch in ihre Tasse, noch während ich ihr den Kaffee eingieße. „Wo ist die Toilette? Ich muss ganz dringend! Dein Vater hat nicht mal dafür angehalten, du kennst ihn."

Ich weise ihr den Weg zum Badezimmer und setze mich höchst alarmiert an den Tisch zu meinem Vater, der bereits in seiner Tasse rührt und sich ein süßes Teilchen vom Teller fischt.

„Was ist das? Das schmeckt hervorragend! Ein ganz eigenartiger Geschmack, aber wirklich gut."

„Ein altes Rezept", winke ich wie nebensächlich ab.

Die Tatsache, dass ich aufgrund dieses Überfalls meinen *Carabiniere* nun früher als geplant meinen Eltern präsentieren muss, kann ich noch gut verkraften. Dass sie jedoch unangemeldet auch mein gesamtes Wochenende in Beschlag nehmen wollen, bringt mich in große Verlegenheit.

Für diesen Sonntag ist nämlich die Taufe des kleinen Nicos angesetzt. Auf keinen Fall will ich Marco alleine zur Kirche lassen, damit diese Bianca freie Bahn hat, während ich meine Eltern durch Sehenswürdigkeiten schleuse. Außerdem will ich die Existenz des Kleinen, und Marcos ungeklärte Rolle in diesem Zusammenhang, auf keinen Fall zum Thema eines ersten Kennenlernens zwischen den Parteien machen. Die Dinge sind auch so schon kompliziert genug. Ich muss mir also schnell etwas einfallen lassen!

„Wieso habt ihr mir nicht gesagt, dass ihr auf Besuch kommt?", fange ich vorsichtig an. „Dann hätte ich mir Zeit genommen und euch die Stadt gezeigt und ..."

„Nein, bloß keine Umstände! Das ist kein offizieller Besuch. Wir sind auf der Durchreise", tätschelt mir mein Vater liebevoll die Hand. „Wir freuen uns über die Zeit, die du erübrigen kannst. Wir wollen nur unsere Tochter sehen, die Stadt, in der sie lebt und ..." er zwickt mir leicht in die Wange, wie er das seit meiner Kindheit und noch immer macht, „ ... vielleicht den Mann in Deinem Leben hier kennenlernen?"

„Ich erwarte ihn jeden Augenblick, dann kann ich ihn euch vorstellen", lächle ich ihn zögerlich an. „Allerdings wäre es mir lieber, wir treffen uns zum Abendessen und ihr ruht euch vorher noch ein wenig im Hotel aus und ..."

„Verstehe", nickt er mit wissend gesenkten Augenlidern, „du willst ihn vorwarnen. Das machen wir! Keine Sorge. Ich werde deine Mutter nach dem Kaffee gleich ins Hotel bringen. Was macht er denn beruflich?"

Da ist sie: die obligatorische erste Frage zu jedem Mann in meinem Leben! Nie ging es zuerst um den Charakter, wie wir uns kennengelernt haben, wie er mich behandelt oder wie der jeweilige Partner ihrer Tochter rein äußerlich vielleicht zu erkennen sei. Immer war es die erste kritische Prüfung, die ein von mir Erwählter bisher nie bestanden hat: Kann der Beruf dem Anspruch meines Vaters als Chefredakteur gerecht werden?

„Er ist bei den *Carabiniere.*"

Das Gesicht meines Vaters verwandelt den Ausdruck in den mir bekannten, den er stets anlässlich schlechter Schulnoten aufzusetzen pflegte und ich mich in das gefühlte Schulkind, das die elterliche Erwartung enttäuscht.

„Was?", echauffiere ich mich sofort, vermutlich mehr über meine eigenen Empfindungen, als über seine Reaktion. „Was ist damit nicht in Ordnung?!"

Es folgt die gewohnte Aufhebung, die in Worten negiert und in Körpersprache abwertet: „Nichts! Gar nichts. Ich habe gar nichts gegen diesen Beruf. Was bist du immer gleich so aufgebracht?!"

Ein Moment des Schweigens tritt ein.

„Schreibt er damit seine Polizeiberichte? Ganz schön rückständig, die Italiener", versucht er, mit einem Scherz in Richtung des Schriftstellerstilllebens, die Spannung zu lösen.

Ich kann aber nicht lachen.

Kaum sind meine Eltern wenige Minuten in meiner Wohnung, verläuft das Gespräch schon nach dem gewohnten Muster. Gleichwohl ich es bemerke, verführt es mich unweigerlich in alte Verhaltensschleifen. Es ist wie ein Sog, dem ich mich nicht entziehen kann. Noch bevor sie Marco überhaupt zu Gesicht bekommen haben, fühle ich mich genötigt, ihn zu verteidigen.

„Na, komm schon", muntert mein Erzeuger mich mit einem väterlichen Rempler auf. „Wir gehen jetzt ins Hotel, du bereitest deinen Freund auf unseren Überfall vor und dann laden wir euch ins Restaurant des Hotels ein. Das sieht sehr vielversprechend aus. Was sagst du?" Er wirft einen Blick auf seine Armbanduhr: „Um sechs Uhr?"

„Um die Zeit bekommst du hier nichts zu essen", antworte ich schon ein wenig versöhnter. „Vor halb acht Uhr schalten sie in der Küche nicht einmal das Licht ein."

„Da wird deine Mutter wieder klagen", seufzt er und schiebt sich, wie zur Wegzehrung bis zu diesem späten Abendessen, ein weiteres süßes Teilchen in den Mund.

„Köstlich!"

Wie aufs Stichwort erscheint seine Frau in der Badezimmertür. In einer Hand hält sie einen Rasierapparat und in der anderen einen großen, bunten Kulturbeutel. Beides hält sie wie in einer TV-Verkaufsshow präsentierend in die Luft.

„Was sind denn das für Sachen?"

„Das gehört Marco."

Ich sage es so lässig, wie es die mich bereits beherrschende Anspannung nur zulässt. Viel Spielraum ist nicht.

„Lebt ihr zusammen? Warum erzählst du uns das nicht?"

Wie eine Statue verharrt sie unbeweglich mit gehobenen Armen im Türrahmen, bis ich antworte.

„Nur vorübergehend. Er sucht gerade eine neue Wohnung."

Ich habe meinen Eltern inzwischen zwar von Marco berichtet, jedoch nicht, dass er für drei Monate in einem Krisengebiet war. Mein Vater hätte womöglich Recherchen angestellt, die mich noch mehr beunruhigt hätten, als ich sowieso schon gewesen war. Diesmal wollte ich ihnen die neue Liebe in meinem Leben so wohlwollend präsentieren, wie Marco es auch verdient. Doch selbst mit einer Distanz von über achthundert Kilometern zwischen uns, gelingt es meinen Eltern, meinen Plan nach ihrem Gusto zu durchkreuzen.

Mein Vater hebt die Augenbrauen.

Meine Mutter presst ein inspizierendes „er hat keine Wohnung?" durch schmale Lippen.

„Er wird das Apartment oben übernehmen, sobald die Steuerberater ausgezogen sind!" Ich fühle mich wie eine schuldige Heilige, die der erdrückenden Erwartung ihrer Anbeter gerecht zu werden versucht.

„Und das?"

Anstatt einer zufriedenstellenden Geste auf diese Erklärung schwingt sie den bunten Beutel über ihre Schulter, zieht in der Bewegung eine Einwegwindel heraus und hält sie, wie das zentrale Beweisstück in einem Gerichtsprozess, in die Luft.

Die Augenbrauen meines Vaters wollen sich gar nicht mehr senken.

Wie in einer Fluchtbewegung erhebe ich mich vom Tisch und verschränke die Arme vor meiner Brust: „Marco hat ein Kind. Und er kümmert sich um das Baby."

Wer Anderen eine Überraschung bereitet, sollte damit rechnen, selbst eine zu erleben. Der Gedanke ist beinahe witzig, nicht aber in diesem Augenblick und schon gar nicht für meine Mutter.

Sie lässt beide Arme fallen und verharrt für einen Moment schweigend in dieser Haltung. Dann dreht sie sich wortlos um und legt die Gegenstände wieder im Badezimmer ab.

„Ist er verheiratet, so wie dieser Anselm?"

Mit dieser Frage kommt sie zurück und an den Tisch, setzt sich betont gefasst. Sie beginnt Zucker in ihren Kaffee zu löffeln. Sie nimmt nie Zucker.

Ich starre sie entsetzt an, aber nicht wegen ihrer neuen Gewohnheit. Keinesfalls hatte ich meinen Eltern von dem jahrelangen Verhältnis mit meinem ehemaligen Liebhaber erzählt. Vergeblich hatte ich damals auf den Augenblick gewartet, ihn endlich als geschiedenen Mann vorstellen zu können und da dieser Moment nie gekommen war, dürften sie von der ganzen Sache eigentlich nichts wissen!?

„Du meinst wohl, wir sind so naiv und wissen das nicht", fährt meine Mutter indes fort und rührt intensiv in ihrer Tasse. Die Augenbrauen meines Vaters verharren noch immer in gehobener Stellung, als hätte er eine Gesichtslähmung.

Sie trinkt.

„Lisa! Wir sind doch nicht blind", meint sie dann und zieht mich am Arm zu sich. „Wir leben in einer Kleinstadt! Da bleibt so ein Verhältnis doch nicht unbemerkt. Außerdem weiß ich als Standesbeamtin so etwas natürlich als Erste. Das kannst du dir doch denken. Wir verurteilen dich deswegen auch gar nicht. Jede Frau kann einmal so einem Typen verfallen. Dieser Anselm ist ein sehr stattlicher Mann."

Endlich verändert sich der Ausdruck im Gesicht meines Vaters und er gibt ein unwirsches Brummen von sich, das ausnahmsweise seiner Frau gilt und nicht mir.

„Er hat übrigens nach seiner Scheidung schon wieder geheiratet, so ein junges Ding aus dem Landratsamt", erzählt sie wie nebenbei und lässt mich dabei wieder los, als wüsste sie genau, welchen Schlag sie mir damit noch im Nachhinein versetzt.

Die Sache mit Anselm habe ich längst abgeschlossen. Dass er mich aber jahrelang hingehalten hat und nun eine Andere so mir-nichts-dir-nichts sofort nach seiner Trennung heiratet, verletzt mein Ego. Das muss ich erst mal schlucken.

„Jeder macht mal einen Fehler", fährt die Standesbeamtin vor mir tröstend fort, als halte sie eine Ansprache vor einem ihrer Brautpaare. Sie ergreift wieder meine Hand. Ich stehe noch immer konsterniert vor dem Tisch neben ihrem Stuhl. „Und manchmal dauert es lange, bis wir lernen und verstehen. Aber mach doch nicht denselben Fehler zweimal, Lisa!"

Jetzt bemerke ich, wohin dieser Diskus führt.

„Marco ist nicht verheiratet!"

Genährt von der zweifelnden Bedrohung, die die Mutter des Babys für mich bereithält, kommen die Worte mit ein wenig mehr Ausdruck über meine Lippen, als gewollt.

„Aber er ist Vater eines sehr kleinen Kindes, wie mir scheint", wirft nun der Chefredakteur mit sachlicher Feststellung ein. „Mit oder ohne Trauschein: dazu gehört ja doch irgendwie eine Mutter, nicht?"

Der Instinkt des Journalisten landet diesen Treffer ins Schwarze, der mich aber zumindest endlich aus meiner Starre befreit.

Doch bevor ich mich sammeln kann, dreht sich meine Mutter auf ihrem Stuhl mit einem „er trinkt doch nicht?" um. Sie weist auf die Flasche Absinth neben der Schreibmaschine.

„Jetzt reicht es aber!", platze ich heraus, ziehe meine Hand zurück, die sie noch immer gehalten hat. „Ihr lasst mir einfach keine Chance! Ihr brecht hier ohne Vorwarnung herein und urteilt, ohne Marco überhaupt zu kennen!"

Ich wende mich gezielt an meinen Vater: „Wo bleibt denn deine viel beschworene Grundsatzregel: nur Fakten?"

Er wiegt einlenkend den Kopf hin- und her. Wie immer ist er der Erste, der sich auf einen Standpunkt der Vernunft zurückzieht, wenn er von mir Gegenwind bekommt. Darauf kann ich mich ziemlich verlassen.

Meine Mutter ist die größere Herausforderung. Bei ihr kann es passieren, dass sie in eine Art emotionalen Starrsinn verfällt und die Tür zu Argumenten zuschlägt. Dann ist jedes weitere Wort vergebene Mühe und die Situation kann nur durch Vertagen geregelt werden. Mein Vater und ich wissen das und versuchen stets diese Klippen zu umschiffen. Deshalb greife ich nun einfach zu einer Entscheidung.

„Ich freue mich über euren Besuch, aber wir machen das jetzt so: Ihr geht ins Hotel und ruht euch von der Reise ein wenig aus. Ich bereite Marco mit aller Fairness auf das Treffen mit euch vor. Wir kommen um halb acht ins Hotel und dann essen wir dort gemeinsam. Es wird ein schöner Abend werden!"

„So spät?!"

In diesem Moment springt der Kater mit einem Satz durch die Katzenklappe, meine Mutter mit einem spitzen Schrei erschrocken in die Höhe und ich heran, um den, nach hinten wegkippenden, Stuhl aufzufangen, den sie dabei umstößt.

Mein Hausgeist bleibt überrascht vor dem Fenster stehen. Dann klopft er sich den Anzug sauber, als müsse er vor den Gästen *bella figura*[96] machen und sieht mich fragend an: „Wer ist das?"

„Du hast eine Katze?!"

Der Kater mustert mich kurz von der Seite, räuspert sich, geht zum Sofa und meint: „Ich verstehe. Deine Familie aus Deutschland. Nun wird es aber langsam eng hier. Die bleiben doch nicht auch noch?"

„Eine Katze in der Wohnung!?"

„Ja, ich habe einen Kater", antworte ich mit fester Stimme und schiebe meine Eltern sanft, aber entschieden in Richtung Tür. „In welchem Hotel seid ihr?"

„Im Grand Hotel", erklärt mein Vater: „Komm, Gisela! Tun wir das. Lisa hat recht."

„Das *Majestic gia' Baglion*[97], Respekt!", lobt der Kater diese Wahl vom Sofa herüber. „Eine sehr feine Unterkunft! Die wäre der Prinzessin würdig gewesen."

„Du lässt ihn auf das Sofa?!"

„Wir kommen um halb acht ins Hotel. Reserviert bitte einen Tisch, zurzeit ist irgendeine Messe und die Restaurants sind dann immer völlig überfüllt."

„Machen wir, Spätzchen", nickt mein Vater und zieht seine Frau hinaus ins Treppenhaus.

„Ich freu mich!", winke ich ihnen hinterher, bis sie unten durch das große Holztor aus meinem Sichtfeld verschwunden sind.

„Auch das noch!", puste ich und drücke die Haustür mit dem Rücken ins Schloss.

Die Küchenuhr an der Wand lässt uns gerade mal vier Stunden, bevor wir dort antanzen müssen.

Marco sollte längst zurück sein?

Nervös prüfe ich mein Handy.

In der Tat: Eine Textnachricht informiert mich, dass er in Biancas Wohnung den Kleinen beaufsichtigt, weil sie noch dringend etwas an ihrem Kleid für die Taufe ändern lassen muss.

---

[96] Einen guten Eindruck
[97] Luxuriöses Fünfsterne-Hotel, traditioneller Stil, Via Indipendenza,

Nach weiteren zwei Stunden ist Marco noch immer nicht da.

Massimiliano sitzt an der Schreibmaschine, tippt aber nicht, sondern grübelt zum Fenster hinaus. Ab und zu hämmert er einen freischwebenden Buchstaben auf das weiße Blatt vor ihm, als wolle er damit einen Gedanken abschießen.

Schließlich rufe ich Marco an und erzähle ihm am Telefon vom Überraschungsbesuch meiner Eltern.

Mit bedauerndem Tonfall erklärt er mir als Antwort: „Ich muss hierbleiben, bis Bianca zurück ist. Ich habe schon versucht, sie anzurufen, aber sie geht nicht ans Telefon."

Meine Wut auf diese tückische Person wächst mit jeder weiter verstreichenden Minute. Wie schafft sie es bloß, Marco immer wieder von mir weg zu manövrieren und in ihre Dienste zu stellen!?

Dieser schlägt vor, mit Nico zu kommen, was ich vehement abwehre. Ich höre den Kleinen auf seinem Arm schreien und Marco während unseres Telefonats im Raum auf- und ab hecheln. Ich kann die damit heraufbeschworene zukünftige Szene mit Baby im Fünfsternehotel direkt vor mir sehen!

Nein. Diesmal werde ich dafür Sorge tragen, dass das Kennenlernen meiner neuen Liebe mit meinen Eltern eine positive Grundlage legt! Diesmal werde ich das Kommando übernehmen und meinem Vater keine Chance lassen mit seinem Anspruch, nur ein Mann seiner Klasse könne ein solcher sein! Diesmal werde ich die Ängste und Sorgen meiner Mutter an sie zurückdelegieren und nicht meinem Leben überstülpen!

Ich beschwöre Marco, sobald als möglich zu kommen. Er verspricht es.

Eine Stunde später kleide ich mich alleine um, hoffe aber noch immer, dass er jeden Augenblick in meine Wohnung treten wird.

Es klopft an der Tür. Offensichtlich haben meine Eltern das Holztor unten nicht geschlossen.

„Lisa! Mach auf!"

Es sind Maurizio und Vittoria, die einen blutenden Marco zwischen sich stützen und, kaum, dass ich die Tür öffne, diesen zu meinem Sofa führen.

„Meine Güte! Was ist denn passiert!?", rufe ich entsetzt aus und folge den Dreien.

Der Kater springt an die Tür und schiebt sie zu.

„Das ist wohl der deutsche Einfluss, was? Kaum taucht deine Familie hier auf, verfällst du wieder in alte Gewohnheiten und lässt sämtliche Türen offenstehen!"

„Es geht mir gut!", beharrt der Verletzte und tupft sich das Blut mit einem seidenen Taschentuch, das ich als Maurizios erkenne, von seiner Wange.

Er trägt keine Uniform?

„Was ist denn passiert?", wiederhole ich meine Frage, laufe ins Badezimmer, um aus meiner Hausapotheke Desinfektionsmittel und Verbandszeug zu holen.

So bewaffnet schiebe ich Vittoria beiseite, die Marco noch immer mit sorgenvollen Worten den Kopf hält und setze ich mich neben ihn, um ihn zu verarzten.

„Ich bin in Ordnung, danke!"

„Enrico!"

Maurizio und Vittoria richten sich auf, sehen sich kurz fragend an und dann wieder auf uns, die wir zu ihren Füßen sitzen.

„Enrico?", fragen sie beide wie aus einem Munde.

„Das ist Marcos Zwillingsbruder", kläre ich den Irrtum auf, dem ich selbst gerade noch erlegen war und wiederhole dann zum dritten Mal meine Frage: „Aber was ist denn passiert, Enrico?"

„Ich wollte eben zu euch, noch etwas wegen der Taufe klären, bevor meine Eltern morgen hier antanzen. Da macht mich dieser Typ auf der *piazza* unten an, dass ich seine Dokumente herausrücken soll. Ich habe den Kerl noch nie in meinem Leben gesehen! Ich habe ihm gesagt, dass er mich in Ruhe lassen und sich vom Acker machen soll. Und bevor ich's recht versehe, versetzt er mir einen Haken! Und da heißt es immer, Neapel sei ein gefährliches Pflaster!"

Er murmelt die letzten Worte wieder ins blutige Taschentuch, mit dem er sich abtupft.

Ein Betrunkener? Ein Raufbold? Ein Verbrecher, der wütend auf meinen *Carabiniere* ist und sich versehentlich an seinem Bruder rächt?

Ich tauche einen Wattebausch in Desinfektionsmittel und beginne vorsichtig die blutverschmierte Wange damit zu reinigen.

„Das blutet ganz schön heftig, ist aber nur ein großer Kratzer", beruhige ich mich selbst und alle anderen.

„Du bist Marcos Zwillingsbruder?", fragt Vittoria. „Wir haben von dir gehört. Unglaublich, diese Ähnlichkeit! *Incredibile!*[98] Ich habe dich für Marco gehalten!"

---

[98] unglaublich

Maurizio pflichtet ihr bei.

Enrico reicht beiden die Hand, stellt sich offiziell vor und bedankt sich für den selbstlosen Einsatz.

Währenddessen kombiniere ich blitzschnell: der Andere! Er hat Enrico für seinen Bruder gehalten und ist aus irgendeinem Grund sehr wütend auf ihn. Marco hatte mit seiner Einschätzung also doch ein bisschen recht. Der Kerl scheint aggressiv zu sein. Aber was hat Enrico da von Dokumenten gefaselt?

„Wenn nicht deine Nachbarn zu Hilfe geeilt wären, dann wäre das vielleicht schlimmer ausgegangen. Ich war völlig überrumpelt. Habt ihr eine Ahnung, wer das war? Ich werde den Kerl anzeigen!"

Maurizio und Vittoria schütteln im Einklang den Kopf: „Nie gesehen. Aus dem Viertel scheint er nicht zu sein."

Enrico schaut mich fragend an.

„Ich habe einen Verdacht", sage ich langsam und ziehe ihm ein sehr großes Pflaster auf die Wange. „Der Kerl hat dich bestimmt für Marco gehalten! Hat er denn nicht gesagt, was er wollte?"

Enrico brummt zustimmend.

Die Erklärung scheint allen Anwesenden einzuleuchten. Sie verbinden die Sache wohl mit einem Polizeivorfall, denn sie fragen nicht weiter. Ich lasse sie in dem Glauben, weil ich mir erst selbst Gewissheit verschaffen will.

„Er hat irgendwelche Dokumente zurückgefordert", erklärt Enrico. „Bestimmt kann Marco das einordnen. Er weiß sicher, wovon der Raufbold gesprochen hat. Fragen wir ihn! Ich will sowieso Anzeige erstatten. Wo ist der überhaupt?"

Drei Augenpaare richten sich erwartungsvoll auf mich. Ein Viertes, mein Eigenes, auf die Uhr an der Wand. Ein fünftes, das des Katers, taucht in diesem Moment hinter dem Sofa auf und richtet sich auf den Verletzten.

„Nimm doch *ihn* mit!", raunzt der Kater mir zu. „Der sieht genauso aus!"

Enrico wendet sich kurz mit einem „ztztz" um und versucht, die vermeintliche Hauskatze zu streicheln.

Er wäre der Erste, dem das gelungen wäre. Massimiliano taucht sofort unter seiner Hand weg und kreist um das Sofa an meine Seite außerhalb seiner Reichweite.

„Deine Eltern werden das nicht bemerken", beschwört er mich wie ein Hypnotiseur.

Was plappert mein Hausgeist da?

Doch dann verstehe ich!

Er spricht von dem geplanten Abendessen. Enrico als Marco meinen Eltern präsentieren? Der Gedanke ist abwegig, bohrt sich aber wie ein Widerhaken in mein Kurzzeitgedächtnis.

„Er ist ein wenig eigenwillig", lacht Maurizio und erklärt Enrico, wie oft er den Kater zu Beginn unserer Freundschaft zu mir zurückbringen musste, weil dieser immer wieder auf seinem Kanapee übernachtet hatte.

„Auf der Büffelfarm lief auch mal so ein Tier herum. Der sah identisch aus! Ja, genau, das war damals, als ihr bei uns im Hotel auf Besuch wart! Ihr habt den doch nicht mitgenommen?"

Der Kater beugt sich noch näher an mein Ohr: „Sie können sich doch gar nicht richtig unterhalten. Deine Eltern sprechen kein Italienisch, wie ich ihren Aussagen zufolge vermute, und Marco kein Deutsch. Du musst sowieso übersetzen. Kein Risiko."

„Man könnte meinen, er spricht mit ihr!", lacht Enrico und erhebt sich vom Sofa.

„Das hat meine Großmutter auch immer gesagt", bemerkt Maurizio mit einer Miene der Erinnerung an die vor kurzem Verstorbene.

Vittoria drückt ihm tröstend den Arm, bleibt jedoch als Einzige der Frage nach dem *Carabiniere* auf der Spur: „Ist Marco noch im Dienst?"

„Ich bin mit ihm zu einem Abendessen mit meinen Eltern verabredet. Sie sind auf der Durchreise in den Urlaub. Ich muss auch gleich los."

„*Anch'io!*[99] Auch ich muss mich auf morgen vorbereiten", schwatzt Vittoria eifrig los. Nun, da der Verletzte versorgt ist und sich die Sache als weniger tragisch herausgestellt hat, als sie zunächst angenommen hatte, erinnert sie sich offenkundig wieder an ein eigenes Vorhaben.

„Dass sich die *cinque stelle*[100]-Bewegung vorbereitet, ist mir ganz neu", bemerkt Maurizio trocken, worauf seine Freundin ihn mit dem Ellenbogen in die Seite stößt.

„Wir machen im Internet eine Unterschriftensammlung gegen die Erschließung dieses neuen Industriegebiets hier in Bologna", erklärt Vittoria mit solcher Leidenschaft, als spreche sie von ihrer nächsten Vernissage. „Das braucht es nämlich nicht! Die Stadt soll erst mal die alten Fabrikgelände, die seit Jahren brachliegen und mit Unkraut zuwuchern, nutzen! Morgen werden wir überall in Bologna Informationsstände dazu organisieren. Die Bevölkerung muss informiert werden! Das wurde damals auf der Versammlung beschlossen."

---

[99] ich auch
[100] wörtlich: fünf Sterne, neue politische Protestbewegung

Sie wendet sich an mich: „Ich habe dir doch den Flyer gegeben, erinnerst du dich? Schade, dass du nicht da warst. Das war eine höchst interessante Versammlung, sag ich dir! Was da wieder ans Licht kam!"

„Die *cinque stelle* stellen sich das so einfach vor."

Spitzzüngig wie eine Natter wirft Maurizio den Satz in den Raum und wendet sich zur Tür.

„Alles nur scharfe Platzpatronen!", lacht er über sein gelungenes Wortspiel und fügt gleich ein weiteres hinzu: „Konzeptloses Protestgemaule!"

„Den Anspruch haben wir auch nicht, Konzepte zu entwerfen!"

Vittoria deutet ein verabschiedendes Winken an und eilt verärgert ihrem Partner hinterher: „Wir wollen nur Missstände aufdecken! Und davon gibt es jede Menge in diesem Land! Jede Menge! Korruption und Vetternwirtschaft, *porca miseria!*[101] Es wird Zeit, dass das jemand ändert!"

Mein Nachbar fährt schwere Geschütze mit seiner nächsten Antwort auf: „Der *Duce* hat mal gesagt, ich zitiere: ‚Es ist nicht schwierig, die Italiener zu regieren. Es ist unmöglich!' Und da wollt ausgerechnet ihr, als chaotischer Haufen, dieses Wunder bewerkstelligen?"

Maurizio ist schon zur Tür hinaus und seine neue Lebenspartnerin folgt ihm mit großer Gestik der Empörung: „Wer immer im eigenen Saft schmort, verändert nie was!"

„Die beste Kritik ist ein besserer Vorschlag. Alles, was ihr könnt, ist, laut meckern! Das ist doch keine Politik! Das kann doch keiner ernst nehmen! Das ist zu einfach. Euer Konzept ist: Wir sind dagegen!"

Die Diskussion der beiden verlagert sich vor die Tür, die Vittoria von außen schließt.

Gedämpft hören wir nur noch ihre Stimme: „Aber das konsequent und vor allen Dingen: unbestechlich!"

Die politische Auseinandersetzung entfernt sich die Stufen hinunter und ich werfe Enrico, der interessiert aufgehorcht hat, einen vorsichtigen Blick zu.

Ich atme einmal tief durch.

Diese italienische Intensität in bestimmten Situationen ermüdet mich noch immer mit unglaublicher Zuverlässigkeit. Daran wird sich mein deutsches Gemüt wohl nie gewöhnen. Was Italienern Lebenskraft zu schenken scheint, raubt mir die Luft zum Atmen.

Mit einem weiteren tiefen Lungenzug an Sauerstoff wende ich mich entschlossen Marcos Zwillingsbruder zu:

---

[101] Schimpfwort

„Hast du heute Abend schon etwas vor? Würdest du mir einen großen Gefallen tun?"

10. Aus der Taufe gehoben

Massimiliano sitzt am Küchentisch, gebeugt über ein großes, altes, in brüchiges Leder gebundenes Buch. Er murmelt leise vor sich hin und fährt mit der Pfote über jede einzelne Zeile wie ein Schulanfänger, der lesen lernt.

„Ich fühle mich bei dieser Sache nicht wohl!", sage ich zum wiederholten Male und prüfe, mich vor dem Spiegel hin- und herdrehend, mein Outfit.

Der Kater blickt kurz auf, hält dabei die Pfote fest an der Stelle, wo er das Studium des Textes unterbricht.

„Andra tutto bene, vedrai[102]!", versichert er mir mit tragender Stimme und nickt beflissen. „Hat dich mein Rat jemals in die Irre geführt? Nein. Im Fluss des Lebens steuert man die Dinge besser aktiv, als dass man sich von ihnen vor sich hertreiben lässt. Da kann man leicht in Stromschnellen geraten und untergehen. Zweitausend Jahre Lebenserfahrung sollten dich mittlerweile gelehrt haben, dass ich weiß, wovon ich rede. Oder habe ich dich jemals schlecht beraten?"

---

[102] Es wird alles gut gehen, Du wirst sehen!

114

Ich puste meine aufgeblasenen Backen mit einem fatalen Stoß aus. Darauf antworte ich lieber nicht.

Enrico hat sich auf das kleine Rollenspiel eingelassen. Er fand es sogar reizend, sich diesen Abend als sein Bruder auszugeben. Es ist nicht das erste Mal, wie er mir erklärte. Mir blieb keine andere Wahl, da Marco noch immer nicht auf der Bildfläche erschienen ist.

Nervös laufe ich zurück an meinen Kleiderschrank und ziehe das Kleid wieder aus. Ich ziehe mich bereits zum dritten Mal um, weil ich mich in meiner Haut nicht wohl fühle und die Schuld dafür auf die Kleidung schiebe.

Fahrig werfe ich einen Blick auf meine Armbanduhr. Enrico ist nur schnell um die Ecke zu einem Blumenhändler geeilt, um meine Mutter mit Rosen zu bestechen. Er muss jeden Augenblick zurück sein.

Kurzentschlossen ziehe ich deshalb einen Business-Hosenanzug mit Bluse heraus. Diese Aufmachung wird mich in meiner Rolle besser tragen. Der Anzug ist es gewöhnt.

Mit wenigen Handgriffen bin ich fertig. Während ich eilig die anderen Kleidungsstücke wieder in den Schrank werfe, dringt unverständliches Gemurmel des Katers wieder zu mir herüber.

„Was tust du da?", frage ich ihn schließlich und drücke die Schranktüren mit einem Tritt in die Verankerung. Ich habe ein wenig Unordnung darin hinterlassen.

Er ist so vertieft in seine Lektüre, dass er gar nicht hört, dass ich das Wort an ihn gerichtet habe. Ich trete hinter ihn und luge über seine Schulter.

„Was liest du da?", wiederhole ich meine Frage.

Massimiliano fährt senkrecht in die Höhe. Das schwere Buch stößt er dabei zu Boden. Es fällt mit der Innenseite nach unten aufgeklappt unter den Tisch.

„*Che diavolo*[103]!", fährt er herum und springt mit einem Satz nach hinten weg, als müsse er einem anschleichenden Tiger ausweichen, der gerade zum Sprung auf seine Beute ansetzt. „Was pirschst du dich so argwöhnisch von hinten heran?!"

Ich bücke mich, hebe das Buch auf und werfe dabei einen Blick auf den Titel: *Somnus und Sopor*[104].

---

[103] Zum Teufel!

[104] Schlafgott der Römer, abgeleitet von der griechischen Figur Hypnos; bei den römischen Dichtern Vergil, Seneca und Statius wird der Schlafgott Somnos auch als Sopor bezeichnet.

„Woher hast du dieses alte Buch?", will ich wissen, denn ich habe es noch nie zuvor gesehen.

Er nimmt es mir aus der Hand, lässt es knallend auf die Tischplatte plumpsen, so dass eine Staubwolke aus den alten Seiten hervorschießt. Er hustet und wedelt die Wolke mit einer Pfote weg.

„Ich schlage etwas nach. In zweitausend Jahren kann es schon mal vorkommen, dass man ein kleines Detail vergisst und ...", hüstelt er weiter. „... bei alten Heilkräutern und ... äh ... –methoden darf man nicht *laissez-faire*[105] sein. Da können Nuancen den Unterschied zwischen Gift und Heilung bedeuten!"

Er schaut mit ernster Miete auf die Küchenuhr an der Wand: „Musst du nicht längst auf dem Weg sein?"

Ich folge seinem Blick, nicke und beschließe, Enrico entgegen zu gehen. Wir sollten auf keinen Fall unpünktlich sein. Meine Mutter hasst Unpünktlichkeit beinahe so sehr wie Katzen im Haus.

Der Kater springt beflissen an die Tür, hält sie mir schwungvoll auf wie ein Page eines noblen Hotels und lässt mich in demütiger Zurückhaltung an ihm vorbeischreiten. Dann kickt er die Tür hinter mir ins Schloss bevor ich ihn ermahnen kann, alle Sicherheitsriegel zu verschließen.

Ganz wohl ist mir bei diesem Bühnenstück mit Enrico als Marco nicht, aber es ist immer noch besser, als Marcos Abwesenheit begreiflich machen zu müssen. Jede auch noch so ausgefeilte Ausrede würde, ungeachtet der Begründung, nur Öl ins Feuer des Argwohns meiner Eltern gießen und flammende Reden seitens meiner Mutter hervorrufen. Das gilt es nicht nur zu vermeiden, sondern ich hoffe, es auf diese Weise vielleicht sogar ins Positive wenden zu können. Wenn ich es geschickt anstelle.

Auf dem Weg zum Restaurant erzählt mir Enrico, wie er und sein Bruder als Kinder und Jugendliche des Öfteren die Rollen getauscht hatten. Einmal hatte Marco für ihn eine Schulaufgabe geschrieben, während er, Enrico, sich für ihn als krank ins Bett gelegt hatte. Später hatte Marco dann die Prüfung in eigener Sache nachgeschrieben. Auf diese Weise hatten beide gute Noten erhalten, obwohl er, Enrico, mit dem Thema ziemlich auf Kriegsfuß gestanden hatte. Ein anderes Mal hatte er für Marco ein Mädchen ausgeführt, weil dieser zweien gleichzeitig den Hof gemacht hatte und an einem Tag in Bedrängnis gekommen war.

Die letztere Geschichte finde ich vor dem Hintergrund meiner eigenen Erfahrung mit meinem *fidanzato* nicht besonders amüsant. Enrico beeilt sich, schnell hinzuzufügen, dass dies aber nur einmal geschehen sei, als beide vierzehn Jahre alt gewesen waren.

---

[105] Franz. wörtlich: es sein lassen, übertragen: nachlässig sein

Immerhin vermittelt mir die Erzählung die Sicherheit, dass sogar die eigenen Eltern, vor den meinen, diesem kleinen Tausch schon erlegen gewesen waren und kein Schaden entstanden war.

Mein Plan für diesen Abend ist einfach: Ich bitte Enrico, während des Essens in breitestem Neapolitaner Dialekt zu sprechen, um mögliche Verknüpfungen der Lateinkenntnisse meines Vaters mit der Landessprache zu erschweren. Das Essen mit Enrico als Double will ich kurzhalten, die nötige Unterhaltung in meiner Rolle als Übersetzerin mit positiven Aussagen anreichern und so gute Stimmung machen. Abschließend will ich sie einladen, auf dem Rückweg aus ihrem Urlaub noch einmal bei uns vorbeizukommen. Bis dahin kann sich Marco auf dieses Treffen vorbereiten und sie werden sich auf angerichtetem Terrain begegnen. Irgendwann will ich es ihnen dann beichten. Dann, wenn alle darüber lachen können werden.

Alles läuft nach Plan.

Enrico spielt seine Rolle hervorragend. Beinahe glaube ich selbst, Marco säße an meiner Seite. Er ist charmant und umgarnt meine Mutter mit Komplimenten, wie eine Seidenraupe den Kokon. Sie versteht nur intuitiv, das aber mit Vergnügen. Meinen Vater halte ich im Zaum, in dem ich zu detaillierte Fragen nach Marcos Arbeit, die ich nicht beantworten kann, als verfrüht abwehre.

Es entwickelt sich bestens.

Bis zum Dessert.

Im Überschwang seiner Holdseligkeit vergisst Enrico plötzlich seine Rolle und übergeht mich als scheinbare Übersetzerin.

In gebrochenem Englisch lacht er meine Mutter direkt an: „Kommt doch zu der Taufe morgen! Meine Eltern würden sich freuen, euch kennenzulernen."

Obwohl ich nur ein flüssiges *sorbetto di limone*[106] schlurfe, verschlucke ich mich heftig und muss beinahe so sehr husten, wie der Kater in der Staubwolke des Buches.

Enrico klopft mir sachte auf den Rücken, spricht dabei jedoch locker fröhlich weiter auf meinen Vater ein: *„Assolutamente! Ci insisto!*[107] Ihr müsst kommen!"

Ich kicke Marcos Bruder unter dem Tisch mit dem Fuß, seine Rede sofort einzustellen.

Aber es ist zu spät.

---

[106] Cremig flüssiges Zitronensorbet, wird häufig als leichtes Dessert gewählt, das die Verdauung fördert
[107] Absolut! Ich bestehe darauf!

Bevor ich mich darüber fangen kann, sagen meine Eltern mit verhaltener Begeisterung, doch offensichtlicher Neugierde, zu.

So kommt es, dass meine Eltern geschniegelt und gestriegelt bereits vor der Pforte der Kirche *San Martino* gegenüber meiner Wohnung warten, als Marco und ich zehn Minuten vor Beginn der Zeremonie Arm in Arm die kleine *piazza* überqueren.

Sie sind die Einzigen, die dort stehen.

Herrlicher könnte dieser Frühlingstag nicht daherkommen: Die Vögel schmettern ihr Zwitschern wie italienische Tenöre aus den Bäumen, eine leise Brise aus den Hügeln der Apenninen weht frische Luft in die Stadt und ein hellblauer Himmel umarmt die orange-roten Mauern Bolognas wie eine Mutter ihre Kinder. Der altertümliche Platz präsentiert sich wie ein lebendiges Gemälde mit dem Titel: Frühling in einer italienischen Stadt.

Ich jedoch tipple, angespannt wie eine Armbrust, auf meinen hochhackigsten Pumps und in das schickste Kostüm geschnürt, das ich besitze, neben dem in Ausgehuniform adrett einherschreitenden Marco her. Ich bin genötigt, mich an ihm festzukrallen, um in diesem Balanceakt zwischen den Pflastersteinen keinen Schuh zu verlieren. Noch lange nicht habe ich die Eleganz und Sicherheit der italienischen Frauen, mit der diese in diesen Halsbrechern über Kopfsteinpflaster tänzeln.

Es hat nicht viel gefehlt und ich hätte nicht einmal diese Stütze gehabt! Denn mit letzter Beherrschung musste ich erkämpfen, dass der Pate die Mutter mit dem Baby abholt und zur Kirche bringt, und nicht Marco.

So viel steht fest: Das darf auf keinen Fall so weiter gehen! Das muss sich ändern!

Doch zunächst gilt es, diese Taufe irgendwie über die Bühne zu bringen. Danach werde ich mich ein für alle Mal dieser Bianca in den Weg stellen! Mein *Carabiniere* geht ihr auf den Leim, wie eine Fliege am Honigtopf.

Mittlerweile hat mein Groll auf sie ein gefährliches Ausmaß erreicht. Nur noch mit enormer Mühe kann ich meinen Zorn von einem Ausbruch abhalten. Meine Geduld hängt am seidenen Faden wie eine Feder am Garn einer Spinne im Wind.

Einen Plan habe ich noch nicht, doch wenn der Trubel erst einmal vorüber ist, werde ich der Sache auf den Grund gehen! Wer ist dieser aggressive Typ? Von welchen Dokumenten hat er gesprochen? Ist er am Ende der Vater und Marco hat mit der ganzen Angelegenheit gar nichts zu tun? Wie kann ich diese hinterhältige Intrigantin dazu bringen, die Wahrheit zu sagen, und ihre Spielchen damit aufdecken?

Doch an diesem Morgen muss ich diese Fragen noch beiseiteschieben. Dringender war es, meinen *Carabiniere* genauestens über den Verlauf des Vorabends aufzuklären, damit dieser sich nicht vor meinen Eltern verrät und das nächste Pulverfass zündet. Marco hat über unsere kleine Komödie geschmunzelt und mir mit Begeisterung sofort dieselben Geschichten erzählt, die mir schon sein Bruder verraten hat. Er winkte meine Bedenken, er könne sich verplappern, mit dem Hinweis beiseite, dass Enrico und er ein eingespieltes Team seien. Schließlich hätten sie schon im Mutterleib gemeinsame Positionen eingenommen.

Massimiliano steht mit den Pfoten in der Hosentasche vor dem großen Holztor und sieht uns lange nach. Wie ein Wachsoldat vor dem Buckingham Palast wurzelt er unbeweglich auf der Stelle und verzieht keine Miene.

„Manchmal ist er mir unheimlich", flüstert Marco mir zu, als er sich das dritte Mal nach ihm umdreht und ihn noch immer in unveränderter Haltung vorfindet.

„Viel unheimlicher ist dieser Typ, der deinen Bruder angegriffen hat", entgegne ich und verlangsame meinen Schritt. Dann halte ich Marco am Arm ganz in seiner Bewegung an. „Welche Dokumente kann er gemeint haben? Ist dir dazu inzwischen etwas eingefallen?"

„Ich habe dir doch schon gesagt, dass ich keine Ahnung habe."

„Kann es sein, dass Max im Nachgang vielleicht doch die Testergebnisse noch entwendet hat?"

„Das hätte er uns doch gesagt."

Er zieht mich weiter.

„Jetzt haben wir zumindest mit Enricos Anzeige etwas gegen diesen Typen in der Hand", zischt er in Genugtuung schwelgend.

„Das klärt aber nicht die Frage, warum er heimlich den Test veranlasst hat. Willst du das gar nicht wissen? Er muss doch einen Grund dazu haben?"

„Vermutlich hat er den", gibt Marco mit zusammengekniffenen Lippen zu. „Oder er ist schlicht ein Stalker? Das werden wir noch herausfinden!"

„Hast du Bianca nicht gefragt? Hatte sie was mit dem?"

„Sie sagt nein."

Er faucht es so bedrohlich, dass ich in diesem Moment so kurz vor der Taufe nicht wage, weiter nachzubohren.

„Ich habe ihr den Vorschlag gemacht, dass ich selbst einen Test durchführen lasse", erzählt Marco. „Sie hat sich so aufgeregt, dass ich nicht mehr davon gesprochen habe. Sie ist sowieso schon ein Nerven-bündel und schreit wegen jeder Kleinigkeit los. Das ist nicht gut für Nico. Der Test würde dem Spuk zwar ein Ende setzen, aber dazu brauche ich ihre Einwilligung. Sie ist jedoch derart durch den Wind, dass ich das im Moment nicht forcieren kann."

Dann verändert er seinen Ausdruck wie ein Chamäleon die Farbe und er lächelt mich mit einer Zuversicht an, die mich sprachlos macht: „Ich bin mir sowieso sicher, dass Nico mein Sohn ist. Du musst ihn dir doch nur genau ansehen!"

„Noch nie habe ich einen Mann gesehen, der so erpicht darauf ist, Alimente zu bezahlen."

Ich kann mir die Bemerkung einfach nicht verkneifen. Diese ständige Rücksicht und vorauseilende Sorge um diese Frau, die offensichtlich machen kann, was sie will, ohne Marcos Fürsorge zu riskieren, reizt mich zum Äußersten. Geht es ihm wirklich nur um das Wohl seines mutmaßlichen Sohnes oder treibt ihn schon das Testosteron, den Nebenbuhler auszuschalten und die dazugehörige Frau zurückzuerobern?

„Ich kann doch mein eigenes Fleisch und Blut nicht verleugnen!"

Er schaut mich mit solcher Bestürzung in den Augen an, dass ich meine bissige Bemerkung sofort zutiefst bereue. Liebevoll drücke ich seinen Arm:

„Natürlich nicht! Es ist doch gerade das, was ich an dir liebe!"

Schnell hauche ich ihm einen bestätigenden Kuss auf die Wange, denn unsere Unterhaltung findet an dieser Stelle ihr Ende. Wir kommen vor meinen Eltern an.

Sie stehen noch immer alleine vor der Kirche. Nicht einmal der Pfarrer ist da.

„In Italien gibt es im Schatten mehr Sonnenschein als in Deutschland bei wolkenlosem Himmel!", frohlockt mein Vater in bester Laune mit einem Rundblick über die angrenzenden Häuser.

„Wo sind denn alle?", begrüßt uns hingegen meine Mutter mit einer Unruhe, als sei sie verantwortlich für die Durchführung der anstehenden Zeremonie. Anstatt meiner beschwichtigenden Erklärung über das Verhältnis der Italiener zu Zeitangaben - meine persönlichen Erfahrungen bestätigen leider immer wieder das strapazierte Klischee -, folgt ihre Aufmerksamkeit jedoch Marcos Fokus in eine Richtung in ihrem Rücken. Sie wendet den Blick von mir ab und folgt seinem.

Vor Maurizios Haus, auf der gegenüberliegenden Seite des Kirchenportals, leuchtet ein großer, weißer Sonnenschirm mit fünf gelben Sternen verziert. Darunter ist ein provisorischer Stand aufgebaut.

Den sieht man aber kaum, denn eine kleine, lärmende Menschenmenge klebt an ihm, wie Meisen an einem Futterknödel. Eine Dame mittleren Alters steht, trotz frühlingshafter Temperaturen, in Pelzmantel gehüllt und geschürzter Handtasche an der Seite und beobachtet mit gespitzten, roten Lippen das Geschehen. Es ist Marcos Mutter.

Bei näherem Hinsehen erkenne ich auch die anderen Personen: Marcos Schwester mit ihrem Mann, seinen Onkel mit einer mir unbekannten Frau an seiner Seite - ich vermute: seine - und auch Marcos Vater. Alle reden lautstark durcheinander in das Zentrum des Informationsstandes.

Nun dringt auch eine gellende Stimme aus diesem Knäuel an mein Ohr: „Wir leben in einer Demokratie! *Per fortuna!*[108] Wir haben das Recht die Bürger dieser Stadt zu informieren, dagegen können Sie gar nichts machen!"

Es ist Vittorias Stimme. Sehen kann ich sie nicht, dafür aber umso deutlicher hören. Wie eine Marktschreierin brüllt sie diese Worte quer über den Platz.

„Ja, leider! Das Recht jeden unreflektierten Blödsinn zu verbreiten!", höre ich Marcos Vater dagegenhalten, während sich die Redefiguren seiner Tochter mit denen meiner Freundin zu einem unverständlichen Wortscharmützel in identisch hoher Frequenz vermengen.

Der Pelzmantel zieht Marcos Vater am Arm weg, denn in diesem Augenblick biegt der Wagen mit dem Täufling um die Ecke.

Da Bianca keine Eltern mehr hat, hat sich Marcos Bruder angeboten, sie und das Baby abzuholen. Enrico parkt direkt vor der Kirche auf einem ausgewiesenen Sonderparkplatz, springt beflissen um das Auto herum und hilft der Mutter des Kindes aus demselben, wie einer Hollywooddiva auf den roten Teppich.

Sie steigt auch so aus: Gekonnt erscheint zunächst ein langes, schlankes Frauenbein in einem filigranen Modellschuh, der die Absätze meiner Highheels Lügen straft und tastet sich in Zeitlupentempo auf das Pflaster vor. Dann taucht die glätteisengebändigte Haarpracht aus dem Wagen auf und wird über ein schulterfreies Bustierkleid geworfen, das sich nun fließend über die Beine ergießt. Das Gewand ist cremefarben und perlenbestickt, mit transparentem Chiffon durchsetzt.

Ich knirsche mit den Zähnen.

Aus den Augenwinkeln erspähe ich den irritierten Gesichtsausdruck meiner Eltern, wie sie Enrico beobachten. Sie wechseln ihre Blicke ein

---

[108] Zum Glück

paar Mal zwischen den beiden Brüdern hin- und her. Die Augenbrauen meines Vaters sind wieder gefährlich gehoben.

„Du hast uns gar nicht gesagt, dass Marco einen Zwillingsbruder hat?", verwundert sich meine Mutter. „Welch verblüffende Ähnlichkeit!"

„Ach, nein?", erwidere ich und lasse mich überrascht von Marco, durch meinen gekrallten Halt an seinem Arm überrumpelt, wegziehen.

Er eilt seinem Bruder entgegen, der den kleinen Nico auf seinem Taufkissen sorgfältig vor Luftzug einbettet.

Dessen Mutter ist derweil damit beschäftigt - schlank und rank, als hätte niemals ein Kind ihren Körper aus der Form gebracht - ihr Kleid in den richtigen Sitz zu dekorieren.

Zu meiner Erleichterung dreht sich ab diesem Moment alles um das Baby und nicht mehr um die Showeinlage der Mutter. Sogar meine Eltern reihen sich mit einem „wie süß!" und einem „ein strammer Junge!" in die Familie, die sich um den Säugling schart. Vittoria kommt von ihrem Informationsstand gelaufen, um den Kleinen endlich auch zu Gesicht zu bekommen.

Seite an Seite mit ihren politischen Kontrahenten von wenigen Minuten zuvor, stimmen sie in die Lobeshymne auf das neue Menschenkind ein: *„Che carino!"*, *"Sembra proprio suo padre!"*, *"Che bellissimo!"*, *"un vero tesoro!"*[109]

Bianca drängt sich an die Seite des Paten, nimmt ihm das Kind aus dem Arm und sonnt sich stolz im Kreis dieser bewundernden Ausrufe.

Ich verhake mich mehr denn je in Marcos Arm, um nicht aus dem Zentrum gedrängt zu werden. Ich habe mir fest vorgenommen, den Körperkontakt zu ihm durch den gesamten Tag konsequent zu halten. Wie eine Klette werde ich mich an seine Uniform heften und diesem Miststück damit eine unausgesprochene, deutliche Ansage machen!

„Auf die musst du aufpassen!", raunt mir eine Stimme von hinten zu, die kurz zuvor noch marktschreierisch ganz andere Töne von sich gegeben hat. „Sieh sie dir an: wie eine Braut!"

Ich komme nicht zu einer Antwort, selbst wenn ich eine parat gehabt hätte, denn der Pfarrer tritt mit der Würde seiner Rolle in den Kreis.

„Darf ich das Elternpaar und den Paten einladen in die Kirche zu treten?"

---

[109] Wie niedlich! Seinem Vater aus dem Gesicht geschnitten! Wie wunderschön! Ein richtiger Schatz!

Enrico nimmt das Kissen mit Kind wieder an sich und schiebt dem braven Nico vorsichtshalber den Schnuller in den Mund.

Bianca ergreift Marcos anderen Arm und versucht ihn an ihre Seite zu ziehen. Ich lasse nicht los. Ihre Augen scannen mich von oben nach unten und wieder zurück.

Mein *Carabiniere* weiß für einen Augenblick nicht, sichtbar verzweifelt, ob er tatsächlich mit je einer Frau an jedem Arm vor das Taufbecken treten soll?

Enrico rettet die Situation, indem er Bianca vor Charme sprühend an seinen Arm nimmt: „Du bleibst besser in meiner Nähe. Ich weiß nicht, was ich machen soll, falls Nico unruhig werden sollte!"

Damit zieht er sie hinter dem Geistlichen in die Kirche. Marco folgt dicht auf ihren Spuren, als würde ihn sein schlechtes Gewissen an ihre Fersen heften. Zwangsläufig hefte ich ebenfalls, wenn auch widerwillig.

Der kleine Nico scheint sich der Bedeutsamkeit der Stunde bewusst: Er ist hell wach und still wie die goldenen, um den Altar schwebenden Holzengelchen.

Seine Mutter friert sich in der noch kühlen Kirche, nach dem Motto Hoffahrt-will-gezwickt-sein, mit sichtbarer Gänsehaut überzogen, eisern durch die christlichen Handlungen. Sein, von allen Seiten durch große Ähnlichkeit bestätigter Erzeuger lächelt in väterlichem Stolz. Der Pate verharrt so bewegungslos wie möglich, um den glatten Verlauf der Vorgänge nicht durch eine unbedachte Bewegung in Geschrei zu verwandeln. Der Pfarrer lässt, ohne Beeinträchtigung verinnerlichter Handlungen und Worte, immer wieder die fragenden Blicke von Enrico zu Marco, dann von der Mutter zu mir schweifen.

Ich habe mich zwischen Bianca und Marco an dessen Seite gepflanzt wie eine Eiche. Stoisch lächle ich die Szene an und versuche nebenbei, die viel beschworene Ähnlichkeit des kleinen Nicos mit seinem angeblichen Vater zu entlarven.

Meine Fußballen melden sich mit klagenden Schmerzen. Sie sind es nicht gewöhnt, meine achtundfünfzig Kilo alleine zu tragen.

Endlich ist das neue Menschenkind offiziell in die Gemeinde der Gläubigen aufgenommen und wir schreiten, gefolgt von dem Rest der Schar, wieder der wärmenden Sonne entgegen.

„Eine merkwürdige Situation!", höre ich meinen Vater in unserem Rücken bemerken. Sich in der Sicherheit der fremden Sprache wägend, bemüht er sich nicht einmal zu flüstern.

„Allerdings!", pflichtet ihm meine Mutter bei. Zumindest sie versucht es. „Das arme Kind! Und dann diese Katze!"

Ich frage mich, wen sie mit dieser Mitleidsbekundung meint: Nico oder mich? Sie neigt dazu, mich - trotz meines Alters - noch immer so zu betiteln, wenn sie das Gefühl hat, dass sie ihren mütterlichen Schutzwall aktivieren muss.

„Hat sie tatsächlich gerade ,*cazzo*'[110] gesagt?!", empört sich eine andere Stimme, die ich als Marcos Mutter ausmache. „*Una bestemmia in chiesa?!*"[111]

Ich kann es beinahe hören, so heftig bekreuzigt sie sich in der Pause, die sie an dieser Stelle einlegt. "Wer sind diese unmöglichen Leute?!"

Ich dränge Marco zu schnelleren Schritten. Die Situation hinter uns droht zu entgleisen, bevor sich unsere Eltern überhaupt offiziell die Hände geschüttelt haben. Trotz Gotteshaus verfluche ich Enricos voreilige Einladung meiner Eltern zu dieser Taufe zum wiederholten Male.

Draußen hält uns Marcos Schwester sofort mit dem Fotoapparat in Schach und dirigiert die Gruppe, sich auf der Stufe vor dem Kirchenportal zu verteilen. Alle gehorchen.

„Einen Nerz um diese Jahreszeit? Dafür ist es doch viel zu warm!", stichelt meine Mutter von rechts des Fotos.

Von der anderen Seite höre ich, wie Marcos Mutter energisch darauf hinweist, dass diese neugierigen Touristen doch nicht auf das Familienbild gehören.

„Wir müssen dringend unsere Eltern gegenseitig vorstellen!", raune ich Marco zu. „Die sind auf keinem guten Weg!"

Doch Marco hört mir nicht zu.

Seine ganze Aufmerksamkeit gilt der erneut kreischenden *Cinque-Stelle*-Vertreterin am Informationsstand, die hinter seiner fotografierenden Schwester wie wild mit dem Arm in eine Richtung fuchtelt.

„Da ist der Kerl!"

Alle Augen richten sich nach links auf die *piazza*, als hätte ein Oberfeldwebel diesen Befehl erteilt.

Vittoria kommt hinter dem Stand hervorgelaufen und schreit wieder: „Da ist der Kerl, der Marcos Bruder angegriffen hat!"

Enrico drückt das Taufkissen samt Kind der nächstbesten Person in den Arm. Es ist meine Mutter.

Er hechtet in die von Vittoria angedeutete Richtung auf einen jungen Mann zu, der mit einem Transparent, in einigem Abstand zu uns, mitten auf dem Platz steht. Marco schüttelt mich ab und rennt hinterher.

---

[110] Übles Schimpfwort für Penis
[111] Ein Fluch im Gotteshaus!

Er greift an seine Seite.

Ich stoße einen erschrockenen Schrei aus, weil ich befürchte, er würde die Pistole ziehen. Er trägt aber gar keine, sondern fummelt sein Handy aus der Tasche und ruft seine Kollegen herbei.

Die Fotoformation löst sich nun vollständig auf, ausgelöst durch die entschlossene Bewegung von Marcos Mutter in Richtung der meinen. Sie nimmt ihr energisch das Kind aus dem Arm, als gelte es, die unschuldige Seele aus den Krallen des leibhaftigen Teufels zu retten.

Als der Andere die Zwillinge auf sich zustürmen sieht, ist er für einen Moment irritiert, lässt dann das Transparent langsam sinken und scheint sich zu überzeugen, dass es besser ist, die Flucht zu ergreifen.

Die großen Letter ‚*PADRE NOSTRO, NON SIA FATTA LA TUA VOLONTA*'[112] gleiten zu Boden und er rennt, zunehmend schneller werdend, nach hinten weg. Marco und Enrico verfolgen ihn mit Abstand.

„Was hat das zu bedeuten?", fragt Marcos Vater gebieterisch Bianca, deren Gesichtsfarbe so weiß wie ihr Kleid geworden ist.

„*Che ne so io!*",[113] behauptet sie, mit jedoch überraschend fester Stimme. „Ein Verrückter!"

Inzwischen übersetzt mein Vater für meine Mutter die Bedeutung der Worte auf dem Transparent. Latein ist doch keine so tote Sprache, wie es scheint.

„Hol die Zwei sofort zurück!", befiehlt der Nerzmantel Marcos Onkel und schickt dann ein „Was ist denn das für ein Benehmen?!" ihren, aus unserer Sichtweite entschwindenden, Söhnen hinterher.

Aufgeschreckt vom Tonfall seiner Oma aus dem Süden, beginnt klein Nico schrill zu quäken. Sein Lungenvolumen hat seit dem letzten Schreianfall, den ich mitbekommen habe, bereits erheblich zugenommen.

Marcos Onkel eilt nun ebenfalls über den Platz, bleibt jedoch nach wenigen Schritten außer Puste stehen, tupft sich die Stirn mit seinem Taschentuch und humpelt nur noch in angedeuteter Eile weiter.

„Wie kannst du ihm so einen Auftrag erteilen!?", meckert Marcos Tante dessen Mutter von hinten an. „Er ist keine fünfundzwanzig mehr! Er hat ein schwaches Herz!"

„*Ma! Che cuore!*",[114] wischt diese die Sorgenfalte auf der Stirn ihrer Schwägerin beiseite. „Er isst zu viel *pasta*! Ein wenig Bewegung scha-

---

[112] Vater unser, Dein Wille geschieht nicht
[113] Was weiß ich?!
[114] Ach was, das Herz!

det ihm nicht! Er sollte mehr Fisch essen und du solltest mehr darauf achten!"

Eingeschnürt in sein Taufkissen kann Baby Nico seine Ärmchen nicht einmal befreiend im Takt seines Gebrülls schwingen, wie er das normalerweise tut. Ich vermute, dass er deswegen erst recht grimmig ist und noch mehr schreit. Er steigert sich so in Rage, dass ihm der Schnuller aus dem Mund gleitet und zu Boden fällt.

Während der Dialog über das schwache Herz und die falsche Ernährung zwischen den beiden Italienerinnen mit Leidenschaft weitergeführt wird, hebe ich den Schnuller eilig auf. Ich putze ihn sorgfältig mit einem Erfrischungstuch aus meiner Handtasche ab und will ihm ihn wieder in den Mund stecken.

Rot lackierte Fingernägel schlagen mir den Säuglingsschalldämpfer aus der Hand erneut auf die Erde.

„Erst nimmst du dem Kind den Vater und jetzt willst du auch noch mein Baby vergiften."

Sie zerrt das Taufkissen mit tränenerstickter Stimme an sich und schaukelt den jaulenden Säugling heftig an ihrem Busen hin- und her.

Der seidene Faden meiner Besonnenheit reißt. Wie eine durchbrennende Glühbirne das Licht, verliere ich die Fassung.

„Jetzt reicht es aber!", zische ich sie wie eine auf Angriff aufgerichtete Kobra an und pflanze mich auch ebenso vor ihr auf. „Ich tue alles, um Marco in seiner Rolle als Vater zu unterstützen! Du bist doch diejenige, die ihn nach Strich und Faden ausnützt! Obwohl es offensichtlich gar nicht bewiesen ist, dass er der Vater ist!"

„*Cosa?!*"

Dieser Ausruf ertönt gleichzeitig aus allen italienisch sprechenden Kehlen. Sogar aus Vittorias, die mittlerweile ihren Stand verlassen und sich unter die aufgeregte Gruppe gemischt hat.

Bianca beginnt mit einem Aufschrei schlagartig zu heulen, als hätte ich ihr kaltes Wasser ins Gesicht geschüttet und steigert ihr Flennen mit jeder weiteren Sekunde in beachtenswerte Dramatik. Ihr Klagen übertönt sogar das des Babys, beides zusammen meine Worte, obwohl auch ich alles andere als in Zimmerlautstärke geantwortet habe.

Mein Herz rast wie eine aufgezogene Tanzmaus.

Bianca beginnt noch mehr zu zittern, als zuvor in der Kirche und schüttelt damit den kleinen Nico durch, als wäre er ein Cocktail.

Der schreit nun aus vollem Halse und läuft dunkelrot an.

„Was soll das Theater?!", kommt mir Vittoria von der Seite zu Hilfe, weil sie sieht, dass auch ich, angesichts dieser mich machtlos erscheinen lassenden Szene, Tränen in den Augen habe. „Es ist doch offensichtlich! Das Weibsstück schmeißt sich an Marco ran, weil seine Familie Kohle hat! Wer kommt denn schon wie eine Braut gekleidet zu einer Taufe, eh!?"

Meine Freundin hatte schon mehrmals schnelle Auffassungsgabe bewiesen. So auch jetzt. Sie stemmt ihre Fäuste in die Hüften und spuckt ihren Satz auf Bianca, gleichwohl sie gerade selbst erst von mir diesen Zweifel über die Vaterschaft gehört hat, wie alle anderen.

„Was mischen Sie sich denn hier überhaupt ein?"

Marcos Vater fasst sie energisch von hinten an den Schultern und schiebt sie in Richtung ihres Informationsstandes. „Gehen Sie wieder, Ihre Gerüchte verbreiten! Das hier ist eine Familienangelegenheit und geht Sie nichts an!"

Vittoria taucht flink unter seinem Druck weg: „Fassen Sie mich nicht an! Finger weg!" Sie wirft ihren Kopf in den Nacken und faucht: „*Fascista*!"[115]

Marcos Vater deutet den Versuch an, der flüchtenden politischen Kontrahentin wutentbrannt zu folgen, doch seine Frau hält ihn gebieterisch zurück: „*Lascia stare!*[116] Du läufst jetzt bitte nicht auch noch weg!"

Dann nimmt sie der hysterischen Bianca das Baby ab, drückt es ihrer Tochter mit einem „Beruhige du das Kind!" in die Arme und schubst ihren Gatten in Richtung meiner Eltern: „Die gehören auch nicht dazu!"

Sie nimmt die mit bebenden Schultern Heulende tröstend in den Arm.

Mein Vater streckt die Hand aus und macht den Versuch, sich vorzustellen. So viel hat er wohl verstanden, dass es nun um sie geht.

„Das sind keine Fremden!", platze ich gleichzeitig mit einem Tränenausbruch meinerseits hervor. „Das sind meine Eltern!"

Zu sehen, wie dieses Weibsstück nun die ganze Familie gegen mich um den Finger wickelt, ist einfach zu viel! Derart in die Enge getrieben ergreife ich die Verteidigung meiner deutschen Familie, als ginge es darum, die Ehre der Germanen erneut gegen hereinfallende, römische Legionen zu verteidigen.

„Nicht doch! Nicht weinen, Spätzchen! Komm, komm", nimmt mich mein Vater tröstend in den Arm und meine Mutter stützt mich von der anderen Seite. „Was machen denn diese Italiener mit dir?!"

„Komm, wir gehen!"

---

[115] Faschist
[116] Gib es auf! Lass es sein!

Dieser gut gemeinte Satz reißt mir nun den Halt unter den Füssen völlig weg. Unbewusste Erinnerungen an kindlichen Trost in den starken Armen meines Vaters übernehmen das Kommando. Meine tränengetrübte Sicht verliert damit den letzten winzigen Rest an Durchblick über das, was sich hier abspielt.

Willenlos lasse ich mich, flankiert von meinen Eltern, wegführen. Mit einem Absatz bleibe ich zwischen dem Pflaster stecken und knicke mit dem Fuß um.

Nun heule auch ich auf wie eine Sirene.

Zwei Stunden später rettet mich Marco endlich aus dem Hotel meiner Eltern, wo ich mit verschwollenen Augen und schmerzendem Knöchel gut gemeinte Ratschläge über mich ergehen lasse.

Mit seinem Eintreffen erfahre ich, dass Marco und Enrico - mit einiger Verspätung auch deren Onkel - bei ihrer Rückkehr von der erfolglosen Verfolgung niemand mehr vor der Kirche vorgefunden haben. Sie mussten sich von Vittoria erzählen lassen, was geschehen war. Daraufhin holte Enrico Bianca und den Kleinen aus dem Hotel der italienischen Familie, um sie nach Hause zu bringen, und Marco machte sich auf die Suche nach mir. Immerhin.

Wir verabschieden meine Eltern in ihren Urlaub. Ihre kühle Höflichkeit gegenüber Marco macht die Sache nicht besser. Angesichts dieses jüngsten Dramas vergesse ich sogar, sie auf einen erneuten Besuch auf ihrem Rückweg nochmals einzuladen.

Kurz drauf hilft mir Marco schweigend die Treppe zu meiner Wohnung hinauf. Ich humple.

Die fürsorglichen Empfehlungen meiner Eltern, ich solle doch wieder nach Deutschland kommen und diese unsägliche Beziehung mit dem Vater eines Neugeborenen aufgeben, sind alles andere als hilfreich.

Und ich schäme mich, vor den Augen aller, derart in die Rolle des Kindes verfallen zu sein. Wie konnte mir das in meinem Alter nur geschehen?!

Ich will nur noch in meine eigenen vier Wände, die Füße hochlegen und meinen Mittelpunkt wiederfinden. Dabei weiß ich nicht einmal, wo ich ihn suchen soll? Es fühlt sich an, als hätte er sich aufgelöst.

Marco treibt ebenfalls in abgrundtiefem Schweigen. Ich vermute, dass er, wie ich selbst auch, nicht alles freimütig offenbaren will, was seine Familie ihm mit auf den Weg gegeben hat. Ich kann die unsichtbaren Rucksäcke des Ballastes unserer Herkunftsfamilien beinahe sehen, so gebückt schleppen wir die überflüssigen Ratschläge nach oben. Aber wir wissen beide: Dies auszupacken bedarf es Achtsamkeit. Es ist besser, damit nicht zu voreilig zu sein. Wir benötigen dringend Ruhe, um das und uns selbst zu sortieren.

Als wir die Tür aufschließen, offenbart sich uns eine merkwürdige Szene. Zuerst sehen wir Poppäa, die auf den Hinterläufen mitten im Raum sitzt und in eine Richtung verharrt, wie eine Katze vor dem Mauseloch. Vor ihrer Nase schaukelt ein metallenes Pendel hin und her, das Massimiliano mit seiner Pfote hochhält. Aus einem alten Tonbandgerät der sechziger Jahre tönt die einsilbige Wiederholung der Stimme des Katers:
„Du bist eine *penata* ... du kannst mich hören .... sprich mit mir .... du bist eine *penata* ...“.
Im Hintergrund umkreist der hypnotisierende Klang einer *Tambura*[117] in Endlosschleife stets dieselbe Tonfolge aus fünf Stufen.
Wir bleiben vor Verwunderung eine Weile sprachlos in der offenen Tür stehen.
Der Kater dreht nur den Kopf zur Seite, peinlichst darauf bedacht, das Pendel nicht aus dem Gleichgewicht zu bringen.
„Schließt die Tür! Es zieht!“, flüstert er und wendet sich sofort mit intensivem Augenausdruck wieder dem Hund zu.
Marco fängt sich als Erster wieder.
Er geht an das Tonbandgerät und schaltet es aus: „Die Sitzung ist beendet.“
Massimiliano fährt herum und schwingt dabei das Pendel so nah an der Nase Poppäas vorbei, dass diese mit einem Knurren einen Satz nach hinten macht.
„Was fällt dir ein!? Es kann großen Schaden hinterlassen, eine Hypnose so überstürzt abzubrechen! Man muss den Patienten gleitend zurückholen!“, entrüstet er sich und springt, gar nicht gleitend, mit einem Satz auf die Beine.
Der besagte Patient hingegen ergreift sofort die Chance und rast durch die offene Tür an mir vorbei die Treppen hinunter in den Hinterhof. Ich schließe sie hinter Poppäa und trete ebenfalls ein.
„Sie scheint ganz in Ordnung zu sein“, widerspreche ich müde.
Marco öffnet indes wortlos eine Flasche Wein und ich folge der stummen Einladung ebenso einsilbig an den Küchenschrank und entnehme zwei Gläser.
Der Kater runzelt die Stirn.
Offensichtlich war er auf Diskussion und Widerstand vorbereitet. Unsere Reaktion bringt auch ihn für einen Moment aus der gewohnten Fassung.

---

[117] Langhalslaute, die als Volksmusikinstrument in Mazedonien, im südlichen Teil Bulgariens und Indien gespielt wird. Häufig verwendet für Meditiationsmusik.

Er krault sich sein Kinn und zieht das Schnurrhaar lang. Eine Weile beobachtet er uns.

Dann legt er das Pendel sorgfältig in eine Schatulle neben der Schreibmaschine und spult das Tonband zurück. Es läuft fast drei Minuten, was Rückschlüsse über die Dauer der Hundebeschallung zulässt.

Als wir mit unseren vollen Gläsern am Tisch sitzen und noch immer kein Gespräch beginnen, legt er eine Papierrolle vor uns auf die Platte. Sie ist mit einer roten Geschenkschleife versehen.

„Hier! Das dürfte euch interessieren."

„Was ist das?", fragt mein *Carabiniere*.

Er hält es offensichtlich für einen Geschenkgutschein anlässlich der Taufe, denn er fragt es im Ton des Beschenkten, der seiner freudigen Überraschung pflichtbewusst Ausdruck verleihen will, obwohl der Moment schlecht gewählt ist.

„So viel ich verstanden habe, geht es doch darum, oder? Ich kann es nicht entschlüsseln."

Marco streift die Schleife ab, ohne sie aufzuziehen und rollt die Dokumente auf.

Es sind Labortestwerte.

„Woher hast du das?", fragen Marco und ich wie aus einem Munde.

Der Kater reckt den Hals lang.

„Im Gegensatz zu eurer dilettantischen Verfolgungsjagd habe ich den Kerl schon lange dingfest gemacht!", erklärt er mit einem kritischen Augenaufschlag auf den meinen *fidanzato*. „Wenn die *Carabiniere* immer so arbeiten, dann wundert mich die hohe Kriminalitätsrate in diesem Land nicht mehr."

Marco blitzt ihn mit bösen Augen an, wartet aber, was mein Hausgeist noch zu sagen hat. Der Verhörprofi weiß, dass man sich nicht provozieren lassen darf, wenn man die wichtige Information haben will.

„Er ist euch entwischt, weil er in einem Hauseingang verschwunden ist! Das sollte nicht so überraschend sein – in einer Stadt?! Ihr seid in eurem Wahn an der Tür seiner Wohnung vorbeigehetzt, anstatt auf offenstehende Pforten zu achten!"

„Du weißt, wo er wohnt?", fragt Marco mit zu Schlitzen verengten Augen.

„Ja. Ich bin ihm einfach aus dem Krankenhaus nach Hause gefolgt. Das ist doch am nächstliegenden."

„Hast du nie seine Adresse überprüft?", frage ich Marco überrascht.

„Doch, natürlich", schüttelt er diese unterschwellige Kritik ab. „Enricos Anzeige konnte nicht zugestellt werden. Er wohnt nicht mehr an der gemeldeten Adresse."

Massimiliano genießt sichtbar unsere Neugierde, die uns an seinen Lippen hängen lässt und alle Gemeinheiten einfach überhört. Er badet sich in unserer Ungeduld.

„Ja, und?", dränge ich ihn schließlich, wie über glühende Kohlen laufend.

„Nichts, na und. Das hier habe ich dabei aus seiner Wohnung mitgenommen. Nachdem der deutsche Arzt versagt hat, musste das jemand übernehmen. Das sind die Ergebnisse des Vaterschaftstests."

11. Klare Ansagen

Der Tag nach diesem Familiendebakel ist ein Montag.

Bereits vor Tagesanbruch werden wir von dem hartnäckigen Krähen eines Hahnes geweckt. Sein kratzender Weckruf dringt durch das offene Fenster direkt in unsere Gehörmuscheln, als stünde das Tier im Raum.

„Sono le quattro!"[118], höre ich Marco unwirsch in die Kissen maulen, sein Handy zurück auf den Stuhl neben dem Bett werfen und sich nochmals umdrehen.

Ich versuche, es ihm gleich zu tun, springe jedoch nach dem dritten Krähen unmutig aus dem Bett.

Getrockneter Thymian verteilt sich in mein Haar, weil ich die Kräuter über unseren Köpfen vergessen habe.

Mit schmerzverzerrtem Gesicht und einen „autsch!" fasse ich mir außerdem an meinen Knöchel, weil ich beinahe einknicke. Ich humple ans Fenster, spähe hinunter in den Hinterhof und reibe mir die Augen.

Auf der Mauer unter dem Fenster steht tatsächlich ein stattlicher Hahn, der mit geplusterten Federn und geschwellter Brust den nächsten Weckruf in den Himmel jagt. Über diesen Anblick bin ich nun schlagartig wach.

„Das gibt es doch nicht!", murmle ich. Wo kommt mitten in Bologna bloß dieses Tier her?

Das Federvieh schmettert seinen Appell dreimal in jede Himmelsrichtung und legt dann eine Pause ein.

„Gsch! Gsch!", mache ich und klatsche in die Hände, um ihn von seinem bevorzugten Platz direkt unter unserem Fenster zu verscheuchen.

---

[118] Es ist vier Uhr morgens!

Der große Vogel sieht mich gelangweilt an, flattert dann aber doch hinunter in den Hinterhof, wo er sich sofort wieder in Positur bringt und ein erneutes Krächzen in die Morgenstunden schmettert.

Gerade will ich mich unmutig abwenden, um doch noch ein wenig Schlaf zu bekommen, als ich einen Schatten durch den Hof huschen sehe. Der Hahn hüpft ein paar Sätze von dieser Gestalt getrieben hinter den großen Oleanderstrauch.

„Massimiliano! Was tust du da?", rufe ich mit gedämpfter Stimme hinunter in den Hinterhof.

Es kommt keine Antwort.

Dafür erschallt jählings mehrfaches Gackern und Flügelschlagen. An Stelle des Hahns laufen nun eine ganze Schar Hühner aufgescheucht, als wäre der Fuchs in ihr Gehege geraten, durch den Hof.

„Das darf doch nicht wahr sein!", entfährt es mir. Ich schnappe mir meinen Morgenmantel und humple zur Tür.

Im Öffnen der vielen Sicherheitsverriegelungen nehme ich mittlerweile keine Rücksicht mehr auf den schlafenden Marco, der sich einfach das Kissen über den Kopf gedrückt hat und die Aufregung ignoriert.

Unten im Hof bietet sich mir ein wilder Anblick: An die zwanzig Hühner laufen wild flatternd aufgeregt durcheinander, der Hahn steht wieder auf der Mauer und kräht nun unaufhörlich. Offensichtlich, weil er sein Gefolge zur Raison bringen will. Der Kater versucht indes vergeblich, das aufgescheuchte Federvieh wieder in einen Holzverschlag zu scheuchen, den ich hinter dem Oleander entdecke.

„Steh nicht so untätig herum!", mault mich der Kater an, als er wiederholt zwei Hennen an mir vorbeitreibt. „Hilf mir endlich!"

Ich hätte es mir denken können! Was wundere ich mich überhaupt noch über ungewöhnliche Dinge? Dahinter kann freilich nur Massimiliano stecken.

Bevor die ganze Nachbarschaft aufwacht und ich dafür noch Rede und Antwort stehen muss, entschließe ich mich, es ihm gleich zu tun und die Schar wieder in dem Verschlag zu verstauen.

Gemeinsam gelingt es uns schließlich.

Kaum ist die Tür zum Hühnerhaus verriegelt, tritt wieder Ruhe ein. Schwer atmend lehne ich mich dagegen und sehe Massimiliano ohne Worte vorwurfsvoll an.

In Norio Sans Wohnung geht das Licht an.

Der Kater klopft sich den Staub von seinem Anzug und zupft sich letzte Federn aus dem Fell.

„Ich brauche wahre biologische Eier!", erklärt er wie selbstverständlich. „Diese unnatürlich gelben Dotter der hiesigen Produktion kann kein ernsthafter Koch in die Hand nehmen!"[119]

Ich verstehe kein Wort.

„Es ist möglich, dass ich dir zu dieser unmenschlichen Stunde nicht folgen kann", sage ich mit einer gehörigen Portion Zynismus. „Aber: Was – zum Kuckuck! – ist das hier?!"

„Ein Hühnerstall", antwortet er und sieht mich mit übertriebenem Entsetzen an. „Du kannst doch nicht so naturentkoppelt sein, dass du nicht einmal so etwas erkennest?! Wohin entwickelt sich diese Menschheit bloß?!"

Er schüttelt mit einen „tzstzstzs" den Kopf.

Ich richte mich wütend auf.

„Erst der Papierberg, dann der Gestank, dann die Kräuterleine und nun das! Man reicht dir den kleinen Finger und du nimmst die ganze Hand!"

Der Kater schaut verdutzt auf meine Hände, dann auf seine Pfoten: „Das ist doch absurd! So viel ich sehe, hast du noch beide Hände und sie sind völlig intakt! Ich habe jedenfalls nichts angestellt mit deinen Fingern!"

„Die Hühner kommen weg!", bestimme ich entschieden und wende mich demonstrativ zum Gehen. Ich werde mich um diese Uhrzeit nicht auf eine sinnverdrehte Kommunikation mit meinem Hausgeist einlassen. „Sofort!"

„Biologische Eier zu verschmähen: das sieht dir ähnlich!", mault er und springt mir in den Weg, um sich vor mir aufzupflanzen. Er stemmt die Pfoten in die Hüften. „Aber selbst dir müsste einleuchten, dass wir keine zwanzig Hühner auf einmal verspeisen können! Und der Hahn ergibt bestenfalls eine Hühnersuppe, die im Sommer nicht gerade ein passendes Gericht ist."

„Es ist mir egal, wie du das machst!", antworte ich und laufe um ihn herum. Einen Moment zucke ich zusammen, weil ich soeben einen Satz von mir gegeben habe, wie ich ihn stets von meinen Eltern als Kind zu hören bekam. Verhasste Worte! Diese Erkenntnis überzeugt mich dummerweise, eine mildernde Aussage hinterherzuschicken: „Dann friere sie eben ein!"

Der Kater nutzt die Gelegenheit sofort.

„Du hast nur ein kleines Fach über dem Kühlschrank und das ist schon vollgestopft mit merkwürdig blassen Würsten aus deiner Heimat, die aussehen wie ... ich mag es gar nicht aussprechen."

Er schüttelt sich angewidert.

---

[119] Eidotter in Italien sind tatsächlich auffallend sonnengelb, vermutlich durch Futterzusatz wie Paprika oder Mais

Ich werfe die Arme in die Luft und wiederhole die verabscheuten Worte meiner Kindheit.

Damit lasse ich ihn einfach stehen.

„Du hast dir Hühner zugelegt?", fragt mich eine sanfte, jedoch verwunderte Stimme.

Sie kommt aus Norio Sans Wohnungstür, wo dieser im Pyjama steht und mich mit verschlafenen Augen überrascht ansieht.

Ich bleibe nicht einmal stehen, winke nur ab und sage müde: „Erkläre ich dir morgen! Tut mir leid, wenn es dich aufgeweckt hat. Gute Nacht!"

Wer ist auch schon zu so früher Stunde in der Lage, glaubhafte Ausreden für eine derartige Sache zu erfinden?

Um sieben Uhr werden wir endgültig geweckt, diesmal von Holpern und lauten Stimmen im Treppenhaus.

Die Steuerberater ziehen aus.

Dafür herrscht im Hof Totenstille. Das Federvieh muss vermutlich Schlaf nachholen. Ein Luxus, der uns nicht gegönnt ist, denke ich mürrisch.

Mein Knöchel ist dermaßen angeschwollen, dass ich einen Arzt- anstatt Bürotermin vereinbare. Marco wird mich hinbringen. Er hat erst später Dienst.

Max war mit Enzo übers Wochenende in den Thermen der *Colli Euganei*[120] und kommt erst an diesem Abend zurück, weshalb wir ihn weder mit meinem Gelenk noch mit den gestohlenen Testergebnissen konsultieren können.

Marco holt meinen Firmenwagen aus der Garage, transportiert mich in die Praxis und setzt mich dort vor der Tür ab, um einen Parkplatz zu suchen.

Während ich in die Arztpraxis humple, ruft er mich aber schon wieder an und teilt mir eine Änderung seines Planes mit: Anstatt zu parken, nimmt er die Gelegenheit wahr und verabschiedet seine Familie. Es würde nicht lange dauern und ich solle ihn anrufen, falls ich eher als erwartet fertig sei.

Da ich zu so früher Stunde bereits warte, habe ich das Glück, die erste Nummer des Tages in der Hand zu halten.

Der Arzt nimmt sich für seine frühe Patientin an diesem Morgen viel Zeit und beruhigt mich mit der Diagnose einer Bänderdehnung, ermahnt mich aber, in nächster Zeit keine hochhakigen Schuhe zu tragen und auch in Zukunft damit entsprechend vorsichtig zu sein. Mit Kompressionsverband am Fuß, Verhaltensanleitungen im Kopf und einer Überweisung zum Spezialisten – für alle Fälle, wie der Arzt betont - verlasse ich die Allge-

---

[120] Thermalbäder der Eugenetischen Hügel vulkanischen Ursprungs, Veneto, zwischen Padua und Bologna

135

meinpraxis. Im Wartezimmer stehen die Patienten mittlerweile bis vor die Tür.

Vor dem Gebäude greife ich zu meinem Handy, um Marco wieder zurückzurufen.

Doch als ich es ans Ohr nehme, vernehme ich bereits Stimmen. Die Verbindung von zuvor besteht noch. Ich hatte sie nicht weggedrückt, weil ich in diesem Moment ins Sprechzimmer gerufen worden war. Offensichtlich hat auch Marco aus irgendeinem Grund übersehen, die Leitung zu unterbrechen?

„Marco?"

Anstelle einer Antwort höre ich heftiges Rascheln.

„Marco?"

Ich steigere meine Lautstärke.

„Lisa wäre ein guter Fang, mein Junge. Ich kann dich wahrlich verstehen, so als Mann, meine ich. Eine hübsche Blonde aus dem Norden, das hat schon was."

Kurzes Lachen.

„Wir hätten auch gar nichts gegen diese Verbindung, *ci mancherebbe!*[121] So lange du wenigstens in Italien bleibst und dich nicht noch nach Deutschland davon machst. Du kennst die Sorgen deiner Mutter."

Es ist die Stimme von Marcos Vater!

Er scheint diese Unterhaltung mit meinem *fidanzato* zu führen.

„Mit ihrer Position in der Firma war sie außerdem eine hilfreiche Ergänzung in unserer Familie, das muss ich zugeben. Wäre nützlich gewesen, bestimmt. *Peccato. Ma, è così*[122]. Seit wir nun einen Enkel haben, ist die Situation eine andere. Du bist doch der Vater?"

Rascheln.

Mir stockt der Atem: Wieso spricht er in der Vergangenheit?

„Natürlich! Du musst ihn dir doch nur ansehen! Er hat dieselben Ohren und die gleichen blauen Augen wie ich. Dieser Typ von gestern ist ein Stalker, der Bianca verfolgt! Der bildet sich das alles ein, das habe ich euch doch schon erklärt! Das werden wir in den Griff bekommen!"

Das war eindeutig Marcos Stimme.

„*Certo.* Da bin ich sicher."

Es hört sich an, als ob er seinem Sohn auf die Schulter klopft. Das permanente Stoffknistern hört auf. Marco hat sich vermutlich hingesetzt.

„*Guarda*[123]," ergreift sein Vater wieder das Wort, „Nico ist unser einziger Enkel. Von deinen Geschwistern ist in dieser Hinsicht nicht viel zu

---

[121] Das würde fehlen! Sinngemäß auch: Gott behüte!
[122] Schade! Aber, so ist es nun mal.
[123] Schau

erwarten. Deine Schwester hat damit zu lange gewartet und jetzt klappt es nicht mehr. Das weißt du vielleicht nicht. Oder hat sie dir das erzählt?"

Ich vermute Kopfschütteln, denn ich höre nichts. „Und dein Bruder hat ja nicht einmal eine *fidanzata*!"

Signore Marino legt eine Pause ein. Ich kann mir die Mimik zu dieser Aussage bildlich vorstellen.

„*Però*",[124] fährt er dann fort. „Dafür hast du ja zwei!"

„Hör auf damit!", wehrt sich sein Sohn endlich. „Ich habe euch schon erklärt, dass ich mit Lisa zusammen bin!"

„Was auch in Ordnung wäre, wenn du jetzt nicht Vater wärst. Von einer anderen Frau! Wieso hast du nicht Lisa geschwängert? Dann wäre das alles kein Problem!? Du kannst mit deinem Leben machen, was du willst ...''

Ein ironisches Lachen fällt in diese Aussage, doch der Redner lässt sich nicht beirren.

„... aber du bist jetzt verantwortlich für ein Kind! So, wie die Dinge heute stehen, wird er als einziger Erbe einmal die Firma übernehmen!"

„Nico ist kaum auf der Welt und schon bestimmt ihr über sein Leben!?", echauffiert sich mein Freund. Erneutes heftiges Rascheln lässt vermuten, dass er sich wieder aufgebracht durch den Raum bewegt.

„Er ist ein uneheliches Kind, Marco!", beschwört ihn sein Vater. „Wenn Bianca wieder heiratet – am Ende noch diesen Stalker – geht das gesamte Erbe eines Tages an eine fremde Familie! Hast du das bedacht? Sollen wir ihn enterben, nur weil du dich deiner Verantwortung entziehst?"

Knistern übertönt Marcos Antwort.

Dann bricht die Verbindung jäh ab.

Entsetzt starre ich auf das Mobiltelefon in meiner Hand.

Ich kann nicht fassen, zu welchem Dialog ich ungewollt Zeugin geworden bin!

Was meint er damit: Marco entzieht sich seiner Verantwortung? Er bekennt sich doch zu seiner Vaterschaft! Und das sogar in dem Ausmaß, dass er nicht einmal berechtigte Zweifel wahrhaben will!

Dann überfällt mich die Einsicht wie eine kalte Dusche: Marcos Eltern wollen, dass er Bianca heiratet! Natürlich. Damit wäre aus deren Sicht alles geregelt!

Hatte ich an diesem Morgen danach geglaubt, dass das Drama am Vortag seinen Höhepunkt erreicht hatte, so werde ich nun eines Besseren belehrt. Das Schicksal hat immer noch eine Steigerung parat! Und das Bewusstsein, dass meine eigene Familie diese Forderung - aus persönlichen

---

[124] Viel verwendetes Bindewort mit unterschiedlicher Nuance, je nach Kontext; hier: naja, auf der anderen Seite, anders betrachtet, jedoch

Motiven heraus - sogar unterstützten würde, jagt mir einen eiskalten Schauer über den Rücken.

Nach diesem Schock stehe ich wie gelähmt auf der Straße.

Wenn Marcos Gefühle bisher geschwankt haben mögen, hin- und hergerissen zwischen den neuen Eindrücken der Vaterschaft und den Machenschaften dieses Weibsstücks, so wird das Argument, die Zukunft seines Sohnes, das nun in die Waagschale geworfen wurde, ein großes Gewicht haben.

Was kann ich dagegen anbringen?

Auf der gegenüberliegenden Straßenseite entdecke ich eine Café-Bar.

Ein zweiter Cappuccino wird mir hoffentlich über diesen erneuten Schrecken hinweghelfen. Das Etablissement wirkt nicht besonders einladend, aber einen anständigen Kaffee bekommt man in Italien überall. Selbst in so heruntergekommenen Spelunken wie dieser.

Zwei Minuten später löffle ich den süßen Milchschaum aus meiner Tasse. Die Fragen in meinem Herzen toben wie eine vor einem Feuer richtungslos flüchtende Schar in Panik umher. Doch es gibt kein Entkommen. Ich muss mich dem stellen.

Mit dem ersten Schluck der wärmenden Flüssigkeit taucht aus der Tiefe meiner Seele, wie die Ankunft der rettenden Feuerwehr, ein Gedanke auf: der Vaterschaftstest!

Er ist jetzt meine letzte Hoffnung und ich klammere mich an diese wie ein fallender Bergsteiger an den Ast, der überraschend aus der Steilwand ragt. Wenn sich herausstellen würde, dass Marco gar nicht der Vater ist, würde das alles ändern!

Mein schlechtes Gewissen ermahnt mich sofort, dass ein möglicherweise negatives Ergebnis dem Mann an meiner Seite einen herben Schlag versetzen würde. Er liebt dieses Kind bereits mit seinem ganzen Herzen als ein eigenes! Doch in diesem Moment weise ich derartige Bedenken mit der Schlagkraft meiner Hoffnungslosigkeit in die Schranken.

Mit der Tatkraft der Verzweifelten wähle ich die Mobilnummer meines deutschen Arztfreundes. Er meldet sich aus dem Auto.

„Kannst du heute Abend gleich zu uns rüberkommen?", frage ich ihn ohne Einleitung. „Wir müssen dringend mit dir sprechen. Wir haben die Testergebnisse. Du musst sie uns entschlüsseln."

„Was? Wie? Wie seid ihr denn an die Papiere herangekommen?!", tönt es mehr als verwundert durch die Leitung. Es ist Enzo, der über die Sprechanlage des PKWs jault. Und Max fügt mit Entsetzen in der Stimme hinzu: „Ihr seid doch nicht in das Labor eingebrochen?!"

„Nein", beruhige ich ihn. „Das erzähle ich dir heute Abend. Kommst du?"

Max sagt zu.

Ich kann die beiden noch aufgeregt wie Hühner diskutieren hören, bevor das Gespräch unterbricht.

Ein Spaziergang wäre jetzt genau das Richtige, um mich ein wenig zu sortieren, den Kopf zu lüften, aber mit meinem Fuß ist das unmöglich. Doch just in diesem Moment meldet sich mein Mobiltelefon wieder zu Wort.

Ich wage kaum, den Anruf anzunehmen. Ich fürchte, Marco meine außer Rand und Band geratenen Gefühle ins Gesicht zu schleudern und damit vielleicht erst recht alles zu zerstören.

Doch der Anrufer ist nicht Marco.

Meine Assistentin informiert mich, dass sich überraschend einer der Vorstände aus Deutschland für einen kurzen Besuch im Büro angekündigt hat.

Das hat mir gerade noch gefehlt!

Einen Moment überlege ich, ob ich mich aufgrund meiner Knöchelverletzung aus der Misere retten soll? Ich habe nicht die Nerven, in dieser Lage auch noch so einen unvorhergesehenen Gast zu empfangen. Doch dann überzeuge ich mich selbst, dass es sein muss.

Mit zittrigen Fingern tippe ich die Planänderung an Marco und rufe ein Taxi.

Eine Stunde später sitze ich mit hochgelegtem Fuß und einer Tasse Kaffee aus der deutschen Filtermaschine dem Vertriebsvorstand aus Deutschland gegenüber.

Das Gebräu in unseren Tassen ist tiefschwarz und stark wie Bittertran. Ich muss mein Team unbedingt einweisen, wie man deutschen Filterkaffee portioniert.

Ich biete meinem Gegenüber einen frischen an, aber er lehnt voreilig höflich ab und trinkt dann tapfer das Herzattackenelexier.

Mir selbst ist beinahe übel von all dem Koffein, das ich mittlerweile zu mir genommen habe. Zumindest rede ich mir das ein. Denn die Neuigkeiten, die mein oberster Vorgesetzter mir offenbart, sind alles andere als gut.

Er überreicht mir ein kleines Pamphlet weniger komprimierter Seiten über die verabschiedete Strategie und erläutert diese mit knappen Worten.

Teilweise erkenne ich die Unterlagen wieder. Auszüge davon hat mir der Personalleiter damals, als er mir die Stelle wärmstens angeboten hat, unter Vorbehalt der Geheimhaltung gezeigt. Ich lausche der Präsentation mit Interesse, bis an einer Stelle die Worte „gemeinsame Leitung" fallen.

„Verstehe ich Sie richtig? Sie wollen die Vertriebsbereiche zusammenlegen?"

„Ja."

„Aber in meinem Personalgespräch hat man mir etwas ganz anderes erzählt?", protestiere ich vorsichtig. „Da war genau vom Gegenteil die Rede gewesen: Getrennte Bereiche?! Parallellaufende Vertriebsschienen mit ein paar Überschneidungen, weil es unterschiedliche Zielgruppen sind?"

„Nun, da hat unsere Personalleitung wohl ein wenig aus dem Nähkästchen geplaudert", antwortet mein Gegenüber, ohne mit der Wimper zu zucken. „Natürlich haben wir verschiedene Szenarien durchgespielt, das können Sie sich doch denken. Eine davon war auch diese. Aber es gibt offensichtliche Gründe, die gegen diese Variante sprechen. Ich denke kaum, dass ich Ihnen das erklären muss."

Dagegen kann ich nicht einmal etwas anbringen, denn damals hatte ich selbst sofort dieselben Bedenken geäußert.

„Sie beide sind aus unserer Sicht das ‚Dream-Team' für diese Aufgabe! Als Deutsche haben Sie den Kontakt zum Mutterhaus, kennen unsere Unternehmenskultur und wissen, wie wir ticken. Ihr zukünftiger Partner kennt als Italiener den hiesigen Markt und ist erfahren. Sie sind jung und bringen den dringend nötigen frischen Wind in die Organisation hier!"

Zum ersten Mal lächelt mich der Mann kurz an, wohl im Versuch, es mir schmackhaft zu machen.

Die Betitelung eines ‚Dream-Teams' kann ich nicht im Geringsten nachvollziehen, wenn mir auch die Sichtweise des Vorstands, von oben betrachtet, einleuchtet.

Der Choleriker und ich: ein Traumpaar? Was organisatorisch Sinn ergibt, ist menschlich ein Armageddon!

Nicht einen Moment wird mein ehemaliger Vorgesetzter mich auf Augenhöhe akzeptieren! Ich werde alle meine Kraft in politische Ränkespiele und der Abwehr hinterhältiger Angriffe investieren müssen. Natürlich war das schon jetzt so, aber mit einer separaten Organisation hatte ich zumindest eine abschirmende Burg, hinter deren Mauern ich noch halbwegs arbeiten konnte. Wenn der Feind aber im Inneren lauert, bleibt keine Schutzzone. Für meine eigentliche Aufgabe, die Sache selbst, wird so kaum noch Energie bleiben. Für das, was mir Freude an meiner Arbeit bereitet.

„Ich schlage vor, Sie vereinbaren einen Arbeitstermin und überlegen gemeinsam, wie das Konzept der Zusammenlegung aussehen könnte. Präsentieren Sie es uns ... sagen wir: in zwei Monaten?"

Er leert beherzt seine Tasse.

„Einen zweiten Kaffee brauche ich nach diesem nicht mehr", lacht er. „Der hat's in sich! Wie halten Sie das bloß aus?"

Er erhebt sich und hilft mir höflich auf die Beine, obwohl ich nicht in dem Ausmaß behindert bin, dass ich nicht alleine aufstehen könnte. Ich verstehe es als symbolische Geste.

„Ich werde nun auch bei ihrem zukünftigen Partner vorbeisehen und ihn ebenso in Kenntnis darüber setzen. Sie können ihn also morgen schon anrufen", informiert er mich noch.

Er reicht mir förmlich die Hand zum Abschied und winkt entschieden ab, als ich ihn zur Tür begleiten will: „Schonen Sie Ihren Fuß! Wir brauchen Sie noch."

Damit ist er schon an der Tür und wird von meiner Assistentin beflissen weiter geleitet zum Ausgang.

Kurz und schmerzhaft. Anders kann ich dieses Vorgehen nicht bezeichnen.

Wehrlos und angeschlagen bleibe ich, mitten in meinem Büro verweilend, zurück. In letzter Zeit scheinen sich die Momente zu häufen, in denen ich wie ein begossener Pudel herumstehe und nicht weiß, ob ich lachen oder weinen soll.

Entkräftet lasse ich mich wieder in meinen Sessel fallen und starre zum Fenster hinaus.

Es war also eine abgekartete Sache, dass der Personalleiter mich unter falschen Rahmenbedingungen zuvor schon in diese Position gelockt hat. Von langer Hand aufgegleist und taktisch durchdacht. Mein Kontrahent muss es auf diese Weise - wie ich auch - hinnehmen und kann gegen die geschaffenen Tatsachen ebenso wenig tun, wie ich. Sie wussten genau, dass ich unter den bestehenden Vorzeichen das Angebot niemals angenommen hätte. Sie haben also uns beide, den Despoten und mich, gespielt wie Backgammonsteine: Stück für Stück verschoben. Und ich glaube kaum, dass der diese Züge klarer erkannt hat als ich.

Aber es wird ihn nicht dazu verleiten, sich mit mir zu verbünden. Da bin ich mir sicher. Ich kann nicht verstehen, wie man das dort oben im Elfenbeinturm glauben kann.

Aber vielleicht ist mein Kontrahent schon lange eingeweiht und das Ganze ist Teil eines Planes, mich aus der Bahn zu schießen?

Möglicherweise ist aber auch er auf diesem begrenzten Markt Italiens einfach zu unwichtig und wir beide sind zu kleine Lichter, als dass man sich in dieser Tiefe darüber Gedanken machen würde? Dort oben sieht man das große Bild. Und in dieses Puzzle müssen wir uns einfügen, wenn es auch bedeutet, das Teilchen mit Gewalt an eine Stelle zu drücken, die dafür nicht vorgesehen ist. Im Abbild des aus tausend Elementen bestehenden Himmels der Rendite fällt das dem späteren Betrachter gar nicht mehr auf.

Blau ist blau.

Wieder verbringe ich einen unproduktiven Arbeitstag, an dem ich es gerade einmal schaffe, meinen Mitarbeitern zu zeigen, wie man deutschen Filterkaffee zubereitet. Mich beschleicht allmählich der Eindruck, dass ich mich mehr dem Koffeingebräu widme, als meinen Aufgaben. Aber vielleicht ist das auch ein sehr symbolisches Zeichen?

Die beiden schlechten Nachrichten dieses Tages lasten schwer auf meinen Schultern, als ich am Abend das Büro verlasse und auf meinen Firmenwagen zuschreite.

Es ist schon spät.

Marco holt mich ab. Er begrüßt mich mit einer langen Umarmung, in der er seinen Kopf in meine Schulter vergräbt. Aber er sagt nichts.

Auf der Fahrt nach Hause fragt er nach meinem Knöchel, ich berichte von meiner beruflichen Hiobsbotschaft, er von der erneuten Zustellung der Anzeige an den Stalker, ich informiere ihn über den Termin mit Max. Zuletzt erzähle ich ihm von den Hühnern, nachdem er die nächtliche Störung unerwähnt lässt. Italiener scheinen belastbarer zu sein, was Lärm betrifft.

„Wie war der Abschied von deiner Familie?", pirsche ich mich schließlich an das heikle Thema vorsichtig heran.

Eigentlich habe ich dazu keine Kraft mehr. Ich weiß selbst nicht, warum ich es trotzdem frage. Tief in mir hoffe ich vermutlich, dass befreiende Worte aus seinem Mund mir zumindest an dieser Front Erleichterung verschaffen werden.

„Du kennst meine Leute", bedeutet er mit vielsagendem Augenaufschlag auf die Seite zu mir. „Das Übliche."

Er packt den Rucksack also nicht aus.

Ich starre auf die beleuchtete Straße vor uns, als fände ich dort eine Handlungsanleitung. Soll ich ihm einfach sagen, was ich zufällig mitgehört habe? Es wühlt mich noch immer derart auf, dass ich es kaum für mich behalten kann.

Aber was erreiche ich damit?

Vielleicht würde ich ihn nur verfrüht in eine für mich ungute Reaktion treiben? Wäre es nicht ein deutliches Zeichen seiner Liebe zu mir, wenn er selbst darüber mit mir sprechen würde?

Ich hadere.

Meine Emotionen drängen mich zu Worten. Aber es sind nicht die wilden Gefühle, die zählen: Es ist das, was man tut! So lange ich mir selbst nicht sicher bin, werde ich also vorerst schweigen. Außerdem kann morgen, wenn wir die Testergebnisse einmal kennen, schon alles ganz anders aussehen. Eine voreilige Tat könnte mehr zerstören als richten.

Kurz darauf parkt Marco den Wagen ausnahmsweise im Hinterhof, direkt vor Norio Sans Haustür. Wir heften ihm eine Entschuldigung daran, nachdem er selbst nicht anzutreffen ist. Wir mussten ein paar Hühner verscheuchen, um uns den Platz zu erobern.

Marco kommentiert diesen Tatbestand nur mit der pragmatischen Frage: „Haben wir frische Eier?"

Ich nicke nur: „Das wäre das Mindeste."

Und er beschließt das Thema mit dem Entschluss: „Dann mache ich uns *spaghetti carbonara*."

Bereits auf der Treppe, wo wir uns durch Kisten und Kartons der Steuerberater hinaufschlängeln müssen, vernehmen wir wieder die bekannten betörende Klänge und salbenden Worte aus dem Tonbandgerät.

Der Anblick bei Betreten meiner Wohnung trifft genau dieses Déjà-Vu: Poppäa sitzt vor dem Kater auf ihren Hinterläufen und imitiert mit dem Kopf die Bewegung des vor ihr hin- und her schwingenden Pendels. Die Beschallung aus dem Hintergrund scheint schon eine Weile zu laufen, denn das Band ist gut zu zweidrittel abgespult.

Nur der Schriftstellerarbeitsplatz ist verschwunden. Kein Schreibtischchen, keine alte Schreibmaschine, kein überquellender Papierkorb, nicht einmal die Flasche Absinth ist mehr zu sehen. Die große Flügeltür mit dem französischen Balkongitter ist wieder frei zugänglich.

Marco geht zielstrebig an die Steckdose und will das Kabel für die Stromzufuhr aus der Wand ziehen.

„Wenn du diesen Stecker ziehst, wird es vielleicht nicht der letzte sein, den ich mal ziehe!", wirft der Kater ihm über den Rücken zu, ohne sich überhaupt umzudrehen oder seine konzentrierte Tätigkeit einzustellen.

Marco lässt sich tatsächlich einen Moment aufhalten, wohl aus Gründen des Nachsinnens über diese Botschaft.

Ob die Drohung ihn erst recht animiert oder er sein Vorhaben einfach nur durchführen will: Er zieht den Stecker.

„Kannst du das nicht an einem anderen Ort machen?!" Es ist weniger eine Frage, als eine klare Anordnung meines Freundes.

Der Kater lässt sich dennoch nicht aus der Ruhe bringen. Monoton spricht er die Worte weiter, die zuvor das Tonband abgespult hat. Dann beginnt er beschwörend: „Du wirst jetzt wieder munter, kommst zurück, langsam ... du erwachst ... langsam ..."

Doch der Hund ist längst auf die Beine gesprungen und wedelt abwechselnd Marco und mich an, freudig zwischen uns hin- und herwechselnd, beinahe wie zuvor das Pendel vor seiner Nase.

Der Kater lässt das Perpendikel mit einem belästigten Seufzer sinken: „So wird das nie etwas! Könnt ihr nicht Bescheid geben, bevor ihr nach Hause kommt?"

„Das ist immer noch meine Wohnung", bestimme ich. „Hör lieber auf, den Hund unnötig zu quälen."

„Das ist keine Quälerei, das ist Hypnose!", korrigiert er mich und steckt das Pendel in die Tasche seines Jacketts. „Ich will sie dazu bringen, mit mir zu sprechen! Schließlich tut sie das ja auch in Japanisch – hat man da noch Töne! – mit diesem Schlitzauge!"

„He!", ermahne ich ihn mit winkendem Zeigerfinger, da es nun schon das zweite Mal ist, dass er Norio San so abfällig bezeichnet. „Etwas mehr Respekt, bitte!"

„Ist ja gut", lenkt er sofort mit erhobenen Pfoten ein, wie von der Hundertschar einer Polizeitruppe umstellt.

Er erhebt sich und klopft sich seinen Anzug gerade: *„Senza offesa!*[125] Ich habe nichts gegen unseren fernöstlichen Schriftsteller dort unten im Hinterhof. Ich bin wütend auf die *caprici*[126] Poppäas! Sie lernt lieber diese merkwürdige Sprache, als mit mir zu reden! *Ich,* der sie aus dem Elend gerettet hat! *Ich,* der ihr antiker Freund vor über zweitausend Jahren ist! *Ich,* der vermutlich der einzig andere lebende *penato* auf dieser Welt ist! *Ich,* der ..."

Der Kater bricht seine vor Empörung triefenden Worte abrupt ab.

Er schluckt.

Er bekommt glasige Augen.

Das habe ich an ihm noch nie gesehen!

Diese Beobachtung erschüttert mich ganz spontan und drängt für einen kurzen Moment meine eigenen Sorgen und den Hühnervorfall der frühen Morgenstunden in den Hintergrund.

Können Katzen überhaupt weinen? Oder Geister? Vergießen Penaten Tränen? Darüber habe ich mir noch nie Gedanken gemacht.

„Komm, komm", tröste ich und lege meinen Arm um ihn, wie es mein Vater immer mit mir tut. „Wieso bist du dir überhaupt so sicher, dass sie auch ein *penato* ist?"

„*Penata*", schnieft er auf und fährt sich mit der Pfote über die Augen. „Sie war die große Liebe meines Lebens! Und ich habe sie nach zweitausend Jahren wieder lebend aufgestöbert! Und nun spricht sie nicht mit mir! Sie bevorzugt diesen Japaner."

Mit einem aufheulenden Fauchen verdeckt er mit beiden Pfoten seine Augen. Ein schauerliches Jaulen dringt durch das kleine Studio.

Marco fährt erschrocken herum und guckt mit großen Augen auf diese Szene.

Massimiliano schluchzt mit bebenden Schultern, wie diese Bianca in Hochform vor dem Kirchenportal.

Zum ersten Mal lässt es der Kater zu, dass ich ihn umarme. Diese Tatsache macht mir klar, dass er tatsächlich leidet. Er hat Liebeskummer. Stets habe ich ihn nur selbstbewusst, mit einer an Hochnäsigkeit grenzende Sicherheit erlebt. Sollte das am Ende nur ein Schutzmechanismus sein? Ist er vielleicht verletzlich wie wir? Möglicherweise muss er sich mit allzu frei-

---

[125] Nichts für ungut; kein Angriff
[126] Launen

zügiger Zuneigung gegenüber uns Menschen zurückhalten, weil wir ihm im Verlauf der endlosen Zeit immer wieder wegsterben?

„Hab ein wenig Geduld", muntere ich ihn auf und drücke ihn sachte. Ich will nicht übertreiben. „Zweitausend Jahre Schweigen sind eine lange Zeit. Sie lernt vielleicht nicht so schnell? Als Hund hat sie nicht die Fähigkeiten, wie du als Kater?"

„Meinst du?", schnieft er und zieht ein Taschentuch aus dem Revers des Blazers.

Er schnäuzt kräftig hinein und steckt es dann in die Hosentasche. „Das habe ich gar nicht bedacht. Möglich wäre das."

„Ihr habt doch alle Zeit der Welt, euch wieder zu begegnen", meint Marco und tritt mit den Händen in den Hosentaschen neben uns.

Er blickt auf uns herab, die wir zusammen auf dem Boden kauern: „Jetzt hast du zweitausend Jahre gewartet, was sind da ein paar Jahre mehr? Selbst wenn sie sich jetzt für Norio San entschieden haben sollte: das kannst du als *penato* doch abwarten! Der ist sechzig Jahre alt. Das wird sich von alleine lösen. Was sollten wir Menschen da sagen?! Diesen Luxus haben wir nicht."

Massimiliano und ich blicken erstaunt auf, jeder mit den eigenen Gedanken des Erstaunens hinter der Stirn.

Was will mein *Carabiniere* damit sagen? Soll das eine Anspielung auf unsere Situation sein?

Massimiliano hingegen scheinen Marcos Ansichten sofort zu überzeugen. Er gibt ein nickendes „hm" von sich.

Ich aber will es nun doch genauer wissen: „Wie meinst du das?"

Es klingelt an der Tür.

Marco geht, um zu öffnen und plaudert weiter über seine Schulter in unsere Richtung: „Na, er ist doch hier im Haus mit ihr zusammen. Und ob sie nun früher oder später mit ihm spricht, welchen Unterschied macht das in der Ewigkeit?"

„Das ist bemerkenswert klug! Ein wenig philosophisch, aber klug!"

Schon tönt die Stimme Massimilianos wieder gefasst und großspurig wie immer. Er schält sich aus meiner Umklammerung und streift seinen Anzug sauber, als hätte ich Flöhe.

Während der Kater meinen *Carabiniere* weiter mit salbenden Worten über diese Weisheit überschüttet, wendet er sich demonstrativ von mir ab.

Diesmal aber verstehe ich zum ersten Mal sein wirkliches Wesen: Die ruppige Schale aus hochtrabender Schlauheit und altehrwürdiger Erfahrung, die er bei jeder passenden und unpassenden Gelegenheit zur Schau trägt, schützt einen empfindlichen Kern.

Kurz darauf sitzen Max, Marco und ich um meinen Küchentisch und der Kater hat sich auf dem Sofa lang gemacht und döst. Die Hühner im Hof haben sich ebenfalls schon schlafen gelegt.

Wir schieben meinem Landsmann die Papiere über den Tisch zu.

„Wie kommt ihr an die Dokumente?", will Max nochmals wissen.

„Frag nicht!", antworte ich und Marco stimmt mir nickend zu: „Besser, du weißt das nicht."

Der Arzt gibt sich aufgrund seiner eigenen früheren Verschwiegenheit in selber Sache mit der Antwort zufrieden und nimmt es einfach hin.

Er liest stumm durch die erste Seite.

Die verstreichenden Minuten zerren an unseren Nerven wie junge Ferkel an den Zitzen des Muttertiers.

Marcos Aussage von kurz zuvor, über unsere menschliche Sterblichkeit, verdeutlicht sich drastisch in den dahintickenden Sekunden ohne Antwort. Jeder verstreichende Augenblick scheint einen Ziegelstein mehr auf unsere Schultern zu laden.

Endlich blickt Max auf.

Er schaut erst Marco und danach mich betreten an.

„Das Ergebnis ist positiv."

Das Wort platzt wie eine Bombe.

„Positiv?", murmelt mein *Carabiniere* erschüttert.

Der Kater richtet sich auf dem Sofa in die Senkrechte wie eine Aufziehpuppe, bleibt aber sitzen.

„Dieser Typ ist der Vater?", frage auch ich ungläubig.

Max nickt und überprüft nochmals die Daten: „Der getestete Mann ist der Vater des Kindes. Definitiv!"

Geplättetes Schweigen beherrscht den Raum. Niemand bewegt sich.

Das entlegene Summen des städtischen Verkehrs dringt dumpf durch das Fenster. Ein weit entferntes Martinshorn erinnert daran, dass irgendwo ein anderes Drama gerade seinen Lauf nimmt.

Selbst wenn diese Nachricht die Lösung meiner privaten Probleme bedeuten könnte, so empfinde ich nun doch gewaltiges Mitleid mit Marco, der all seine Liebe auf das neue Menschenkind geworfen hat. Ihm gegenüber ist das einfach nicht fair!

Nun hadere ich mit dieser Antwort mehr als erwartet.

Über Monate haben wir daran gearbeitet, uns an den Gedanken des Babys zu gewöhnen und besonders, seit es auf der Welt ist, haben wir – jeder auf seine Weise – alles darangesetzt, dem Kind die ihm zustehende Liebe zu schenken. Und nun stellt sich heraus, dass Nico nicht in unserem Leben bleiben wird? Kann man so ohne weiteres diese Empfindungen wieder abschalten? Kann Marco seine Vatergefühle einfach aufgeben? Kann man das von einem Menschen verlangen?

„Aber er hat doch meine Augen, meine Ohren ...“

Ich nehme Marco schweigend in den Arm. Starr und unbeweglich, wie schockgefroren, lässt er es zu.

Max liest konzentriert weiter.

Dann runzelt er die Stirn.

Er blickt wieder auf.

„Aber das getestete Kind ist ein Mädchen!“

„Wie bitte?“

„*Come?*“[127]

Mein Freund überprüft nochmals die letzten gelesenen Zeilen und bestätigt erneut: „Ganz sicher: ein Mädchen.“

„Aber ...“

Marco und ich lassen uns gleichzeitig in die Lehnen unserer Stühle sinken.

„Was hat das denn zu bedeuten?!“

Dieser Ausdruck der Verwirrung kommt von mir.

Marco ist wesentlich schneller mit seinen Rückschlüssen. Sein Kopf scheint trotz äußerem Schockzustand sehr aktiv, denn er fragt gezielt: „Ein Irrtum? Ein falscher Bericht?“

Beide schauen wir wie auf Kommando in Richtung des Katers.

Dieser springt mit einem Satz zu uns herüber. Er drängt sich vehement zwischen unsere Stühle und zupft uns gleichzeitig jeweils am Ärmel.

„Was schaut ihr mich an!? Ich bin nicht verantwortlich für das, was da geschrieben steht! Ich habe lediglich die Testergebnisse aus der Wohnung dieses Typen mitgenommen. Das ist alles.“

Max lässt die Seiten in seiner Hand sinken und schaut abgelenkt auf den Kater.

„Was hat er schon wieder?“, fragt er. „Er benimmt sich wirklich merkwürdig. Ich habe langsam den Eindruck, deine Katze ist nicht ganz normal. Kein Wunder, dass du damals nach deiner Ankunft in Bologna Sinnestäuschungen unterlegen bist und deswegen in meine Praxis gekommen bist!“

„Pah!“, wirft Massimiliano die Pfoten in die Luft. „Frechheit! Und so was will Arzt sein!“

Mit alter Selbstsicherheit dreht er sich von uns ab, stolziert er mit erhobenem Schwanz ans Fenster.

„Impertinenter Scharlatan!“, faucht er ein letztes Mal zu Max herüber und schaut dann demonstrativ hinaus in die Nacht.

Der so Betitelte sieht ihm noch immer erwägend hinterher, aber Marco drängt ihn zu weiteren Erklärungen: „Soll das heißen, dass Bianca mit diesem Test hier nichts zu tun hat?“

---

[127] Wie?

Max lässt vom Studium des Katers ab und nimmt das der Daten abermals auf.

„Nein", schüttelt er dann den Kopf. „Der Test betrifft sie. Da steht eindeutig ihr Name! Aber ..."

„Ihr Name ja, aber das Baby ist nicht Nico, sondern ein Mädchen?"

Marco springt von seinem Platz auf und reißt Max das Dokument aus der Hand, um selbst zu lesen. „*Dammelo!*[128] Wo steht das? Wie liest man das?"

„Bianca ist nicht die Mutter, sondern das getestete Kind", erklärt mein deutscher Freund.

Marco lässt das Dokument in seiner Hand sinken und gafft ihn an, als hätte dieser soeben das Urteil des Jüngsten Gerichts verkündet.

---

[128] Gibt es mir!

12. Türen und Pforten

Meine Vespa surrt wie ein geölter Blitz durch die sonnigen Straßen Bolognas.

Ich nehme den langen Weg nach Hause. Die Fahrt vorbei an ausschlagenden Alleebäumen, dem Farbenmeer an Frühlingsblühern in Rabatten und dem wiedererwachenden Leben auf der Straße, wirkt wie heilender Salbei auf meiner entzündeten Seele.

Mit den ersten Sonnenstrahlen sind auch wieder die motorisierten Zweiräder aus ihrem Winterschlaf aus den Garagen gekrochen. An jeder roten Ampel drängeln zahlreiche Arten aller Spezies auf die bevorzugte Pole-Position in einem Haufen vor die wartenden Autos. Mit der Andeutung des Gasgebens signalisieren sie ihre Startbereitschaft und brausen bei Grün, wie auf Kommando, wild durcheinander los.

Ich muss mich an diesen Fahrstil noch gewöhnen. Ich bin die Einzige, die artig hinter den Autos steht und damit Unsicherheit bei den PKW-Fahrern hervorruft, die mich misstrauisch durch den Rückspiegel beäugen.

Bereits zum zweiten Mal umrunde ich den alten Stadtkern Bolognas auf der Ringstraße, entlang der teilweise erhaltenen, alten Stadtmauer. Die mittelalterlichen Tore von einst pflanzen sich wie Meilensteine in das Sortieren meiner Gedanken. Nach und nach hake ich einen Punkt nach dem anderen in meinem Kopf ab. Nachdem ich die zehn Pforten - eine jede aus rotem Backstein erbaut und doch individuell anders - bereits einmal hinter mir gelassen habe, beginne ich mit der neuen Runde, die vielen Fragen einzeln zu betrachten.

Porta San Mamolo: Nun wissen wir, dass dieser Vaterschaftstest, der so viel Wirbel verursacht hat, nichts mit einem Zweifel an Marcos Rolle zu tun hat. Und, mehr denn je denkt dieser nun, dass Bianca stets die Wahrheit gesagt hat. Sogar noch schlimmer: Sein schlechtes Gewissen darüber, dass er selbst dieses Misstrauen überhaupt erst ins Leben gerufen hat, drängt ihn, ihren verständlichen Ärger darüber wieder ausbügeln zu müssen. Jedoch: So widerlich es auch war, Marcos Vaterschaft anzuzweifeln, der Test war meine letzte Hoffnung, den sich ankündigenden Verlauf der Dinge vielleicht in andere Bahnen lenken zu können. Doch sie stirbt bekanntlich zuletzt. Und der Infarkt der meinen war jäh.

Eine schwarze *Ducati*[129] überholt mich mit dem typischen Rasseln, das klingt, als hätte der Mechaniker eine Schraube im Motor vergessen; ich jage ihr hinterher. Ein ungleiches Rennen.

Porta Saragozza: Marco ist also unumstritten der Vater des kleinen Nico. Bianca hat nun, mit dem Druck, den Marcos Familie auf ihn ausübt, freie Fahrt! Es war nie anders. Ich hatte das nur geglaubt.

Meine Vespa gibt alles. Rechts von mir wischen die runden Arkadengänge der *Via Saragozza* vorüber, links rauschen die zahlreichen Stufen des überdachten Kreuzganges hinauf zu *San Luca* mit einem Wimpernschlag aus meinem Blickfeld.

---

[129] In Bologna produziertes Motorrad

Porta Sant'Isaia: Bianca hat vermutlich ihren Vater ausfindig gemacht, sagt Marco. Seit deren Mutter vor ein paar Jahren verstorben war und ihre Großmutter ihr verraten hat, dass sie das uneheliche Kind eines verheirateten Mannes aus Bologna sei, war sie auf der Suche nach diesem Vater gewesen, sagt Marco. Der Grund, warum sie sich in diese Stadt hat versetzen lassen, laut Marco. Die Test-Dokumente gehören also uneingeschränkt ihr. Wir müssen sie zurückgeben. Aber wie?

Im dritten Gang tuckert die Vespa, wie der routinierte Gaul eines Wiener *Fiaker*[130], am rechten Fahrbahnrand dahin und lässt alle anderen großzügig an ihr vorbeiziehen.

Porta San Felice: Aber warum hat Bianca ihm das nicht einfach gesagt, als Marco sie mit dem geheimnisvollen Vaterschaftstest konfrontiert hat? Er kannte doch ihre Geschichte. Sie hätte damit sofort jeden Zweifel aus der Welt geschafft? Hat er am Ende gar nicht mit ihr darüber gesprochen?

Rote Welle: Kaum ist die Vespa in Schwung, steht sie auch schon wieder. Dieses Stop-und-Go zerstückelt meinen Gedankenfluss. Ich gebe wieder Gas, um die nächste Ampel auf grün zu erwischen.

Porta Lame: Vorbei am Museum für moderne Kunst male ich mir eine Zukunft aus, die wenig farbenfroh ist. Ich werde Marco verlieren. Wenn erst einmal der Alltag zwischen uns eingekehrt sein wird, wird das dickere Blut siegen. Keine Liebe der Welt kann stärker sein, als die zum eigenen Kind. Er wird seinem Sohn das Erbe nicht streitig machen wollen. Ich würde es auch nicht tun.

Ich fahre beinahe blind. Tränen trüben die Sicht.

Porta San Donato: Und was hat die merkwürdige Botschaft auf dem Transparent dieses Typen zu bedeuten? Was hat der Kerl überhaupt damit zu tun? Und warum ist Bianca so blass geworden, als sie ihn erblickt hat? Irgendetwas ist faul an der Sache!

Aber es geht mich nichts an. Das sollte jetzt zumindest klar sein!

An der *Porta San Vitale* biege ich endlich ab in die Innenstadt in Richtung meiner Wohnung. Nach Mehrfacher Umrundung Bolognas und fast leerem Tank bin ich zu der Erkenntnis gelangt, dass mir nur Eines zu tun bleibt: an Marcos Seite zu stehen, so gut ich es eben vermag.

„Du bist eine *penata* ... du kannst mich hören .... sprich mit mir .... du bist eine *penata* ...".

Ich schlage die Wohnungstür absichtlich laut hinter mir zu.

Der Kater wirft mir einen beanstandenden Blick zu und beginnt die einleitenden Worte zur Rückführung Poppäas aus der fragwürdigen Hypnose.

---

[130] zweispännige Pferdekutsche, zu mieten wie Taxi

Der Hund ist mir nicht entgegengesprungen. Sie kann gar nicht, denn sie ist mit einer Leine eng an das Bein meines Sofas gekettet.

„Was man liebt, soll man loslassen. Es wird zurückkommen, wenn die Liebe es will", zitiere ich ein englisches Sprichwort. Ich sage es mehr zu mir selbst, als zu ihm.

„Ich bevorzuge diese Kalenderweisheit: Hilf dir selbst, dann hilft dir Jupiter!"

„Gott", korrigiere ich ihn automatisch.

„Jupiter ist der oberste Gott. Göttlicher geht es nicht."

Der Kater schaltet das Tonbandgerät aus und spult das Band zurück. Er bindet Poppäa los, die bereits mit wedelndem Schwanz ungeduldig auf allen Vieren steht und in meine Richtung strebt. Beinahe zieht sie das Sofa hinter sich her.

Nachdem sie mich ausführlich beschnuppert, mehrfach umkreist und mit dem Schwanz den Boden gefegt hat, lasse ich sie zur Tür hinaus, hinunter in den Garten des Hinterhofes. Der verwandelt sich allmählich in einen Zoo.

Norio San hat ihr dort, unter dem großen Baum, eine kleine Hütte aufgestellt, wo sie jetzt, in der warmen Jahreszeit, Schutz vor Hitze und Regen findet, falls er nicht zu Hause sein sollte. Die Hütte sieht aus wie ein antiker römischer Tempel mit angedeuteten Säulen an den äußeren Wänden und einem Dach aus runden Terrakottaschindeln. Seltene Besucher und gelegentliche Handwerker wundern sich über das geschmacklose Teil, aber Poppäa liebt ihr neues Zuhause im Freien - wenn die Sache auch den Nachteil hat, dass der Kater sie nun jederzeit zu seinen zweifelhaften Zwecken in unsere Wohnung zerren kann.

Auf dem Küchentisch finde ich eine Nachricht im Telegrammstil vor: Marco musste unvorhergesehen beruflich weg. Ein paar Tage.

Ein Post Skriptum mit ‚Smilie' und Herzchen mindert den ersten Schreck. Es versichert: nicht nach Libyen.

Immerhin.

Es ist zehn Uhr abends. Kein Lebenszeichen von meinem *Carabiniere*. Mein Beschluss loszulassen bröckelt bereits. So einfach ist es doch nicht, wie das Sprichwort vorgaukelt.

Ich starre ohne Fokus auf die vor meinen Augen flimmernden Bilder des Fernsehgerätes an der Wand, ohne Inhalte aufzunehmen.

Warum ruft er nicht an?

Ist der berufliche Grund seiner plötzlichen Abwesenheit vielleicht nur vorgeschoben und er braucht möglicherweise Abstand, um in Ruhe nachzudenken? Distanz von mir?!

Ich humple an den Kühlschrank und öffne entschieden eine Flasche *prosecco*. Die kalte prickelnde Flüssigkeit weckt letzte Lebensgeister. Ich schalte die Flimmerkiste aus, gehe ans Fenster und sinniere hinunter in den Hinterhof.

Die Hühner schlafen friedlich. Wir haben sämtliche Nachbarn mit frischen Eiern bestochen, damit sie das gelegentliche Krähen des Hahnes ertragen. Poppäa liegt mit der Schnauze im Freien in ihrem Tempel. Der Kater schreitet, mit hinter seinem Rücken verschränkten Pfoten, vor ihr auf und ab wie ein diktierender Lehrer vor seiner Schulklasse. Er läuft hinein in den Lichtkegel der schwachen Hofleuchte, wendet im Dunkel des Baumes und kehrt dann zurück in den gelben Schein. Es sieht aus, als hielte er ihr einen seiner monologisierenden Vorträge. Hin und wieder bleibt er stehen und prüft, ob sie ihm zuhört.

Ich frage mich das auch, denn es gibt kein Anzeichen dafür. Mit halbgeschlossenen Lidern verfolgt sie träge seine Bewegungen, ohne den Kopf zu bewegen.

In Norio Sans Wohnung brennt Licht. Sein Schatten sitzt hinter einem zugezogenen Vorhang am Computer und schreibt. Mein japanischer Freund scheint ein Nachtmensch zu sein. Ich beobachte ihn häufig zu dieser Stunde vertieft in Arbeit.

Ich nehme einen weiteren Schluck und drehe das Glas nachdenklich in meiner Hand. Wieso muss Marco immer alles im stillen Kämmerlein seines Kopfes klären, ohne mit mir in Austausch zu gehen? Gemeinsam könnten wir die Dinge vielleicht doch lösen? Möglichenfalls hätte ich ihn viel früher dazu zwingen müssen, mit mir zu reden? Warum habe ich das bloß nicht getan?!

Das Telefon klingelt.

Das Festnetztelefon.

Es steht wieder einmal nicht in der Station.

Suchend hinke ich meine Möbel ab. Mein Knöchel schmerzt noch immer und behindert mich in meiner Bewegungsfreiheit.

Ich erinnere mich an den Anruf meiner Mutter an diesem Morgen, die mir von den zauberhaften, mit rotem Mohn getüpfelten Hügeln der Toskana vorgeschwärmt hat.

Ich stelle das Glas ab und eile mit schmerzverzerrtem Gesicht ins Bad, weil ich für einen Moment meinen Knöchel vergessen habe und über den Läufer stolpere. Sobald ich den Finger treffsicher pressen kann, drücke ich die Annahmetaste. Wie ein Langläufer im Wettlauf den Ski auf den letzten Metern über die Ziellinie schiebt, führe ich erst anschließend das Telefon ans Ohr.

„Wo ist Marco?!"

„Wer spricht da?"

„Marco muss sofort herkommen! Wo ist er? Ich kann ihn nicht erreichen!? Sag ihm, er muss sofort kommen!"

„*Chi parla*?!"[131]

Ich weiß es zwar mittlerweile, trotzdem bestehe ich auf ihre Antwort. Es ist eine Frage der Höflichkeit. Zumindest die hat sie mir gegenüber gefälligst einzuhalten!

„Bianca."

„Er ist nicht da", sage ich dann kurz angebunden.

„Wo ist er? Wo kann ich ihn finden?"

„Ich weiß es nicht."

Stille.

Dann Jammern: „*Mamma mia!*"

„Was ist denn los?"

Es ist ein Reflex, der mich das fragen lässt.

„Ich muss sofort ins Krankenhaus! Ich glaube, ich habe mir die große Zehe gebrochen! Marco muss den Kleinen nehmen!"

Die Panik in ihrer Stimme lässt Rückschlüsse auf ihren Zustand zu. Diesmal ist die eintretende Stille von mir hervorgerufen. Wieso bittet sie nicht einen Nachbarn um Hilfe?

„Wo ist er?", schreit sie wieder ins Telefon. Im Hintergrund höre ich Nico beinahe noch hysterischer brüllen als seine Mutter.

„*Va bene*. Ich komme."

Ich gebe einen zermürbten Seufzer von mir. Mir bleibt auch nichts erspart!

Ich lege auf.

„Wenn du nicht achtsamer fährst, sind wir die Nächsten, die ins Krankenhaus müssen!", tönt es hinter mir aus dem Koffer meiner Vespa.

Massimiliano lugt mit wehendem Fell aus dem Behälter hervor, den Deckel mit beiden Pfoten schützend über sein Haupt haltend.

Geistesgegenwärtig habe ich den Kater aufgefordert, mit mir zu kommen. Seine Erfahrung als Babysitter könnte mir nützlich sein in dieser heiklen Lage, obwohl es weniger das Kind, als die Begegnung mit der Mutter ist, die mir Sorge bereitet.

Je näher ich Marcos früherer Wohnung komme, die seine ehemalige Mitbewohnerin und Kollegin mit der Macht des dicken Bauches einfach beschlagnahmt hat, umso unsicherer werde ich ob meiner spontanen Entscheidung.

---

[131] Wer spricht?

Doch es geht schließlich um Nico, Marcos Sohn! Außerdem kann ich sowieso niemandem in Not meine Hilfe verweigern. Da sollte ich mir nichts vormachen. Wozu also hadern?

Das Schreien des Kindes dringt uns bereits im Aufzug entgegen. Die Mutter verhält sich scheinbar ruhig. Zumindest hört man sie nicht.

Ich weise den Kater an, sich hinter einem großen, mit Früchten überladenen Zitronenbäumchen in einem enormen Terrakottatrog zu verstecken. Erfreulicherweise haben die hilfeverweigernden Nachbarn es noch nicht wieder aus dem Winterquartier im Treppenhaus auf den Balkon gestellt.

Ein schmerzverzerrtes Antlitz öffnet mir.

Sie trägt einen pinkfarbenen, enganliegenden Sportanzug und hat die wirren Haare zu einem Pferdeschwanz gebunden. Zum ersten Mal begegnet sie mir ungeschminkt.

„Wo ist Marco?", fragt sie wieder und späht in das leere Treppenhaus hinter mir.

„Ich weiß es nicht!", wiederhole ich abermals und humple in die Wohnung. „Fahr ins Krankenhaus! Ich bleibe hier."

Ihre Miene verliert für einen Moment den Ausdruck der Agonie. Stattdessen spiegelt sich Verblüffung in ihren Augen.

Aber der Schmerz hat sie schnell wieder im Griff, denn sie erteilt mir knappe Anweisungen für das Baby, ergreift ihr Handy, ruft ein Taxi und hopst auf einem Bein zum Aufzug. Sie fängt sich mit den Händen gerade noch an der Wand ab, weil sie zu große Sprünge gemacht hat und beinahe umgefallen wäre.

„Grazie", murmelt sie flüchtig, auf einem Bein stehend wie ein Flamingo im Abendrot, kurz bevor sich die Schiebetür sich vor ihrer Nase schließt.

Ich warte, bis das Geräusch des hinabfahrenden Aufzugs mir signalisiert, dass sie wirklich außer Sichtweite ist.

„Die Luft ist rein!", tuschle ich dann ins Treppenhaus.

Massimiliano kommt mit zwei Zitronen in den Pfoten und ausgebeulten Hosen- und Jacketttaschen hereinstolziert. Sofort legt er mit seinem indischen Brummton los. Er beginnt zwei, dann drei, dann vier Zitronen in der Luft zu jonglieren.

Ich sehe ihm baff hinterher.

Er wirft mir im Vorbeigehen ein abwiegelndes „ich habe mal in einem Zirkus gearbeitet" zu und geht damit zu dem verzweifelt weinenden Nico.

Doch diesmal lässt er sich nicht so schnell beruhigen, weder von dem Gesang noch von der akrobatischen Showeinlage. Die Früchte stets in der Luft kreisend haltend, dreht sich der Kater mir zu:

„Er hat die Windeln voll!"

Dann weist er mich an wie eine erfahrene Amme und wacht haarklein über jeden meiner Handgriffe. Eine jonglierende Amme. Mittlerweile sind es fünf Zitronen.

Befreit von der einengenden Last, strampelt der Kleine mit seinen Beinchen in der Luft und quiekt.

„Ich kann dich verstehen", sage ich zu ihm. „Das muss ganz schön unangenehm sein, diese blöden Windeln. Ich kann Damenbinden auch nicht leiden!"

Der Kater beginnt erneut mit seinem Singsang und übertönt damit meine Worte. Ein flüchtiges Lachen huscht über das Babygesicht, zumindest halte ich es dafür.

„Er findet das lustig", freue ich mich an meinen Hausgeist gewandt und kraule dem Baby vor mir den nackten Bauch. Nico verzieht das Gesicht noch mehr. Ich lächle ihn eine Weile intensiv an und streichle weiter. Es kommt ganz natürlich.

„Tut mir leid, dass ich gedacht habe, du bist vielleicht gar nicht der Sohn deines Papas", sage ich dann zu ihm in bemühtem Tonfall einer Märchentante. Wenn ich es in warme Laute hülle, klingt es vielleicht nicht ganz so gemein?

Dann packe ich ihn wieder sauber und wohlriechend ein und lege ihn in sein Bettchen. Der Kater postiert sich direkt daneben und lullt ihn mit den seltsam anmutenden Tönen in den Schlaf. Die Zitronen wirbeln jetzt über dem Bettchen.

Nico macht keinen Mucks mehr.

Gegen zehn Uhr piepst mein Mobiltelefon. Eine Nachricht von Marco? Hoffnungsvoll stürzen sich meine Augen auf die Zeilen.

Es ist aber nur eine Botschaft meiner Kollegin aus Deutschland, die mich informiert, dass mein Kontrahent dem gesamten Vorstand etwas präsentiert hat. Ein Konzept für eine neue Organisation in Italien? Und ohne mit mir überhaupt gesprochen zu haben?! Diese Ratte!

Ich nehme die Nachricht mit Fatalismus auf. In diesem Moment kann sie mich einfach nicht in dem Masse erschüttern, wie sie es sollte.

Gegen Mitternacht höre ich endlich einen Schlüssel in der Wohnungstür.

Ich bin über eine, sich im Kreis drehende, politische Diskussion zwischen einer Vertreterin der Protestbewegung *cinque stelle*, eines Abgeordneten der links orientierten *partito democratico* und eines rechts orientierten Journalisten auf dem Sofa eingenickt. Ich gebe Maurizio recht: Man muss Italiener sein, um derart geistig unbewaffneten Wortduellen noch einen Stimulus abgewinnen zu können. Italiener tun das, behauptet Maurizio. Die einen erfreuen sich schlicht am Streit gerade wegen der niveaulosen Attacken, die anderen amüsieren sich köstlich darüber. Es ist eine Art Humor, die mein deutsches Zwerchfell nicht versteht.

Ich rapple mich müde aus den Kissen.

Nico schläft wonnig in seinem Bettchen. Der Kater ist samt Zitronen verschwunden.

Bianca kommt auf Krücken herein und bleibt ein wenig unentschlossen mitten im Raum stehen.

„*Grazie*", presst sie zwischen den Lippen hervor. „Das war sehr anständig von dir."

„*Niente*",[132] winke ich ab. „Gebrochen?"

Dabei schaue ich auf ihren in Gips gewickelten linken Fuß.

„Die große Zehe", nickt sie. „Ich wollte den Kleinen wickeln und bin mit dem Fuß gegen den Schrank gestoßen. *Incredibile, eh?*"[133]

Ich humple an ihr vorbei in Richtung der Tür.

„Marco hat sich nicht mehr gemeldet?", fragt sie wieder.

„Er musste beruflich plötzlich weg", erkläre ich, damit sie endlich aufhört nach ihm zu fragen. Wann kapiert sie, dass ich auch nicht weiß, wo er ist?

Sie gibt ein wissendes „ah!", gefolgt von einem verstehenden Nicken von sich, als sei es für sie, als eine von der Truppe, sofort klar, worum es sich handelt. Sie lässt nicht einmal jetzt die kleine Gelegenheit verstreichen, mir ein weiteres, verbindendes Element zu meinem *fidanzato* unter die Nase zu reiben.

An der Tür zögere ich deswegen noch einen Moment mit der Hand an dem Umschlag, den ich noch schnell für sie in meine Tasche gesteckt hatte, als wir aufgebrochen waren. Doch dann ziehe ich ihn beherzt heraus und reiche ihr das Kuvert hin.

„Hier. Das gehört dir."

Sie ergreift es, sich mit der anderen Hand auf eine Krücke stützend. Ich wende mich ab und gehe. Zumindest habe ich die Gelegenheit genutzt und ihr die Testergebnisse zurückgegeben.

Ich warte bereits am Aufzug, als sie zwischen den Gehhilfen wie ein Turner am Reck in das Treppenhaus geschwungen kommt.

„Woher hast du das?"

Sie fragt es so überrascht wie erfreut.

Ich bin darüber so perplex wie verstört.

Natürlich bin ich auf die Frage vorbereitet, nur habe ich sie in Verbindung mit Aggression und Ärger erwartet und wollte mich deshalb so

---

[132] wörtlich: nichts, hier umgangssprachlich: schon in Ordnung
[133] unglaublich

schnell als möglich davon machen. Sie strahlt mich aber an, als hätte ich ihr ein Geschenk gemacht.

Ich zögere.

„Ein Freund von mir ist Arzt. Marco hat es zufällig auf seinem Schreibtisch liegen sehen."

Auch, wenn ich ihr damit noch einen Vorwand mehr in die Hand spiele, Marco um den Hals zu fallen: Es war die einzig nachvollziehbare Erklärung und außerdem beinahe die Wahrheit.

„Zufällig?", fragt sie misstrauisch. „Woher wusste er ...?"

Sie beendet den Satz nicht. Vielleicht überlegt sie, was sie Marco selbst davon erzählt hat? Jedenfalls bohrt sie glücklicherweise nicht weiter in mich, sondern hat stattdessen schon wieder Tränen in den Augen. Postnatale Depression? Oder weshalb heult sie bei jeder Gelegenheit?

„Was sagt dein Freund, der Arzt?", fragt sie schluckend. „Er hat es doch analysiert?"

„Ich kann dir seine Telefonnummer geben", weiche ich einer Antwort aus und ziehe mein Mobiltelefon hervor.

Lahmend gehe ich zurück zu dem Zitronenbäumchen; es ist völlig abgeleert. Nur noch ein paar vereinzelte, intensiv duftende Blüten warten auf erneute Bestäubung.

„Sag es mir, *ti prego!*"[134]

Ich suche nach Max' Nummer. Ich habe keine Lust, den Überbringer illegaler Botschaften zu spielen, die solch emotionalen Nährboden haben.

„Adamo wollte es mir einfach nicht geben! Er hat mich damit erpresst!", bettelt sie weiter.

Adamo?

„Erpresst?"

Die Nachbartür der Zitronenbäumchenbesitzer wird aufgerissen und ein tief rotes Gesicht erscheint über einem Feinrippunterhemd, das einen dicken Bauch über knappen Herrenslip präsentiert. Ich verstehe, warum Bianca diese Nachbarn nicht um Hilfe ansuchte.

„*Che cos'è questo casino della madonna?! Basta chiacchiere a quest'ora!*"[135]

Ich schwanke zwischen dem Schreck dieses Anblicks und der Angst der Entdeckung des Zitronenraubs, weshalb ich eilig zurück in die Eingangstür zu Bianca trete und diese hinter mir in Schloss ziehe.

Auf meine Reaktion hin mildert Bianca ihre Aussage ein wenig ab.

---

[134] ich bitte dich
[135] Gotteslästerndes Schimpfwort: Welch ein Saustall der Mutter Gottes! Genug mit diesem Gelaber um diese Zeit!

„*Cioè,*[136] nicht gerade erpresst", fährt sie etwas verlegen fort. „Er hat mir den Hof gemacht und ich habe das vielleicht ein wenig ausgenutzt, das will ich gar nicht leugnen. Ich wollte aber unbedingt wissen, ob der Mann, von dem meine Großmutter mir erzählt hat, wirklich mein Vater ist. Und als ich herausfand, dass er sich einer Operation in der Städtischen Klinik unterziehen muss, war das doch die Gelegenheit! Adamo arbeitet dort und es genügt lediglich ein Haar, um einen zuverlässigen Gentest zu machen!"

Sie sieht mich nach Milde haschend an. Als ich nicht reagiere, redet sie umso eindrücklicher weiter.

„Adamo hat es gemacht, es war gar kein großes Thema. Aber die Ergebnisse des Tests hat er dann einfach nicht mehr herausgerückt! Und nur, weil ich nicht mehr mit ihm ausgehen wollte. Als ihm klar wurde, dass ich keine Beziehung mit ihm will, fing er an, herumzudrucksen, weil es illegal sei und er sich damit strafbar gemacht hat und so weiter. Ich habe ihm vielleicht schöne Augen gemacht, das stimmt schon. Aber ich habe ihm nie etwas versprochen! ... Er wird ganz schön sauer sein, wenn er merkt, dass ihr die Testergebnisse geklaut habt."

Sie kichert in ihre Tränen, die durch das Schütteln die Wangen hinabkullern.

„Das war er auch!", bestätige ich spontan. „Er hat Enrico verprügelt."

Wieder wird sie so blass, wie bereits schon einmal, vor der Kirche.

„Wieso denn Enrico?!", stößt sie aufgebracht hervor.

Ich zucke die Achseln: „Er hat ihn wohl für Marco gehalten."

Ich halte ihr mein Handy unter die Nase: „Hier ist die Telefonnummer. Mein Freund heißt Max Mustermann, ist Deutscher, spricht aber Italienisch. Er kann dir genau erklären, was der Bericht sagt."

„Ist das Ergebnis positiv?", fragt sie während sie die Nummer in ihr digitales Kontaktverzeichnis aufnimmt. Als ich nicht antworte, schaut sie auf und wiederholt mit bettelndem Hundeblick und schiefgelegtem Kopf: „*Ti prego!* Du weißt es doch schon! Ist es positiv?"

Ich nicke nur.

Sie sieht mich lange mit bewegungsloser Miene an. Dann schweift ihr Augenspiel nach unten und sie schwingt sich mit zwei Zügen über ihre Stützen auf das Sofa. Ich bin beeindruckt über ihre sportliche Geschicklichkeit mit diesen Stelzen.

„Ich habe diesen Mann seit Jahren beobachtet. Seit meine Großmutter mir das erzählt hat, ließ es mir keine Ruhe mehr! Ich bin ihm oft nachgelaufen. Ich weiß genau, wo er wohnt. Ich habe auch seine beiden Söhne oft heimlich beobachtet und versucht Ähnlichkeiten zwischen ihnen und mir festzustellen. Aber ich hatte nie den Mut, ihn darauf anzusprechen. Was,

---

[136] Das heißt, das bedeutet; häufig verwendetes Füllwort, um den Redefluss zu wahren

wenn er doch nicht mein Vater ist? Das wäre doch eine unvorstellbare Situation gewesen! Ich musste es herausfinden! Ich musste einfach!"

Sie sieht mich gar nicht an, sondern redet vor sich hin in den Raum. Ich bin mir nicht einmal sicher, ob sie überhaupt mit mir redet.

„Er ist bei der *polizia*[137]. Meine Mutter hatte sich in ihn verliebt. Sie hat nie gewusst, dass er verheiratet ist. Die bekannte Geschichte: Das arme Mädchen aus dem Süden verliebt sich in den Prinzen. Dann wurde sie schwanger. Sie hat es ihm nie gesagt, weil er die Beziehung mit ihr vorher beendet hatte. Er hat behauptet, dass er in den entlegensten Winkel des Nordens versetzt wurde. Für ihn war es ein Seitensprung, aber sie hat immer auf ihn gewartet. Vielleicht wäre es besser gewesen, er hätte ihr die Wahrheit gesagt?"

Sie dreht sich ruckartig auf dem Sofa herum und schaut mich an: „Als ich erfahren habe, dass er wegen einer Operation ins Krankenhaus musste, war das meine Chance! Ich habe ein Gespräch seiner Söhne in einem Straßencafé vom Nachbartisch aus zufällig mitgehört."

Wieder sieht sie mich um Verständnis suchend kurz an: „Naja, nicht ganz zufällig. Aber dass ich das gehört habe, war wirklich nicht geplant!"

Ich reagiere noch immer nicht.

„Ich wollte doch nur sicher sein, dass er wirklich mein Vater ist, bevor ich Kontakt mit ihm aufnehme!"

„Verstehe", murmle ich endlich.

Ich rücke in die Nähe der Wohnungstür, um meinen Abgang in dieser Pause einzuleiten. Ausgerechnet mir muss sie nun dieses Geständnis machen.

„Mein Leben lang war ich das uneheliche Einzelkind, das keinen Vater hat. Und nun habe ich plötzlich sogar zwei Brüder!"

Mit einem ironischen Lachen wischt sie sich die Tränen aus dem Gesicht.

Ich nicke stumm mit zusammengekniffen Lippen und wende mich der Tür zu.

„Warte!", ruft sie mir hinterher, als ich die Tür wieder öffne und vorsichtig nach draußen spähe, ob das Feinrippunterhemd noch da ist.

Sie rappelt sich wieder auf die Beine, ergreift ihre Gehhilfen und folgt mir.

„Vielleicht kannst du nun verstehen, warum ich Marco zurückhaben wollte", fährt sie fort und sieht mich forschend an. „Ich bin ohne Vater aufgewachsen und ich wollte auf keinen Fall, dass mein Kind das auch tun muss! Deshalb wollte ich Marco zunächst wirklich zurückgewinnen, das stimmt. Ich gebe es zu. Obwohl wir eigentlich schon lange keine gute Be-

---

[137] Dem Innenministerium unterstelle Polizei

ziehung mehr hatten. Ich habe versucht, das Rad der Zeit zurückzudrehen. Das ist doch verständlich!?"

Sie sieht mich abwartend an, ich jedoch kann ihr keinen Ablass erteilen.

„Aber dann habe ich es verstanden", fährt sie dann trotzdem fort, „er liebt dich."

Ich kann noch immer nicht reagieren.

Ihre Worte schwirren wie Sternchen aus einem Comic in Zeitlupe um meinen Kopf und vernebeln meinen Verstand.

„Aber, mein Kind soll einen Vater haben. Das ist alles, was ich will!", redet sie weiter. „Und du reagierst immer so ablehnend! Ich habe dauernd das Gefühl, dass es dich stört, wenn Marco sich um den Kleinen kümmert. Andauernd muss er gleich wieder weg, schielt ständig auf das Telefon, hat ein schlechtes Gewissen. Manchmal kommt er sogar heimlich vorbei, nur ganz schnell, damit es nicht auffällt. Er gibt es nicht zu, aber ich merke das doch!"

Meine Arme verschränken sich wie selbstständig vor meiner Brust.

Was sagt sie da?

Ich sei das Problem?!

Dreht sie gerade alles so hin, damit ich die Schutzschilde herunterfahre und sie in Zukunft hemmungslos meinen *fidanzato* in ihr Netz verstricken kann? Oder sagt sie die Wahrheit?

Sie scheint meine Gedanken zu lesen, denn sie spricht in diese hinein: „*Guarda*[138], er liebt dich. Und ich liebe ihn nicht mehr. Wenn ich ganz ehrlich bin: schon ziemlich lange nicht mehr."

Meine Arme fallen offen an meinen Seiten herab, wie zwei nasse Sandsäcke.

„Du willst ihn nicht zurück?", frage ich mit gerunzelter Stirn und noch immer einer gehörigen Portion Misstrauen in der Stimme.

„*Cioè*, nicht als Mann. Als Vater für Nico schon. Es wäre schön, wenn du aufhören würdest, so argwöhnisch zu sein."

„Aber ... der Geburtstermin ausgerechnet in der Nacht nach Marcos Rückkehr?! Das war doch kein Zufall?!"

Sie wiegt den Kopf verlegen hin- und her: „Zugegeben, das war schlechtes Timing. Aber ich hatte den dicken Bauch so satt! Ich kam mir vor wie ein Walross! Und Marco wollte doch unbedingt bei der Geburt dabei sein. Ich war schon eine Woche über Termin. Der musste einfach raus!"

Sie fährt mit heruntergezogenen Mundwinkeln energisch mit den Händen an den Seiten ihres mittlerweile schlanken Beckens entlang, als drücke sie noch im Nachhinein ein Kind heraus.

---

[138] Schau! Wird häufig als Füllwort in persönlichen Klärungsgesprächen verwendet

„Aber was sollte das Brautkleid? Und die Szene vor der Kirche?!"

„Es war das Kleid meiner Mutter, das ihr Leben lang nie zum Einsatz fand, weil mein Vater ja nicht zu ihr zurückkam. Ich musste es extra enger machen lassen, weil es mir zu groß war. Ich habe es zur Taufe getragen, damit sie zumindest auf diese Weise dabei sein konnte. So hat das Gewand doch noch einen sinnvollen Zweck erfüllt. Ich habe gedacht, dass ihre Seele auf diese Weise im Nachhinein vielleicht ihren Frieden findet? Für uns Süditaliener sind solche Dinge sehr wichtig!"

Ich schaue sie betroffen an.

„Siehst du, das ist alles ganz anders, als du denkst! *Però, ti prego!*[139] Nico soll nicht ohne Vater aufwachsen."

„Aber das habe ich doch nie verhindert!", verteidige ich mich. „Zumindest nicht bewusst", ergänze ich dann leise, weil ich doch die Möglichkeit in Betracht ziehe, dass ich mich ein wenig in meine eigenen Hirngespinste verstrickt haben könnte.

„Grazie!", sagt Bianca nochmals und hebt an, mit einem „*cioè*" noch einmal von vorne zu beginnen, wie Italiener das gerne tun.

„Schon gut!"

Ich rette mich in den Aufzug, dessen Türen sich in diesem Moment vor mir auftun, wie die Zauberpforten zu einem unvorhergesehenen Fluchtweg.

Bevor ich am nächsten Morgen zur Arbeit fahre, braue ich mir einen beinahe so starken Kaffee, wie der im Büro. Die Nacht war kurz, denn ich habe schlecht geschlafen.

Während ich mit einem übergroßen Humpen in der Hand zwischen Bad und Kleiderschrank hin- und her pendle – mein bandagiertes Gelenk kostet mich wertvolle Zeit – schalte ich mit der Fernbedienung die deutschen Morgennachrichten ein. Es fällt mir noch immer schwer, italienische Nachrichtensendungen in der Fremdsprache nebenbei aufzunehmen.

Die erste Nachricht des Tages lässt mir das Blut in den Adern gefrieren: In Süditalien haben die *Carabinieri* in dieser Nacht über hundertdreißig Mitglieder der Mafia in einer Razzia festgenommen. Die deutsche Polizei hat zeitgleich ebenfalls mehrere Festnahmen durchgeführt. Es geht um Rauschgift- und Menschenhandel mit Verbindungen nach Libyen.[140]

---

[139] Aber, ich bitte Dich!

[140] Bei einer EU Razzia durch das BKA und die Carabinieri sind in Deutschland und Italien zu Beginn des Jahres 2018 mehr als 160 Verdächtige festgenommen worden. Die von den Carabinieri geführte Aktion richtete sich gegen den 'Ndrangheta-Clan Farao-Marincola, der im süditalienischen Kalabrien beheimatet ist. Der Hinweis auf Rauschgift- und Menschenhandel mit Verbindung nach Libyen ist ein Element des Romans und entspricht nicht den Tatsachen.

Als man das Thema wechselt, zappe ich durch sämtliche italienische Sender, um mehr darüber zu erfahren. Dort spricht man davon, dass dabei ein *Carabiniere* ums Leben kam.

13. Bumerang

Der Schatten der schlechten Nachricht lastet schwer auf der guten. Beinahe scheint es mir, als spiele das Schicksal niederträchtigen Poker mit mir: Es offenbart mir die Gewissheit der Liebe, nur um sie im selben Augenblick in eine viel größere Gefahr zu bringen.

Je mehr Zeit ohne ein Lebenszeichen von Marco vergeht, umso panischer werde ich. In der Zentrale der *Carabinieri* hier in Bologna hält man mich mit belanglosen Antworten hin. Sie wissen selbst nicht mehr.

Ausgerechnet in diesem Zustand der radikalen nervlichen Belastung muss ich ein erstes Treffen mit meinem cholerischen Ex-Chef absolvieren. Wieder habe ich überlegt, es abzusagen. Doch die Nachricht meiner Kollegin aus Deutschland hat mich nachhaltig nervöser gemacht und in mir die Gewissheit hervorgerufen, dass er diese Verzögerung sofort gegen mich wenden würde. Also überzeuge ich mich abermals, mich zu überwinden. Ich muss endlich wissen, was da gespielt wird.

Wir treffen uns in einem externen Show-Raum der Firma im Zentrum der Stadt, der normalerweise für Kundenpräsentationen genutzt wird. Er befindet sich direkt über dem luxuriösen Geschäft eines renommierten amerikanischen Computerherstellers, im edelsten Haus am Platz. Ich fühle mich wie die angebissene Frucht des Logos an der Tür: wurmstichig.

Mein Ex-Chef und zukünftiger Partner ist noch nicht da.

Deshalb bereite ich inzwischen meine kurze Präsentation vor. Es ist eine Darstellung über die zentralen Abläufe unserer Arbeit, die, meiner Meinung nach, als Kernprozess unbedingt in eine Verantwortung gelegt werden sollte. Meine oder seine?

Soweit scheint mir die Logik keinen Anlass zu Diskussionen zu geben. Damit wird sogar mein Kontrahent einverstanden sein. Es ist schließlich allgemein anerkannt, dass man dies heutzutage unbedingt so macht. Es wird gut sein, wenn wir zunächst einen Faktor der Einigkeit finden können und dieser bietet sich dafür an.

Der kritische Punkt wird die Frage werden, wie die Zuständigkeit zwischen uns aufgeteilt werden kann? Dazu sehe ich selbst noch keine Lösung.

An dieser Stelle habe ich auch aufgehört zu arbeiten, denn immerhin muss mein Rivale erst einmal der Basis zustimmen. Es ergibt wenig Sinn, das Haus fertig zu bauen, wenn keine Einigung über das Fundament besteht. Mit diesem ersten Schritt wäre ich als Ergebnis für das Treffen schon zufrieden.

Und seine Reaktion auf meinen Vorschlag wird mir verraten, ob er in Deutschland tatsächlich bereits ein Konzept vorgelegt hat, wie es meine Informantin aus Deutschland behauptet?

Ich hoffe also auf aufklärende zwei Stunden, die ich auf diesem Wege zügig absolvieren kann, um mich dann wieder meiner privaten Besorgnis widmen zu können. Diese relativiert alles dermaßen, dass mir die geschäftlichen Fragen wieder einmal wie Nichtigkeiten vorkommen.

„Hast du dich noch immer nicht von dem Gewalttäter getrennt?"

Ich fahre herum.

Mein ehemaliger Chef steht in der Tür und deutet auf mein verbundenes Fußgelenk. Schon einmal hat er Marco in der Vergangenheit verdächtigt, mich verprügelt zu haben, als ich gestürzt war.

Wie damals übergehe ich auch heute seine Frechheit. Es kostet mich diesmal aber mehr Kraft, denn der unfaire Angriff auf meine sowieso schwer unter Kontrolle zu haltende Sorge über Marcos Absenz, trifft mich.

„Fangen wir an", antworte ich deswegen schneidend.

Er lässt sich auf einem Stuhl auf der anderen Seite des Tisches nieder, als nähme er Platz auf seinem Chefsessel hinter dem schweren Schreibtisch seines Büros.

„Na, dann zeig mal, was du vorbereitet hast!"

Gönnerhaft lehnt er sich in seinem Stuhl zurück und verschränkt abwartend die Arme vor der Brust.

Sofort überfällt mich das Gefühl, einen Fehler gemacht zu haben.

„Ich will nicht vorgreifen", sage ich infolgedessen und setze mich ebenfalls. „Gerne höre ich mir auch an, welche Ideen du mitgebracht hast."

Die persönliche Anrede kommt mir schwer über die Lippen. Ich zwinge mich dazu, aus Taktik und aus Prinzip.

Es ist das erste Mal, dass ich ihn so anspreche. Alle in meinem ehemaligen Team reden ihn mit der höflichen Variante des *Lei*[141] an, obwohl er selbst jeden seiner Mitarbeiter stets mit Vornamen anspricht. Das galt auch für mich, zumindest bis heute.

Es verfehlt nicht seine Wirkung.

Für einen Moment blitzen seine Augen mich an. Doch dann lacht er mit professioneller Lockerheit darüber hinweg.

„Ich habe nichts vorbereitet. Da gibt es keine Folien auszuarbeiten: Ich habe jahrelange Erfahrung in diesem Sektor, auf diesem Markt. Du bist ein Greenhorn. Das muss man nicht dokumentieren. Und nach diesen Grundlagen muss man auch die Verantwortungen aufteilen. Das ist alles."

Ich wende mich vom Moment des Ärgers ab, indem ich durch das wandhohe Panoramafenster direkt auf die mittelalterliche Burg schaue. Ich schicke meine Gedanken kurz auf einen ablenkenden Spaziergang durch die alten Mauern, in die Vergangenheit. Dort war der geraubte *Enzo*[142] sein Leben lang gefangen gehalten. Das tragische Schicksal dieses Königsohnes hat mich immer berührt, doch in diesem Moment empfinde ich beinahe eine spürbare Parallele mit dieser geschichtlichen Situation: das drückende Gefühl, gefangen zu sein.

Wie bin ich bloß in diese Lage geraten? Man hat mich in Verantwortung gelockt und nun sitze ich im gut entlohnten Pferch und kann doch nicht agieren, wie ich es für richtig halten würde.

Ich erhebe mich und klicke die Präsentation an: „Betrachten wir doch zuerst die Abläufe, ganz neutral."

Mein Gegenspieler verfällt in Konsumentenhaltung, wie ein Kinobesucher nach dem Vorspann zum Film. Er verwandelt sich in personifizierte Passivität. Kommentarlos folgt er meinen Ausführungen. Sein Gesicht zeigt keinerlei Regung.

Bis zu der letzten Folie, die von dem Logikschluss geprägt ist, dass der Hauptablauf unbedingt in einer Hand bleiben sollte. Davon bin ich einfach überzeugt, selbst wenn es die Angelegenheit für uns beide schwierig gestaltet.

„Nachdem man in Deutschland darauf besteht, dass du hier eine Position innehaben sollst, ergibt das keinen Sinn!"

---

141 Höfliche Anrede „Sie"
142 Drei Jahre nach seinem Bau wurde der Palast zum Gefängnis für den blonden König Heinz von Sardinien, dem Sohn des Kaisers Friedrich II. Trotz Lösegeld blieb Heinz (Enzo) als Häftling in der Burg bis zu seinem Tode im Jahre 1272.

Er springt erstaunlich gelenkig auf, ist mit zwei Schritten an der Stelle der Bildprojektion und zieht mit der Hand eine Linie quer durch das Abbild der Arbeitsabläufe.

„Finanzen, Vertrieb und Konstruktion übernehme ich. Alles andere meinetwegen du."

Er sagt es, als böte er mir großzügig den größeren Teil eines Kuchens an. Unüberlegt, spontan und scheinbar freigiebig, zufrieden eine so schnelle Lösung parat zu haben.

Betont lässig wirft er den Stift zurück in die Schale auf dem Tisch, dass es nur so klirrt.

Ich bin über diese abwegige Idee so beirrt, dass ich zunächst nicht weiß, was ich sagen soll. Ich habe nicht damit gerechnet, dass er - entgegen aller Vernunft und modernen Erkenntnisse - einen solchen Vorschlag unterbreiten würde.

Ich setze mich wieder nieder.

Nicht nur ist diese willkürliche Aufteilung völlig unproduktiv und damit etwas, was ich vor keinem Vorstandsgremium der Welt wagen würde zu vertreten, es würde mich außerdem an den Tropf seines Wohlwollens hängen, wie einen Patienten an die Bluttransfusion. Der gleichberechtigte Titel der Geschäftsleitung würde mir lediglich die Behandlung erster Klasse versprechen. Aber er könnte nach Gutdünken am Schräubchen drehen, das meinen lebensspendenden Fluss steuert.

Er geht zurück an seinen Platz.

„Alles schöne Theorie, was du da erzählst. Jedoch, in Deutschland will man, dass wir beide das zusammen machen. Darüber kann man nun denken, was man will. Mir gefällt das auch nicht! Aber so ist es nun mal. Und das funktioniert nur so!"

„Das können wir doch nicht ernsthaft vorstellen", erwidere ich nun wenig diplomatisch. „Das verursacht unnötige Schnittstellen und Verluste!"

Es ist offensichtlich, dass ihn mein Ansatz nicht interessiert und dass ich mir deswegen sämtliche Argumente dazu auch sparen kann.

„Das weiß ich auch", wirft er mir karg hin. „Aber es geht hier nicht um das bestmögliche, theoretische Schulbuchkonzept. Hast du das noch immer nicht kapiert? Es muss funktionieren, basta. Das ist alles, was die in Deutschland interessiert. Und mit uns beiden als Personen kann es nur so gehen und nicht anders."

„Es zerschneidet den Arbeitsablauf! So etwas werde ich auf keinen Fall als Lösung unterstützen."

Ich sage es ruhig und es fällt mir nicht einmal schwer. Die Sorge um Marco überwältigt jegliches andere Gefühl, das an dieser Stelle hochkochen könnte.

Er gibt einen Seufzer der Ungeduld von sich, als wäre es ihm schon zu lästig, überhaupt so viel Zeit in dieses Gespräch mit mir investiert zu haben.

„Was willst du eigentlich mehr, he? Du hast einen schicken Firmenwagen, einen schönen Titel und ein sehr gutes Gehalt. Ansonsten läuft es weiter, wie vorher. Das ist doch nicht so schwer zu verstehen! Einer muss das Steuer in der Hand haben, das hast du ganz richtig gesagt. Und das bin ich!"

Seine Stimme ist noch gefasster als meine.

Sein Selbstvertrauen verunsichert mich.

„Wenn du unbedingt darauf bestehst, präsentieren wir eben beide Versionen. Wir werden sehen, welchen Vorschlag sie dort oben in der Chefetage wählen werden."

Pokert er oder hat er seine Variante am Ende doch schon längst inoffiziell absegnen lassen und ist deshalb so siegessicher? Ich würde mich an seiner Stelle schämen, einen derartigen Vorschlag überhaupt zu unterbreiten. Allerdings bin ich mir mittlerweile nicht mehr sicher, ob es hier wirklich nur noch um eine sinnvolle Organisation geht? Hat der Vorstand ihm am Ende schon zugesagt und ihn beauftragt, es mir klarzumachen?

„Wir sprechen das nächste Mal an dieser Stelle weiter", schlage ich gradlinig vor.

Mit einem Klick fahre ich die Programme herunter und klappe mein Laptop zu.

Während ich das Kabel aufrolle, überlege ich, dass ich dringend eine Vorabbesprechung in Deutschland einholen sollte. Ich muss unbedingt verstehen, wo das obere Management zu diesen Ansätzen steht? Die Selbstverständlichkeit, mit der mein Gegner diesen irrwitzigen Vorschlag vertritt, kann unmöglich auf bloßer Ignoranz beruhen. Mehr denn je bin ich überzeugt, dass etwas ganz anderes dahintersteckt!

„Meinetwegen können wir den nächsten Termin gleich in Deutschland machen", erwidert er und grinst mich an.

„Nein", antworte ich so standhaft, dass es mich beinahe selbst beeindruckt. „Wir sind noch nicht fertig. Wir treffen uns nächste Woche noch einmal."

Er zuckt mit heruntergezogenen Mundwinkeln die Schultern, packt seine Mappe unter den Arm und schreitet zur Tür.

„Ich komme in dein Büro."

„Ich schicke eine Einladung."

Diese knappen Worte beenden den Termin schneller, als ich meinen Computer einpacken kann.

Die Besprechung hat nicht einmal eine Stunde in Anspruch genommen. Und doch lastet nach diesem Austausch noch ein Zentnergewicht mehr auf mir, als hätte mein Kontrahent mir im Vorbeigehen einen unsichtbaren Sack auf die Schultern gehievt.

Ich habe ein für alle Mal verstanden, dass es nicht um das beste Konzept geht, sondern um Politik. Und auf diesem Spielfeld bin ich in der Tat noch ein Greenhorn.

Damit hat er sogar recht.

Nachdenklich schreite ich die flachen Marmorstufen hinunter in Richtung Ausgang.

Gerade als ich mich von der quirligen Hauptstraße abwenden und meinen Weg durch ruhigere Seitengassen des ehemaligen jüdischen Viertels bahnen will, höre ich meinen Namen hinter mir.

Marco kommt in Uniform eiligen Schrittes auf mich zu und umarmt mich: „Deine Assistentin hat mir verraten, dass ich dich hier finde.“

Ich schlinge meine Arme, mitsamt der Computertasche in meinen Händen, um seinen Hals. Beinahe schlage ich mir damit selbst an den Kopf, so schwungvoll ist meine Bewegung: „Gott sei Dank! Es geht dir gut!“

Ich küsse jeden Zentimeter seines Gesichts ab, als wollte ich dadurch überprüfen, dass er leibhaftig vor mir steht, dass er Wirklichkeit ist, dass er keine Fata Morgana meiner inzwischen ausgefransten Verzweiflung ist.

„Nicht so hastig!“, beginnt er lauthals zu lachen.

Und dann ist es genau dieses Lachen, das mich ausholen lässt und ihn mit der Macht derselben Verzweiflung heftig in den Arm boxt.

„*Aja!*[143]“

Er zuckt mit dem getroffenen Körperteil zurück, lacht aber noch immer. Er hält es für einen Scherz, weshalb ich ihn auf der anderen Seite noch einmal ebenso heftig mit der geballten Faust kicke.

„Mach das nie wieder!“, fauche ich ihn an, umarme ihn gleichzeitig neuerdings und boxe ihn dann neuerlich auf dieselbe Stelle.

„*Aja!*“

Nun macht er einen Schritt zurück und sieht mich an, als hätte ich den Verstand verloren. „Hör auf damit! Was ist denn los mit dir?“

„Was mit mir los ist?!“, fauche ich ihn an und puffe ihn erneut, allerdings schon wesentlich liebevoller. „Ich habe mir Sorgen gemacht! Das ist mit mir los! Du verschwindest einfach und rufst nicht einmal an! Und dann höre ich im Fernsehen von dieser Razzia. Dabei ist ein *Carabiniere* ums Leben gekommen! Kannst du dir nicht denken, dass ich vor Besorgtheit umkomme?! Wo warst du bloß?“

Er zieht mich entschlossen am Arm auf die Seite, nicht ohne mir in der Bewegung meine Tasche wegzunehmen, als sei sie die größte Gefahr.

---

[143] Italiener sagen bei Schmerz nicht „au“, sondern „aja!“

„E tutto bene!", meint er dann übertrieben beruhigend und nimmt mich in den Arm, wie ein kleines Kind.

Doch ich bin nach allen Ereignissen der letzten Tage zu sehr in Fahrt, als dass ich diesmal dem Charme meines *Carabiniere* so einfach erliege. Ich schäle mich aus seinen Armen.

„Nichts ist *tutto bene*! Gar nichts! Hör auf, mich wie ein kleines Kind zu behandeln! Ich will wissen, was los ist?! Wo warst du? Warum hast du mir nichts gesagt? Warum rufst du nicht an? Wieso lässt du mich so im Ungewissen?!"

Ich pflanze mich vor ihm auf wie ein Gladiator in der Arena mit seinen Waffen, in einer Hand meine Tasche, die ich ihm energisch entreiße, die andere noch immer zur geballten Faust verkrampft.

Marcos blaue Augen scannen kurz meine drohende Haltung, offensichtlich unsicher, ob er sie gefährlich oder belustigend finden soll. Dann umfasst er zärtlich meine Faust mit beiden Händen und zieht mich mit sich. Er nimmt meine Tasche wieder an sich, wie die Waffe aus der Hand einer amoklaufenden Person.

„Laufen wir ein paar Schritte", schlägt er vor und biegt in den von mir zuvor gewählten Weg der kleinen Gassen ein. „Ich kann dir nicht immer vorher sagen, wenn ich auf solche Einsätze gerufen werde. Wir erfahren das manchmal selbst sehr kurzfristig."

„Warst du bei dieser Razzia?"

Ich werfe ihm einen Seitenblick zu, der eine Mischung aus Angst und Ehrfurcht ist, aber bestimmt kein Signal meiner Kapitulation.

Er nickt: „Wir haben *Carabiniere* aus dem Norden eingesetzt, damit dort unten ja nichts vorher durchsickert. Während der Aktion herrscht totales Kommunikationsverbot, aus demselben Grund. Verstehst du?"

Ich verstehe, doch ich hänge nur an dem einem Wort, das sich sofort als die nächste Frage formuliert: „Wir? Welche Rolle spielst du denn dabei?"

Er übergeht es, fährt in genau demselben Modus fort: „Wir haben das von langer Hand vorbereitet, seit Monaten! Es war eine Aktion von Interpol."

„Warst du deswegen drei Monate in Libyen?"

Die Frage nagelt mich auf dem Fleck fest, so sehr macht mich die unvermittelte Erkenntnis regungslos.

„Ja. Auch. Aber nicht durchgehend. Ich war nur kurz dort, dann in Sizilien und Kalabrien."

Sanft zieht er mich weiter.

„Wie bitte?"

Ich bleibe wieder stehen.

Unwillkürlich überprüft Marco mit einem schnellen Blick meinen verbundenen Knöchel, ob ich nicht aus diesem Grund ständig stehenbleibe. Beruhigt, dass dem nicht so ist, versucht er abermals, mich weiterzuziehen.

„Und das erfahre ich so nebenbei!?" Hartnäckig beharre ich auf Stillstand. „Ich kann wochenlang kaum ruhig schlafen, weil du angeblich in humanitärem Auftrag in einem Krisengebiet bist, du erzählst mir Ammenmärchen über langweilige Verwaltungstätigkeiten und dabei warst du all die Zeit weiß Gott wo in höchster Gefahr gegen die Mafia unterwegs?!"

„*Dai!*[144] Ganz so dramatisch ist es nicht, auch wenn ich dir das jetzt erst erzählen kann. Du siehst zu viele Krimis. So ist das in der Realität nicht. Die Vorbereitungen zu einer Razzia beinhalten auch jede Menge mühsame und zähe Detailarbeit. Das war nicht gelogen."

Seine Stimme wirkt weiter konstant sanft und ausgeglichen auf mich ein, wie Massimilianos Hypnosebeschallung auf Poppäa. Aber ich wehre mich dagegen, dem Sog zu erliegen. Ich kann mich einfach nicht mehr einlullen lassen! Die Furcht über den Verlust meines eigenen Vertrauens treibt mich in zornige Gefilde. Es ist, paradoxerweise, ein gutes Gefühl der Kraft.

Ich sehe meinen *fidanzato* mit sehr ernster Miene an: „Wie soll ich in Zukunft nicht noch mehr Angst haben, wenn ich jedes Mal denken muss, dass du mir etwas verheimlichst!? Dass du nicht wieder in irgendeiner geheimen Aktion in Todesgefahr unterwegs bist?!"

Er lacht kurz auf und drückt mich: „*Non esagerare!*[145] Ich war schließlich nicht der Einzige! Da waren ganze Hundertschaften *Carabinieri* und Kriminaler in Deutschland involviert."

„Aber es ist Einer ums Leben gekommen und der hättest auch du sein können!"

„Das war ein Verkehrsunfall und das hätte an jedem anderen Tag jedem anderen Menschen auch passieren können."

Ich kneife die Lippen zusammen.

„Selbst, wenn", fahre ich dann entschieden fort. Diesmal ziehe ich ihn weiter. „Gegen die Mafia vorzugehen ist trotzdem keine Bagatelle ..."

„... und das wissen wir besser als irgendwer sonst!", fällt er mir noch deutlicher ins Wort. Und dann folgt ein Satz, der mich zutiefst aufschreckt: „Du hörst dich schon an wie meine Mutter!"

Selbst, wenn es seine Absicht war, mich damit mundtot zu machen, und ich dies durchschaue, kann ich mich der heftigen Wirkung dieser Worte nicht entziehen. Wenn es möglich wäre, würde ich den Spiegel, den er mir vorhält, kurz und klein schlagen, damit ich nicht hineinsehen muss. Doch

---

[144] Wörtlich: gib! Hier: Na, komm schon!
[145] Nicht übertreiben!

der Widerschein dieser Aussage lässt sich nicht aufhalten. Wie ein Laserstrahl dringt er unaufhaltsam in mein Inneres vor und trifft dort auf frisch gepflügten Boden - von Bianca beackerten Boden.

Völlig verunsichert, wie ich diesen Vergleich werten soll, schweige ich.

Marcos Mutter ist die zentrale Figur in seiner Familie, das habe ich längst erfahren. Hatte ich zu Beginn unserer Beziehung ihren ständigen Beschwerden über zu wenig Kontakt mit ihrem Sohn Glauben geschenkt, habe ich mittlerweile selbst erlebt, wie er jeden zweiten Tag mit ihr telefoniert. Trotzdem klagt sie weiter darüber, als hätte er sich selbst zur Adoption freigegeben. Ich habe mir die These zurechtgelegt, dass sie seine Berufswahl nur deswegen missbilligt, weil diese ihm erlaubt, sich aus ihrem Machtfeld zu entfernen, was für eine italienische Mutter einem Verbrechen gleichzukommen scheint. Besonders, wenn es ein Sohn tut.

Diese weibliche Macht zugeschrieben zu bekommen, schmeichelt trotzdem. Doch dieselbe bewirkt schließlich auch, dass er auf Distanz zu ihr geht. Selbst wenn ich meiner Reaktion einen viel edleren Ursprung zuschreibe – was, zugegeben, ein wenig anmaßend ist - gefällt mir die Analogie kein bisschen.

Ein paar Schritte laufen wir stumm, Arm in Arm, durch die verwinkelten, farbenfrohen Gassen, unter Erkern und zusammengefügten Gebäudeelementen, die, wie die Seufzerbrücke Venedigs, Wohnungen über die Straße hinweg verbinden. Das ehemalige hebräische Viertel grenzt direkt an die *piazza* unseres Zuhauses.

Als wir um die letzte Ecke biegen, finde ich doch noch die richtigen Worte aus diesem Dilemma, indem ich mich von einer letzten Bemerkung nicht ablenken lasse.

„Wenn Bianca von so einer Razzia wissen darf, dann will ich das auch. Als eine von eurer Truppe schien sie sofort zu verstehen, als ich ihr sagte, dass du beruflich ein paar Tage weg musstest.“

Marco sieht mich überrascht an: „Wie kommst du darauf, dass sie davon wusste?“

„Das war offensichtlich!“

Sein Erstaunen wächst in gleichem Maße, wie meine Gewissheit, damit den Gordischen Knoten dieses Gespräches zu durchschlagen.

Während wir auf das schwere Holztor zu meiner Wohnung zulaufen, nach dem Schlüssel kramen und es aufsperren, berichte ich in knappen Sätzen, was sich zwischen dem Flamingo – seit dem Vorfall nenne ich sie in Gedanken so - und mir, in seiner Abwesenheit zugetragen hat.

Er unterbricht mich mit einer Umarmung: „Danke, dass du das gemacht hast! *Sei un tesoro*[146]!“

---

[146] Du bist ein Schatz!

Ich winke das Kompliment mit einem „es ging doch um dein Kind!"
beiseite, bade aber gleichzeitig im Wohlwollen seines Blickes, während ich
mit meinem Bericht fortfahre.

Am Ende meiner Erzählung angekommen, schließe ich dann mit dem
Satz: „Und wenn es nötig ist, dass man als Frau *Carabiniere* sein muss, um
ins Vertrauen gezogen zu werden, dann bewerbe ich mich gleich morgen!"

„*Ci mancherebbe!*",[147] wehrt er ironisch ab. Aber die Botschaft scheint
angekommen, denn er fügt nachgiebig an: „*Promesso,*[148] ich werde dich in
Zukunft mehr einbinden."

Ich schenke ihm ein zufriedenes Lächeln und er mir ein einschränken-
des „soweit es möglich ist".

Mehr sagt er dazu nicht, denn während des Erklimmens der Stufen zu
meiner Wohnung dringt uns, das Hühnergackern aus dem Hinterhof über-
tönend, bereits ein monotones Beschwörungsmantra entgegen. Es steigert
sich bei Öffnen der Tür in ein ohrenbetäubendes Hypnosebombardement,
als brülle der Beschwörer mit einem Megaphon seine Worte bis ans andere
Ende der Stadt. Beinahe erzittern die Bilder an der Wand von diesen
Schallwellen.

Marco tritt gelassen ein, greift rechts an seinen Halfter, zieht die Waffe,
entsichert sie und schießt.

---

[147] Das würde (gerade noch) fehlen!
[148] ich verspreche

14. Merkmale

Auf meinem Küchentisch thront eine große Schale Zitronen. Neben dem Herd stehen mehrere Flaschen hausgemachtem *Limoncello*[149], dahinter einige Flaschen einer mysteriösen, bernsteinfarbenen Flüssigkeit und auf ihm ein zubereitetes Mittagessen: *pollo al sugo di limone*[150]. Die neunzehn Hühner im Hof sind jetzt mucksmäuschenstill wie nie.

Der Kater ankert wie eine schockgefrorene Zeichentrickfigur mitten im Raum. Sein Fell steht ihm in alle Richtungen ab, als stünde er unter Strom. Nur seine Augen ziehen sich zu engen Schlitzen zusammen.

Poppäa hat mit allen Vieren auf einmal einen Satz in die Luft gemacht. Nun steht sie Seite an Seite mit dem Kater und winselt ihn sanft an, ebenfalls unbeweglich. Nicht einmal ihr Schwanz wischt über den Boden.

Im Hintergrund läuft die Spule des alten Tonbandgerätes mit durchtrenntem Band leer durch und verursacht ein leises, jedoch stetes, Tak-Tak-Tak in der Geschwindigkeit der Umdrehung.

---

[149] Zitronenlikör, Spezialität aus Süditalien
[150] Huhn in Zitronensauce

Ich verharre mit heruntergeklappter Kinnlade entgeistert auf der Stelle neben dem Kleiderständer. Meine Tasche gleitet mir aus der Hand zu Boden, ohne dass ich mich bemühe, sie aufzuhalten.

Nur Marco scheint als Einziger seine Fassung bewahrt zu haben. Er steckt die Pistole wieder weg, lässt sich der Länge nach rücklings auf mein Bett fallen, verschränkt die Arme hinter dem Kopf und gibt einen ausgedehnten Seufzer von sich.

„*Sono stanco!*"[151]

Noch immer unfähig mich zu bewegen, stammle ich in tonlosem Entsetzen: „Du hättest ihn erschießen können ..."

„Wenn ich Massimiliano hätte treffen wollen, hätte ich auf sein Jackett gezielt", murmelt Marco schlaftrunken. Er öffnet kurz seine Augen für eine angehängte Bemerkung. „Außerdem: Einen Geist kann man nicht erschießen."

Weiter, wie festgeklebt auf dem Fleck stehend, schaue ich von ihm zu den beiden Tieren.

Massimilianos Fell beginnt sich zu legen und seine Augen nehmen wieder die normale Form an.

Mit einem abgehackten „hm!" ergreift er ohne weitere Regung die Leine des Hundes und führt sie zur Tür.

„Ich habe dich zwei Mal gewarnt", nuschelt Marco vom Bett herüber, ohne die ruhende Position zu verändern. Beinahe hört es sich an, als würde er im Schlaf sprechen. „Eine dritte Warnung gibt es nicht."

„Habe ich etwas gesagt?", erwidert der Kater mit hochgezogenen Augenbrauen, öffnet die Tür und schiebt Poppäa hinaus in den Gang. „Euer Abendessen steht auf dem Herd. Mit frischen Zitronen zubereitet."

„*Mio preferito!*[152] *Grazie*", ruft ihm Marco hinterher, als wäre nichts geschehen.

„*Prego*", erwidert der Kater in selten vernommener Höflichkeit und zieht von außen sachte die Tür ins Schloss.

Zum krönenden Abschluss dieses Tages hat es mir nun völlig die Sprache verschlagen.

Wie ein Roboter gehe ich an das zerschossene Tonbandgerät und ziehe den Stecker.

Was sich da gerade zwischen meinem *Carabiniere* und meinem Hausgeist abgespielt hat, entzieht sich völlig meinem Verständnis.

„Komm her!", brummt Marco mit ausgebreiteten Armen vom Bett herüber. „Lass mich hier nicht so alleine!"

---

[151] ich bin müde
[152] Mein Leibgericht

175

Ich gebe dem Balzruf nach, lasse mich jedoch äußerst irritiert in seine Arme fallen.

Mein Termin mit dem Vertriebsvorstand findet in Frankreich statt. Es war der einzig mögliche Freiraum, den er mir zwischen zwei Besprechungen anbieten konnte.

Der in Beton gekleidete Flughafen mit seinen futuristischen Transportröhren für Passagiere, die ich von einem Flohmarktkauf - einem Plattencover[153] aus den Achtzigern - kenne, begrüßt mich grau in grau. Es passt zu dem Himmel über Paris und zu meiner Stimmung.

Ich kann es nicht abschütteln: Ich habe kein gutes Bauchgefühl.

Ich bin überzeugt von meinem Konzept, halte es für das einzig Vernünftige. Sogar der Unterstützung sämtlicher Fachleute könnte ich mir sicher sein. Doch irgendetwas im Verhalten meines ehemaligen Chefs hat mir nachhaltig eine Injektion des Zweifels verpasst. Und es passt wie die Faust aufs Auge zu der Nachricht meiner Kollegin. Das Gefühl, nur noch manipuliert zu werden, wuchs in den letzten Tagen zunehmend in mir.

Dieser Termin wird mir hoffentlich endlich klarmachen, worum es wirklich geht.

Das Hotel, zu dem ich bestellt wurde, liegt unweit des Flughafens und könnte in jedem anderen Land liegen. Es ist ein Businesshotel, bevölkert von typischen, in Anzug oder Kostüm gekleideten Gästen mit professionellen Gesichtsfassaden, Seminarräumen, in die Teilnehmer streben, die ebenso unterwegs sind und Personal, das effizient und unverbindlich lächelnd abwickelt. Dass man sich in Frankreich befindet, merkt man allein an den ausgesprochen verführerisch duftenden Croissants der Frühstückstheke.

Dorthin wurde ich bestellt.

Ich bin bereits um halb vier Uhr morgens aufgestanden, um die erste Maschine nach Paris zu erwischen, und bin nun, da es auf dem Flug keinerlei Service gab, beinahe desperat, endlich einen Kaffee zu erhaschen und einen Happen zu essen.

Ich erspähe meinen Terminpartner an einem Zweiertisch. Als er mich auf sich zukommen sieht, bestellt er einen weiteren Kaffee bei einem, hinter seinem Rücken vorbeihuschenden, Serviermädchen.

„Die Croissants sind sehr zu empfehlen", begrüßt er mich und schiebt mir ein Körbchen voll des frischen Gebäcks hin.

„Guten Morgen, danke, gerne."

Ich nehme ihm gegenüber Platz.

Um uns herum flattern Wortfetzen aller Weltsprachen wie Schmetterlinge, permanent aufgescheucht von Tellerklappern. Auf leisen Sohlen

---

[153] Alan Parsons Project, I robot

schwirrt das Servicepersonal, bemüht unsichtbar zu wirken, durch die Tische, bringt Kaffee und Tee und füllt emsig das Buffet auf, sobald sich ein Behälter geleert hat.

Mein Gegenüber wirft einen Blick auf seine Armbanduhr: „Ich bedaure, aber ich habe nicht viel Zeit. Es ist etwas dazwischengekommen. Ich muss in einer halben Stunde zu meinem nächsten Termin. Was kann ich für Sie tun?"

Mit knurrendem Magen ziehe ich das ausgedruckte Folienpamphlet aus meiner Tasche und schiebe es mit aufgeschlagener Seite über den Tisch.

Er setzt seine Brille auf und überfliegt die ersten Seiten, ohne ein Zeichen der Aufmerksamkeit auf meine begleitenden Worte.

Eine Tasse *café au lait* wird vor mir platziert.

Zwischen meinen Ausführungen nehme ich eilig einen Schluck. Ich habe das Gefühl, meine Botschaften nicht schnell genug loszuwerden, denn mein Tischpartner blättert bereits zum vorletzten Blatt.

In meine Worte hinein sieht er auf, klappt die Seiten zu, nimmt seine Brille ab und spricht: „Sehr einleuchtend. Wie möchten Sie das umsetzen? Haben Sie das mit ihrem Partner abgestimmt?"

Nun greife ich zu der heißen Milchschale, um einen Moment der Denkpause herauszuschinden.

„Da gibt es mehrere Möglichkeiten", beginne ich mit Absetzen der Tasse ein wenig zu zögerlich. „Das hängt davon ab, wie wir in Italien uns einigen können. Nach unserem ersten Treffen liegen unsere Meinungen hierzu noch sehr weit auseinander."

„Weshalb sind Sie dann hier?"

Ich schlucke.

Gefährlicher Punkt.

Auf keinen Fall darf ich meinen ehemaligen Chef in die Pfanne hauen. Gleichzeitig muss ich aber zu verstehen geben, dass dieser in eine völlig andere Richtung strebt. Da ist es am besten, eine Frage zu stellen.

„Dies ist ein erster Entwurf. Ich möchte wissen, ob das grundsätzlich in die richtige Richtung geht? Gibt es aus Ihrer Sicht denn bestimmte Eckpfeiler, die wir in so einem Konzept als gesetzt nehmen müssen?"

„Jede Landeskultur hat ihre Eigenheiten. Es wäre ein großer Fehler, deutsches Vorgehen einfach überzustülpen. Das wird nicht funktionieren. Italiener agieren sehr personenbezogen, das haben Sie sicher schon festgestellt. So arbeiten sie auch. Das muss man ihnen lassen. Der Erfolg liegt darin, Synergieeffekte zu erzielen."

Klare Botschaft in blitzsaubere, aalglatte Worte verpackt.

Mir bleibt nicht viel Zeit. Wenn ich mein Ziel für dieses Treffen erreichen will, muss ich direkter werden.

„Sie meinen also, im Zweifelsfall pro Person contra Ablauf?"

Er tupft sich mit der Serviette den Mund, steckt seine Brille in die Innentasche seines Jacketts und ergreift seinen Zimmerschlüssel.

„Es muss funktionieren. Das ist alles. Personenbezogene Zwischenschritte zum großen Ziel sind möglicherweise vernünftig, da stimmen Sie mir gewiss zu? Aber wenn es Ihnen gelingt, Ihren hehren Plan in einem Zug umzusetzen, gerne."

Mit diesen Worten erhebt er sich.

„Bleiben Sie und frühstücken Sie in Ruhe zu Ende. Die Rechnung geht auf mein Zimmer. Ich muss mich jetzt verabschieden."

Er reicht mir die Hand: „Viel Glück für gutes Gelingen!"

Unverbindlicher könnte sein Tonfall nicht sein. Doch die Botschaften zwischen den Worten drängen sich mir in herablassender Weise auf. Vermutlich habe nur ich die Gabe, diese in diesem Moment wahrzunehmen, wie das Medium einer Séance!

Ich schnaufe das Croissant auf meinem Teller an, als trage es die Schuld an dieser Situation.

Personenbezogene Zwischenschritte!

Deutlicher hätte er nicht sagen können, dass mein Kontrahent der Pfeiler ist, den er so vehement gesetzt hat, dass ich mir daran die Nase blutig schlagen werde.

Mit Verdruss beiße ich in das Hörnchen.

Ich habe noch drei Stunden bis zu meinem Rückflug. Also gehe ich an die Theke und lade mir ein Brunch auf das Tablett, das mir während dieser Zeit zumindest kulinarisch Gesellschaft leisten wird. Das passt zumindest zu dem Eindruck, abgespeist worden zu sein.

Als ich den letzten Krümel vom Teller picke, habe ich mich damit getröstet, mein Ziel des Tages immerhin erreicht zu haben: Ich weiß jetzt, dass der Vertriebsvorstand meinem Gegner mit seiner absurden Idee den Rücken deckt!

Selbst wenn mir die Wahrheit nicht gefällt, zumindest kenne ich sie nun.

Die mit viel Kraft erzeugte positive Seite, die ich meinem Kurzaufenthalt in Frankreich mühsam abgerungen habe, verblasst zusehends, je näher ich meinem Zuhause komme. Es ist bereits später Nachmittag.

Heftige Stimmen dringen von oben herab, als ich das große Holztor öffne.

Diesmal ist es aber nicht der Kater. Der schreitet im Hinterhof in einem Kreis um den großen Baum und rezitiert etwas, das sich wie ein Epos anhört. Dicht dahinter Poppäa, die ihm wie ein Schatten besonnen auf den Fersen folgt. Die Hühnerschar hat sich in die Ecken verzogen, wo sie nach Würmern scharren. Sie nehmen mich gar nicht wahr, so vertieft sind alle

Lebewesen in ihre jeweilige Tätigkeit. Einen Moment spüre ich dem Geschehen mit dem Kater und Poppäa nach, doch dann lenken mich die lauten Worte aus dem Haus wieder ab.

Neugierig strebe ich nach oben.

Die Auseinandersetzung findet in der ehemaligen Steuerberaterkanzlei statt. Marco hat seit Beginn des Monates nun offiziell die Wohnung übernommen. Ob da etwas schiefläuft?

Kurz schließe ich meine Wohnung auf, lade meine Tasche ab und eile dann weiter in das obere Stockwerk. Die Tür ist nur angelehnt.

„Wie du dich vor den Karren spannen lässt, ... *non ci credo!*"[154]

Marco steht neben einem Farbeimer und hält einen langstieligen Pinsel in der Hand. Er ist in einen weißen Overall gehüllt, trägt eine weiße Schirmmütze und ist übersät mit ebenso weißen Farbspritzern. Die Wände des Raumes sind zur Hälfte gestrichen: frisches Weiß auf abgewohntem Weiß. Der einzige Farbtupfer in diesem Sinnbild der Unschuld ist sein picobello herausgeputztes Spiegelbild: Enrico steht in marinefarbenem Hemd, mit silbergrauer Seidenkrawatte und den Händen in den Hosentaschen seines dunkelblauen Anzugs vor dem Fenster und schaut seinen Bruder grimmig an.

„*Ma va là!*"[155]

Nur für diesen Ausruf nimmt er kurz eine Hand aus seiner Haltung, um damit durch die Luft zu fahren, als wolle er eine Fliege verscheuchen.

Die Zwillinge grüßen mich beide mit einer flüchtigen Geste, die mir zu verstehen gibt, dass sie von ihrer Reiberei völlig absorbiert sind.

„Es wird sehr schön! Hell!", sage ich betont freudig, trete näher und küsse Marco vorsichtig auf die Wange, um mich nicht zu beschmutzen. „Ich wollte nur kurz sehen, wie weit du bist. Ich kann dir heute Abend nicht mehr helfen, ich bin zu müde. Tut mir leid."

„Schon gut", knurrt mein *Carabiniere*. „Der da hat mich sowieso von der Arbeit abgehalten!"

Er zeigt mit einem abfälligen Wink in die Richtung seines Bruders.

„Marco", verteidigt sich dieser. „Ich bin immer auf deiner Seite gestanden, das weißt du! Aber es ist an der Zeit, sich auch mal andere Gedanken zu machen. Wir sind keine zwanzig mehr!"

Bevor der Angesprochene etwas einwenden kann, wende ich mich wieder dem Ausgang zu. Ich habe an diesem Abend einfach keine Energie mehr, mich auch noch einem süditalienischen Familiendrama zu widmen. Das muss heute warten.

---

[154] Ich glaube es nicht, ich kann es nicht fassen
[155] Wörtlich: Aber geh doch dort hin; Ausdruck ärgerlichen Abwiegelns, sinngemäß: hau ab! Geh weg damit!

„Ich wollte mich nicht einmischen", entschuldige ich mich beflissen und will zur Tür hinausschlüpfen. Aber Marco hält mich zurück.

„*Stai!*[156] Du sollst das ruhig mithören!"

Zwar gelten sie mir, doch er schickt diese Worte in Richtung seines Bruders, als wären sie eine Drohung.

Ich halte inne, verharre aber mit einem Fuß in der Tür. Nun bereue ich, meiner Neugierde so leicht erlegen zu sein. Wieso bin ich nicht einfach in meine Wohnung gegangen, habe eine Dusche genommen und dort auf meinen *fidanzato* gewartet, bis die beiden Hitzköpfe mit ihrer Diskussion hier fertig gewesen wären?

„Meine Familie ist der Meinung, dass ich nicht genügend Verantwortung übernehme", fällt Marco massiv in mein Bedauern ein. „Nicht das Übliche. Diesmal machen sie ernst: Sie setzen mir Daumenschrauben an!"

Marcos Augen blitzen mit diesen Worten seinen Bruder an, der stellvertretend für die gesamte Familie den Zorn abbekommt.

„Ich weiß", murmle ich ein wenig kleinlaut.

Hatte ich bisher noch nicht den rechten Moment gefunden, ihm zu gestehen, dass ich damals das Gespräch mitbelauscht habe, so scheint mir nun der Augenblick der Wahrheit als unausweichlich.

Marco fährt herum: „Was weißt du?"

Vorsichtig mache ich einen bangen Schritt auf ihn zu, halte aber besonders Distanz zu dem Farbtopf.

„Ich habe damals versehentlich das Gespräch mitgehört. Die Leitung war aus irgendeinem Grund noch nicht unterbrochen. Ich wollte dich anrufen. Und da habe ich gehört, wie dein Vater gesagt hat, dass du die Beziehung mit mir besser aufgeben solltest, weil du jetzt ein Kind hast."

Mit unbeweglichem Gesichtsausdruck und geweiteten Pupillen sieht er mich lange schweigsam an, als studiere er mich durch ein Mikroskop. Man kann förmlich sehen, wie hinter seiner Stirn ein Film abläuft. Er scheint jede Szene, jedes damals verlautete Wort aus seiner Erinnerung zu überprüfen und zieht mich damit völlig in den Bann seiner klaren, blauen Augen.

Ich halte stand, unsicher, was nun folgen wird.

Enrico beobachtet die Szene mit einem verlegenen Augenspiel auf seine Schuhe. Er schiebt die Hände wieder in seine Hosentaschen und presst die Lippen aufeinander.

„Es tut mir leid, dass du das mit anhören musstest", meint Marco schließlich. „Das ist schon schlimm genug. Aber da hast du nicht alles gehört: Sie wollen außerdem, dass ich die Leitung der neuen Fabrik hier in Bologna übernehme und meinen Job an den Nagel hänge! Und nun kommt auch noch mein Bruder und fällt mir in den Rücken!"

---

[156] Bleib!

Unwillkürlich schaue ich auf Enrico.

Der lehnt sich mit verschränkten Armen über der Brust gegen das Geländer des französischen Balkons im offenstehenden Flügelfenster.

„Er vergisst, dass unsere Eltern nicht mehr die Jüngsten sind", bedeutet er betont gelassen in meine Richtung. „Irgendwann werden auch sie sich zur Ruhe setzen. Und darüber müssen wir uns in der Familie Gedanken machen. Davor kann auch mein Bruder nicht weglaufen!"

„Wieso lasten sie sich dann noch dieses Projekt hier in Bologna auf?!"

„Weil es nötig ist!", faucht Enrico. „Es ist die einzige Chance, die Firma am Leben zu erhalten. Wir können als kleiner Hersteller im Süden nicht mehr mit dem wachsenden Markt mithalten! Nur lokal zu agieren, dazu waren wir schon zu groß. Da gibt es nur den Weg nach vorne, das weißt du ganz genau!"

„Die Geschichte wiederholt sich und immer ist es die Firma, der alles andere untergeordnet werden muss!", fährt Marco mit gesteigerter Wildheit auf.

Noch nie habe ich ihn so außer sich erlebt. Ich hätte nicht gedacht, dass das noch möglich ist.

„Damals haben sie Großvater gedrängt, seinen Beruf als *Carabiniere* aufzugeben! Erinnere dich! Er wollte verkaufen, aber sie haben auch ihn gezwungen! *Proprio forzato*[157], sage ich! Er wollte das nie! *Mai!*"[158]

„Großvater ist deswegen auch in die Luft geflogen! Weißt du auch das noch?!"

Enricos Satz platzt wie die Bombe selbst, die das Unheil damals angerichtet hat. Marco funkelt seinen Zwilling böse an, als hätte dieser höchstpersönlich den Sprengstoff dafür besorgt.

Ich stehe zwischen den beiden und schaue abwechselnd von einem zum anderen. Ich kenne dieses frühere Familiendrama nur aus der Erzählung von Marcos Mutter. Die beiden waren damals zwölf Jahre alt gewesen. Marco selbst hat bisher nie darüber zu mir gesprochen. Nun spüre auch ich zum ersten Mal die Last dieser Vergangenheit.

„Wie kann ich das je vergessen?!", zischt mein *Carabiniere*. „Unsere Eltern lassen keine Gelegenheit aus, mich daran zu erinnern! Dabei hätte Großvater vielleicht niemals auf dieses Geleit des Richters[159] bestanden,

---

[157] Direkt gezwungen

[158] nie

[159] Giovanni Falcone, (1939-1992) italienischer Jurist, aktiv im Kampf gegen die Mafia. 1992 wurde Falcone zusammen mit seiner Ehefrau Francesca Morvillo, Richterin am Jugendgericht, und drei Leibwächtern durch eine Bombe getötet. (Bei dem Attentat kamen keine Carabinieri um, dies ist ein frei erfundenes Detail des Romans. Es kamen jedoch Leibwächter ums Leben).

wenn es nicht die letzte Abschiedshandlung von seinem geliebten Beruf gewesen wäre? Das ist alles nur passiert, weil sie ihn gezwungen haben! Und nun versuchen sie es mit mir! Aber ich werde mich zur Wehr setzen! Diesmal wird es nicht so laufen, wie sie es sich einbilden. Diesmal nicht!"

Aufgeregt fuchtelt Marco mit dem Pinsel wie mit einem Degen in Richtung seines Bruders. In einem Schwung wischt er seinen Arm durch die Luft, als wolle er damit einen unsichtbaren Gegner zur Strecke bringen. Von der Fliehkraft getragen zieht sich ein Bogen aus weißen Farbspritzern über die gegenüberliegende Wand und diagonal über das Fenster, in dem sein Bruder im dunkeln Anzug steht. Eine getupfte weiße Linie zeichnet sich quer über dessen Brust ab.

„Ma, sei pazzo[160]?!"

Enrico springt auf und sieht entsetzt an sich herab: „Das ist nagelneu!"

Marco schaut mit verengten Augen grimmig auf sein Werk: „Mach dir nicht auch noch gleich ins Hemd deswegen. Aber nimm es ruhig als Warnung! *Non scherzo mica[161]*! Das kannst du ihnen ausrichten!"

Bevor die Situation völlig außer Kontrolle zu geraten droht, winke ich Enrico zu mir.

„Komm mit! Wenn wir es gleich herauswaschen, geht die Farbe vielleicht noch raus?"

Enrico macht einen großen Bogen um seinen Bruder, wie man ihn um einen zähnefletschenden, wilden Hund macht und folgt mir gehorsam.

Marco wirft das Werkzeug wütend in den Farbtopf, lässt uns aber von dannen ziehen.

„Komm du auch. Ich mache uns was zu essen", werfe ich meinem *fidanzato* versöhnlich im Hinausgehen liebevoll zu.

Am liebsten würde ich ihm um seinen farbverschmierten Hals fallen, weil er sich so klar zu unserer Liebe bekennt. Selbst wenn ich sogar in diesem Augenblick ahne, dass die Hälfte seiner Motivation anderen Ursprungs sein mag, gestehe ich ihm seinen Ärger uneingeschränkt zu.

„Ich muss mich erst beruhigen", antwortet er, nimmt die Mütze von seinem Kopf und streift sich mit dem Arm über die Stirn. „Ich räume noch auf."

Nickend ziehe ich seinen Bruder zur Tür hinaus.

Enrico trottet hinter mir her in meine Wohnung, wie Poppäa zuvor dem Kater.

„Gib her!", fordere ich, ziehe gleichzeitig ein frisches Shirt von Marco aus dem Schrank und reiche es seinem Bruder hin.

---

[160] Bist du verrückt?
[161] Ich meine es ernst! Ich scherze kaum

„*Senti*",[162] Enrico knöpft sein Oberhemd auf und sieht mich dabei ein wenig betreten an. „Ich teile die Meinung unserer Eltern nicht, zumindest nicht was dich betrifft. Ich finde, ihr passt gut zusammen und solltet euch wegen ein paar Komplikationen nicht trennen."

„Danke", antworte ich schlicht.

Er streift sein Hemd ab, reicht es mir und entfaltet das seines Bruders, um es überzuziehen. Marco hat es fein säuberlich zugeknöpft, wie er es immer tut, bevor er seine Wäsche in den Schrank räumt.

Enrico gleicht seinem Bruder wirklich zum Verwechseln, denke ich. Noch immer verblüfft mich diese Ähnlichkeit: dasselbe Haar, dieselben blauen Augen, derselbe muskulöse Körperbau. Bis auf einen Leberfleck an der linken Schulter, den ich an Enrico in diesem Augenblick zum ersten Mal erblicke, könnte der Eine ein Klon des Anderen sein.

„Nico hat genau dasselbe Muttermal an dieser Stelle", bemerke ich und gehe mit dem farbverspritzen Hemd ins Bad, um es dort unter kaltem Wasser auszuwaschen.

Die Farbe löst sich tatsächlich. Ich ergreife ein paar unserer eigenen Kleidungsstücke, die auf eine Wäsche warten und gehe mit dem Arm voll Schmutzwäsche und Enricos nassem Hemd zurück an die Waschmaschine in der Küchenzeile. Dort stopfe ich alles hinein.

„Ich kann Marco verstehen. Es ist wichtig, dass man hinter dem stehen kann, was man tut."

Mit dieser Aussage schalte ich die Maschine ein und richte mich auf.

„Ich bin nach dem heutigen Tag selbst dabei zu überlegen, mir eine neue Arbeitsstelle zu suchen. Ich weiß, das ist ein Luxusproblem. Aber wenn man die Wahl hat, sollte man sie auch nutzen. Man verbringt doch so viel Lebenszeit am Arbeitsplatz. Meinst du nicht?"

Mit diesem Satz wende ich mich um und sehe Marcos Bruder an.

Enrico aber steht mit halb angezogenem Hemd da und starrt mich reglos an, wie eine schlecht verkleidete Vogelscheuche, die nicht einmal mehr die Krähen abhalten kann, sich auf ihr niederzulassen.

„Was hast du da gerade gesagt?", fragt er tonlos.

„Marco ist mit Herz und Seele *Carabiniere*. Ich kann verstehen, wenn er das nicht aufgeben will."

„Das meine ich nicht ... was war das mit dem Muttermal?"

„Nico hat genau dasselbe Muttermal wie du", wiederholte ich. „Auch da, an der linken Schulter. Ich dachte, das hätte er von seiner Mutter, aber es ist wohl aus eurer Linie."

---

[162] Hör zu

Ich erwähne nicht, dass ich das Baby von Kopf bis Fuß auf Anzeichen von Ähnlichkeiten mit Marco abgesucht habe und nur deshalb eine so felsenfeste Aussage zu einem derart kleinen Detail machen kann.

Enrico reißt sich das Hemd förmlich über die Schultern und knöpft es mit zittrigen Händen so hastig zu, dass er es nicht synchron schließt. Der letzte Knopf findet kein Loch, das Hemd sitzt völlig schief.

„Es ist besser, ich gehe jetzt ...“

Unachtsam stopft er den Stoff in seine Hose und greift nach der Krawatte, als sei er auf der Flucht.

„Willst du nicht warten, bis dein Hemd gewaschen ist?“, frage ich ihn verwundert. „Ich mach uns inzwischen was zu Essen. Vielleicht solltest du mit Marco nochmal reden, bevor du gehst?“

Doch Enrico ist bereits an der Tür.

„Der muss sich erst beruhigen! Wenn er so drauf ist, nützt reden gar nichts“, erwidert er so aufgewühlt, dass er sich verhaspelt, fügt dann hinzu: „Und ich auch ...“

Damit winkt er mit seiner Krawatte wie mit einem Lasso, desertiert die Treppen hinunter und hechtet um die Ecke in Richtung des großen Hoftores, wie ein in flagranti gestellter Einbrecher ohne Beute auf der Flucht.

Ich runzle die Stirn.

Was hat ihn dermaßen aus dem Konzept gebracht? Hat er eine alarmierende Nachricht erhalten, während ich im Bad war? Oder war es meine Bemerkung über das Muttermal? Aber warum sollte ihn das beunruhigen?

Kurz darauf kommt auch Marco die Treppen von oben herunter. Mit einem kurzen Rundblick durch die Wohnung sucht er seinen Zwilling.

„Enrico ist gegangen? Was hat er es denn plötzlich so eilig?“, fragt er gereizt. „Erst schneit er hier herein und bringt alles durcheinander und dann haut er ab. Nie hätte ich erwartet, dass sogar er mir so in den Rücken fällt! Wir waren immer ein Team, unzertrennlich, und jetzt? Ich verstehe das nicht ...?“

In diesem Moment fällt im Hinterhof ein Schuss.

15. Liebesbande

Noch immer in mein Reisekostüm gekleidet - so, wie ich vom Flughafen gekommen bin - eile ich hinter Marco die Stufen hinunter.

Unten, im Treppenhaus zum Hof hin, stoßen wir mit einem Fremden zusammen, der gerade zum offenstehenden Hoftor hereinrennt. Norio San stürmt aus seiner Wohnung.

Alle tragen denselben Gesichtsausdruck: gefasst auf einen schrecklichen Anblick oder eine entsetzliche Entdeckung.

Doch es bietet sich uns ein Bild der Stille: Der Hinterhof zeigt sich in friedlich feierabendlicher Stimmung. Die frischen Blätter des großen Baumes säuseln ein wenig im lauen Wind. Die Hühner sitzen still in ihrem Verschlag. Es ist nichts Ungewöhnliches zu bemerken.

Nur Poppäa steht zitternd vor dem Baum, den Schwanz eingezogen zwischen ihren Hinterläufen und bewegt sich nicht. Ansonsten ist niemand zu sehen. Es herrscht völlige Stille.

Dann raschelt es im Hundetempel.

Es erscheint der Kopf des Katers in der Öffnung, dann der Rest seines Körpers. Er kriecht aus der Hütte, rappelt sich auf, klopft sich seinen Anzug ab und murmelt:

„Den Rückstoß habe ich wohl etwas unterschätzt."

Damit geht er auf den Hund zu und flüstert ihr etwas ins Ohr.

Poppäa kehrt jedoch den Kopf, als wende sie sich beleidigt von ihm ab. Doch gleichzeitig beginnt sie aufgeregt mit dem Schwanz zu wedeln. Der Kater schlingt eine Pfote um ihren Hals und schmiegt seinen Kopf an sie, als liebkose er das Tier. Wieder flüstert er ihr etwas zu. Diesmal gibt sie Laute von sich, die wie das ungeübte Bellen kleiner Welpen klingen.

Wir Menschen beginnen alle gleichzeitig zu sprechen, als hätte sich unsere Zunge erst durch den Anblick der Liebkosung gelöst.

„Was war das?", fragt Norio San und sieht Marco und mich an.

„Das war doch ein Schuss?", forscht der Fremde in die Runde.

„Was ist hier los?"

Ich frage nicht allgemein, mein Vorwurf geht direkt an Massimiliano.

Marco hat – wieder mal – offensichtlich als Einziger sofort verstanden, denn er geht mit einem wütenden „*come ti permetti*?!"[163] an die Hundehütte und späht hinein.

Dann zieht er seine Dienstwaffe heraus, richtet sich auf und schaut fassungslos erst auf die Handfeuerwaffe in seiner Hand, dann auf den Kater.

„Das muss die Pistole sein!", schlussfolgert der Fremde, zückt einen Stift und einen Block. Er beginnt, etwas zu notieren: „Vielleicht ein Einbrecher auf frischer Tat überrascht? Vielleicht von dem Hund? Ist das Ihr Wachhund? Auf der Flucht hat der Täter das Schießeisen dann in der Hundehütte versteckt? Aber wie konnte er von hier entkommen?"

Der Fremde dreht sich im Kreis und sucht mit den Augen den angeblichen Fluchtweg aus diesem Hinterhof.

„Wer sind Sie?", richte ich nun meine Frage an diesen Mann. Als Tochter eines Chefredakteurs erkenne ich diese eindeutige Journalisten-Haltung

---

[163] wie kannst du es wagen?! Was fällt dir ein?!

schneller als meine Mitbewohner. „Was suchen Sie hier? Das ist ein Privathaus."

Norio San tritt an Poppäa heran, streichelt sie kurz und betrachtet interessiert die noch immer andauernden Liebkosungen meines Katers. Der hängt wie eine Klette im Fell des Hundes und sie scheint es zu genießen.

Marco knirscht mit den Zähnen: „Das wird ein Nachspiel haben!"

Niemand beachtet ihn, am wenigsten Massimiliano, dem diese Worte gelten. Marco lässt den Revolver in der Tasche seines Maler-Overalls verschwinden.

Der Fremde reicht mir währenddessen beflissen die Visitenkarte einer Bologneser Tageszeitung und stellt sich tatsächlich als Reporter vor.

„Ich wollte die Bewohner dieses Hauses um ein Interview bitten. Es ist eines der ehemaligen Besitztümer der Prinzessin *Hercolani*. Ich schreibe eine Serie über Bologneser Adelige. Wohnen Sie hier?"

Unwillkürlich schaue ich bei Erklingen des Namens der Prinzessin auf meinen Hausgeist.

Aber nicht einmal der Name seiner ehemaligen, so noblen Familie, die vor kurzem noch sehr nostalgische Gefühle in ihm erweckt hatte, scheint ihn jetzt zu interessieren. Er murmelt kontinuierlich auf Poppäa ein, die sich nun gemütlich an den Baumstamm gelehnt niederlässt und den Kater mit sich in diese kuschelnde Haltung zieht.

„Sieh dir das an", bemerkt Norio San zu mir und deutet auf die Tiere, die wie ein Liebespaar versunken vor sich hinträumen. „Dein Kater scheint total verliebt in meinen Hund?"

Ich bin hin- und hergerissen zwischen derselben Beobachtung, dem auf mich einredenden Journalisten und Marcos offensichtlichen Ärger über die Entwendung seiner Dienstwaffe.

„Ich wollte gerade läuten, als ich den Schuss vernahm. Das Tor stand offen, also bin ich sofort hierhergelaufen. Aber ich habe niemanden flüchten sehen? Nur die beiden Tiere hier ...", erklärt der Schreiberling, seinen Satz nicht beendend, dafür scannt er wieder wie ein Inspektor sein Umfeld ab.

„Es gibt keinen Einbrecher", sagt Marco mit fester Stimme.

Offensichtlich hat nun auch er den Mann als Journalist erkannt. „Ich bin *Carabiniere*, ich wohne hier. Ich habe meine Dienstwaffe in der Hundehütte kurz abgelegt, weil ich Farbeimer nach oben getragen habe. Der Hund muss darangekommen sein und es hat sich ein Schuss gelöst. Das ist alles."

„Das ist aber sehr fahrlässig? Müssen Sie ihre Waffe denn nicht sichern? Sie dürfen sie doch nicht so aus der Hand geben?", forscht der Zeitungsmann sofort kritisch nach.

Marcos Sorge, dass der etwas über Nachlässigkeit im Umgang mit seiner Dienstwaffe berichten könnte, scheint sich zu steigern. Wieder zieht er seine Augen zu Schlitzen. Das Pensum seines Ärgers an diesem Abend überschreitet bestimmt bald den Zenit.

Ich wechsle schnell das Thema.

„Was wollen sie denn über dieses Haus wissen?", gebe ich mich übertrieben kooperativ in Richtung des Zeitungsmannes. „Ich wohne dort oben, hier hinten Herr Norio San aus Japan. Er ist Schriftsteller."

Norio reicht ihm die Hand und tritt neben uns. Das ist gut, denn der Fremde lässt sich davon in der Tat einnehmen.

„Sie sind Schriftsteller?", fragt er nun sehr interessiert. „Vielleicht Massimiliano Penati?"

Die Reaktionen, die diese Frage nun hervorruft, könnten unterschiedlicher nicht sein:

Norio San runzelt die Stirn, sichtbar irritiert, wie der Mann ihm als Japaner einen so italienischen Namen zuordnen kann.

Marco fährt in gesteigerter Alarmbereitschaft hoch: „*Come?*"[164]

Mir bleibt beinahe das Herz stehen und der Mund offen, ohne dass ein Laut daraus hervordringt.

Nur der Kater spitzt die Ohren und reckt den Hals, ohne sich jedoch aus seiner verschlungenen Position mit Poppäa zu lösen.

„Mein Name ist Norio Takahashi."

Mit einer Verbeugung und die Hände zu einem *Namaste* gefaltet, stellt sich mein fernöstlicher Nachbar höflich vor.

„Nicht Norio San?", wundere ich mich.

Mein Nachbar lächelt mich nachsichtig an: "*San* bedeutet so viel wie *Signore.*"

„Wieso hast du mir das nie gesagt?!", beklage ich mich. Es ist mir peinlich, weil ich meinen Freund seit einem Jahr mit Norio San angesprochen habe, im festen Glauben, dies sei sein Familienname.

„Ich finde es niedlich", meint er freundlich zwinkernd und legt mir die Hand auf den Arm. „Du darfst mich gerne weiter so nennen."

„Sie schreiben also nicht unter dem Pseudonym Massimiliano Penati?", dringt der Journalist weiter penetrant in unseren kleinen Dialog.

Ich vermute, dass der Kerl am Katasteramt Recherchen über den Besitzer des Hauses gemacht hat und deshalb nun merkwürdige Zusammenhänge herstellt. Wieso sollte er sonst von der Prinzessin und deren angeblichen Neffen sprechen? Doch seine nächste Frage deutet nicht in diese Richtung.

„Sie sind nicht der Urheber des Bestsellers *Rezepte für Liebe piccante?*"

„Wenn es Sie interessiert, zeige ich Ihnen gerne meine Bücher", bietet Norio zuvorkommend an und weist mit dem Arm einladend auf seine offenstehende Wohnungstür.

---

[164] wie?

Der Zeitungsreporter folgt ihm sofort und wiederholt seine Frage mit Nachdruck.

„Wollten Sie nicht etwas über die Prinzessin fragen?", rufe ich ihm hinterher, weil mich die Nachforschungen dieses Mannes zu stören beginnen. Von meinem Vater weiß ich, dass Journalisten sich nicht so leicht von ihrem Thema ablenken lassen. Aber dieser hier scheint mehr Interesse an Norios Büchern zu haben, als an der Geschichte des Hauses?

„Was will der Typ hier?", richte ich meine Irritation an Marco.

Doch mein *Carabiniere* hat bereits einen Schritt nach vorne gemacht, kaum dass der Fremde mit Norio in dessen Wohnung verschwunden ist. Er packt Massimiliano am Kragen und hebt ihn mit einem Arm in die Höhe. Der Kater muss sich, wie alle Katzen, diesem Griff ergeben, wenn auch mit sichtbarem Widerwillen.

„Wenn du noch einmal meine Dienstwaffe anfasst, werde ich das nächste Mal nicht nur auf das Tonband zielen!"

Der Kater hängt mit herunterbaumelnden Pfoten in der Faust meines *Carabiniere.*

„*Con calma! Allora!*"[165]

Er bringt dennoch einen derart lässigen Gesichtsausdruck zustande, dass Marco ihn nachgiebig wieder absetzt.

„*Lo so, lo so!*",[166] zieht er sich sofort seinen Anzug wieder in die rechte Form. „Die Dienstwaffe ist das Heiligtum deiner Garde. Ich hätte sie auch nie angerührt, wenn nicht *du selbst* mich auf diese Lösung gebracht hättest."

„Was habe ich?!"

„Jawohl, du!", bekräftigt Massimiliano und baut sich vor Marco mit in die Hüften gestemmten Pfoten auf. „Seit Tagen versuche ich, Poppäa dazu zu bringen, endlich mit mir zu sprechen. Was ich aber für Verweigerung und Launen gehalten habe, war in Wirklichkeit eine, durch ein Trauma hervorgerufene Blockade. Habt ihr nicht bemerkt, wie sie auf den Schuss auf das Tonbandgerät reagiert hat?"

Marco und ich wechseln einen verständnislosen Blick.

„Nein, habt ihr nicht! Naja", fährt der Kater fort und tritt an mich heran. „Nicht einmal du?"

„Äh ..."

Er dreht ab, winkt mit der Pfote jeden Ansatz einer Antwort vernichtend beiseite und fährt fort:

„Sie hat eine deutliche Schockreaktion gezeigt, auf die sie ansatzweise Laute von sich gegeben hat, die durchaus als Worte aufgenommen werden

---

[165] Immer mit der Ruhe
[166] ich weiß, ich weiß

konnten. Ich musste den Schuss wiederholen, um sie komplett aus ihrer seelischen Gefangenschaft zu befreien. Ich hatte keine Wahl. Deswegen habe ich mir erlaubt, deine Dienstwaffe zu benutzen. Nur zu diesem heiligen Zwecke!"

Wieder sieht er uns forschend an, ob wir seinen Gedankengängen auch streng folgen.

Das tun wir, denn der ausgewachsene Schreck über diese Aussagen ist nun auf unserer Seite.

„Willst du damit sagen, dass sie ein *penato* ist?!", stammle ich konsterniert.

„*Penata*!", korrigiert er mich zwar sofort, bestätigt damit jedoch meine Befürchtung.

Ich hatte es mir bereits in der Idee der Gesellschaft eines ganz normalen Hundes bequem gemacht und diese Neuigkeit reißt mich nun wieder zu alten Bedenken hin.

Noch ein Hausgeist wie Massimiliano?! Wer kann das verkraften?

„*Vieni qui, per favore!*"[167]

Poppäa erhebt sich und gesellt sich an die Seite des Katers. Sie sieht uns mit einem Gesichtsausdruck an, der wie ein Lächeln anmutet.

„Bitte sage ihnen, dass ich dich aus deinem Schocktrauma befreit habe", fordert der Kater sie auf.

Marco und ich ergreifen gegenseitig unsere Hand, als müssten wir uns in dieser schweren Stunde beistehen. Wir harren der angekündigten Worte. Meine innere Anspannung drückt Marcos Finger so fest zusammen, dass er seinen Griff etwas lockert und lieber den Arm um mich legt.

Poppäa gibt eine Reihe von Welpenlauten von sich. Nichts weiter.

Ich atme erleichtert auf. Also doch ein ganz normaler Hund!

Marco macht eine ebenso erkenntnisreiche Kopfbewegung und drückt mich wie in Zustimmung.

„Ist sie nicht unglaublich intelligent?"

Der Kater strahlt uns mit leuchtenden Augen, in entzücktem Stolz schwelgend an.

Ich hole Luft, halte aber inne.

Offensichtlich ist mein Hausgeist über beide Ohren verliebt und sieht in dem Hund mehr, als sie ist. Ein Phänomen, das schließlich auf alle verliebten Wesen zutrifft. Es wäre grausam, ihm das zu zerstören, zumal er immer unter seiner Einsamkeit auf dieser Welt gelitten hat. Wieso ihm also dieser, zur Hälfte erträumten Gesellschaft berauben?

---

[167] Komm her, bitte!

„Ich kann verstehen, dass ihr etwas überfordert seid, aber deswegen müsst ihr nicht gleich in völlige Unhöflichkeit verfallen! Antwortet bitte etwas", raunt er uns hinter vorgehaltener Pfote zu.

„Ich nehme deine Worte von vorhin als ein Versprechen, dass du meine Pistole nie wieder in die Pfoten nimmst", entgegnet Marco, völlig vorbei an der Aufforderung des Katers. „Abgesehen von diesem bedingungslosen Verbot: Du könntest deine Freundin ernsthaft verletzen, wenn nicht sogar töten."

„Was ist los mit dir?", richtet sich Massimiliano mit gerunzelter Stirn an meinen *fidanzato*. „Du hast vor ein paar Tagen völlig richtig erkannt, dass es nicht möglich ist, einen Geist zu erschießen. Das war eine sehr vernünftige Erkenntnis. Und jetzt widersprichst du? Was geht im Vorzimmer deines Gehirns vor sich?"

„Hey ..."

Meine Verteidigung geht in erneuten Welpenlauten unter. Poppäa hält ihre Schnauze dabei dicht an das Ohr des Katers. Der lauscht konzentriert und mustert uns dabei mit zunehmend kritischer Aufmerksamkeit.

„Meinst du ernsthaft?", wendet er sich dann Poppäa zu.

Der Hund nickt deutlich erkennbar.

Beide Tiere sehen uns sinnierend an. Der Kater verschränkt die Pfoten vor der Brust und studiert nachdenklich unsere Gesichter.

„Was ist los?", frage ich ihn und Marco fügt hinzu: „Willst du vielleicht behaupten, dass *du* sie sprechen hörst?"

„Poppäa meint, dass ihr sie nicht verstehen könnt? Kann das sein?"

Der Kater tritt nahe an mich heran, schaut mir prüfend in die Augen, wie ein Arzt, der eine Diagnose stellen will. Dann wechselt er zu Marco, wo er dasselbe wiederholt.

„Ihr könnt mich doch deutlich hören?", weitet er seinen Test aus.

„Deutlich", bestätigt Marco und ich nicke.

Poppäa stupst den Kater mit der Pfote an, winkt mit dem Kopf auf uns und produziert dabei erneut dieselben Töne wie zuvor. Wieder schaut uns der Kater abwartend an und als wir nicht antworten, fuhrwerkt er aufgeregt mit den Pfoten durch die Luft.

„Das kann doch nicht sein?! Ihr versteht wirklich kein Wort?"

Wir schütteln die Köpfe.

„Sie meint, dass ihr vielleicht auch einem Trauma unterliegt, aus dem man euch wecken muss?"

„Du fasst mir die Waffe nicht mehr an!", warnt ihn Marco sofort. Unwillkürlich lässt er mich los und greift in die Tasche seines Overalls, um sich zu versichern, dass sie noch dort ist.

„*Ci mancherebbe!*",[168] rufe auch ich aus. „Wir sind vielleicht erschüttert, aber deswegen leiden wir nicht gleich an einer seelischen Betäubung. Komm ja nicht auf die Idee, nun uns therapieren zu wollen!"

„Ihr seht auch nicht ihr ausgesprochen elegantes Kleid? Wie eine reiche Römerin ganz in helle Seide gehüllt?"

Beim besten Willen kann ich mir den Hund nicht in dem beschriebenen Outfit vorstellen. Auch Marco macht ein unwirsches Gesicht, als würde ihm das, vor seinem geistigen Auge entstandene Bild ausgesprochen missfallen.

„Aber dafür muss es doch eine Erklärung geben!", ruft Massimiliano aufgebracht. „Ihr könnt mich sehen und hören! Und sie nicht?! Das gibt es doch nicht!"

Das ist der Moment, in dem Marco mich entschieden an der Hand in Richtung des Treppenhauses zieht.

„Es reicht für heute! *Basta!*", entscheidet mein *Carabiniere* mit so festem Ausdruck, dass weder der Kater noch ich etwas dagegen sagen.

Er muss sich nicht besonders anstrengen, ich komme freiwillig mit.

Massimiliano bleibt konsterniert, jedoch wortlos, neben dem Hund stehen und sieht uns schnaubend hinterher, wie wir uns, ohne uns umzudrehen, vom Schauplatz des Geschehens entfernen.

„Was ist mit dem Reporter?" frage ich Marco leise und lasse mich weiter willig von ihm in Richtung Treppenhaus wegführen.

„Lass das Norio machen", winkt er ab.

„Aber das müssen wir doch klären!", hören wir den Kater in einem kläglichen Versuch, uns zurückzuholen, in unserem Rücken lamentieren.

Wir gehen unbeirrt weiter.

Es ist das erste Mal, dass der Kater etwas betölpelt zurückbleibt. Bisher war das immer ich.

Aber Marco hat recht: Es ist einfach zu viel, was an diesem Abend auf uns einstürmt.

Als könnten wir vor dieser Wahrheit weglaufen, indem wir uns konsequent abwenden, drehen wir nicht einmal mehr die Köpfe.

Im Treppenflur, außer Sichtweite des ganzen Geschehens, bleibt Marco stehen und dreht sich zu mir um. Er zieht mich an sich und wickelt mich in seine Arme.

„*Che confusione!*[169] Erst mein Bruder und nun auch noch das," schüttelt er den Kopf, als könnte er dadurch Ordnung in seine Gedanken bringen.

---

[168] Das würde fehlen
[169] Welch ein Durcheinander

Dann fährt er fort: „Hör zu Lisa: Es tut mir leid, dass meine Familie dich so behandelt. Glaub mir, es hat nichts mit dir zu tun. Du siehst ja, dass sie es mit mir auch machen."

Mein Herz kickt sofort alle bisher vorherrschenden Eindrücke beiseite. Die Befürchtung, mit dem Hund möglicherweise einen zweiten, antiken Geist im Haus zu haben. Kick. Die Irritation über diesen neugierigen Journalisten. Kick. Und die Verwunderung über Enricos überstürzte Flucht vor seinem Bruder. Kick.

Freies Feld.

Meine Arme schlingen sich wie selbständig um Marcos Hals und meine Küsse landen zwischen weißen Farbspritzern in seinem Gesicht.

Darauf hatte ich schließlich gewartet!

Ein klares Bekenntnis zu unserer Beziehung, eindeutige Worte, die mir versicherten, dass er nicht den Drohungen seines Vaters nachgibt. Die lang ersehnte Antwort belohnt mein geduldiges Vertrauen.

Liebe wirbelt durch meine Venen. Sie fegt die Last der letzten Wochen mit einem gewaltigen Stoß hinweg.

„Du musst nichts befürchten", flüstert Marco, als sich unsere Lippen lösen. „Wir werden einen Weg finden."

Er drückt mich liebevoll und führt mich schließlich weiter im Arm, die Stufen nach oben.

Nun ist auch mein Kostüm von weißer Farbe markiert. Aber es ist mir egal, wie mir plötzlich all die sorgenvollen Gedanken der letzten Wochen gleichgültig sind. Beinahe schwebe ich die Treppe nach oben, so leicht fühle ich mich auf einmal.

„Vielleicht tröstet es dich, wenn ich dir sage, dass meine Familie mir auch zu einer Trennung rät?", gestehe ich.

„Das habe ich mir gedacht", antwortet er, entriegelt die Tür zu meiner Wohnung und hält sie mir weit auf.

Er scheint so wenig über dieses Geständnis überrascht, dass ich dümmlich nachfrage: „Das hast du erwartet? Wieso?"

„Ich habe während meiner Recherchen zu der Razzia entdeckt, dass dein Vater Erkundungen über mich eingezogen hat."

„Er hat was?!"

Es ist die letzte Überraschung des Tages.

Aber die sitzt.

Am nächsten Morgen weckt uns heftiges Klopfen an der Wohnungstür. Marco brummt unwillig, dreht sich ab und versteckt wie gewohnt seinen Kopf unter dem Kissen.

In seinen Morgenmantel gehüllt, den ich im Vorbeilaufen überziehe, schwanke ich noch schlaftrunken an die Tür.

Es kann nur Norio sein, denn er ist der Einzige, der nicht das große Holztor überwinden muss, um an unsere Pforte zu pochen.

Deshalb öffne ich auch, ohne zu fragen.

„Unser Vermieter hat einen Bestseller geschrieben", begrüßt mich unser Nachbar aus dem Hinterhof ungewöhnlich direkt.

Es ist nun das zweite Mal, dass er – ganz gegen seine zurückhaltende Art – so unumwunden loslegt.

Diese Tatsache weckt mich ein wenig.

„Tee? Kaffee?"

Er tritt ein: „*Permesso*?[170]"

Damit zeigt er auf meinen Computer.

Ich nicke und schlurfe zur Küchenzeile.

Während ich den Kaffee aufsetze, höre ich in meinem Rücken Klicksalven auf der Tastatur.

„Sieh her!", ruft mich Norio dann zu sich.

Ich stelle die Espressokanne auf die Gasflamme und trete näher.

„Bestseller: Rezepte für Liebe *piccante*. Und wer ist der Autor? Unser Vermieter!"

In der Tat entdecke ich das Buch, dessen Titelbild von antiken römischen Säulen, tönernen Amphoren und modernen Kochtöpfen geziert ist, an oberster Stelle der Rangliste.

Der Name des Autors prangt in großen Lettern unter dem Titel: Massimiliano Penati.

Nun klicke ich selbst durch die Seiten, um mich zu vergewissern, dass ich auch wirklich recht verstehe und es nicht nur ein dummer Zufall ist. Das Buch findet sich auf sämtlichen Seiten auf den ersten Plätzen.

„Dieser Journalist hat mich nach Strich und Faden ausgefragt", berichtet Norio indes weiter. „Er wollte alles über unseren Vermieter wissen. Wo er lebt? Ob er Familie hat? Warum er sich nicht zeigt? Ob der Name nur ein Pseudonym ist? Du kannst dir nicht vorstellen, wie der mich gelöchert hat!"

Ich richte mich von dem Bildschirm auf und sehe Norio verdutzt an. Im Zuge all der Ereignisse der letzten Zeit war ich nur froh darüber gewesen, dass der *penato* endlich den Schneeballberg und das Schriftstellerstillleben beseitigt hat, ohne viel Aufhebens darum zu machen. Nie im Leben hatte ich vermutet, dass er sein Buch tatsächlich zur Veröffentlichung gebracht hat!

„Das hat mich erst auf die Spur gebracht", fährt mein japanischer Freund fort. „Ich konnte nicht verstehen, warum dieser Reporter so an un-

---

[170] Darf ich?

serem Vermieter interessiert ist? Also habe ich ein wenig recherchiert. Und dabei habe ich das entdeckt ...“

Er klickt wiederum auf die Tasten.

Es öffnet sich ein Blog mit dem Namen „Der Gladiator-Chef“. Der beschäftigt sich nur mit der Frage, wer der geheimnisvolle Besteller Autor ist? Die Seite listet bereits sämtliche Personen, die zufällig denselben Namen tragen, als nicht infrage kommend auf. Diese Leute haben ihre Statements selbst dort gepostet. Vermutlich, um endlich Ruhe zu haben? Andere werfen neue Theorien auf, die bekannte VIPs hinter dem Namen vermuten. Und immer wieder erscheint ein anscheinend recherchierter Beitrag von dem Urheber der Seite.

„Was hat das zu bedeuten?“, frage ich Norio. „Wer macht so was?“

„Dieser Reporter.“

Norio zeigt mir ein Bild des Bloggers. Es ist der Fremde von gestern Abend.

„Ja, aber ....“, versuche ich, meine Gedanken zu ordnen. „... aber wen interessiert denn das?“

Norio tippt auf eine Taste und weist mit dem Finger an eine Stelle des Bildschirms.

Die Seite hat über eine halbe Million Follower.

„Ich habe dir doch gesagt, dass es ein epochales Werk wird.“

Der Kater krabbelt aus dem Hundetempel, ergreift sein Jackett, das an einer Säule der Hütte hängt, schüttelt es aus und zieht es sich über. Er hat in der Hütte bei seiner Freundin geschlafen.

Auf dem Weg zu einem gemeinsamen Frühstück mit Enrico, zu dem dieser seinen Bruder und mich mit einem dringenden Anruf an diesem Morgen eingeladen hat, wollte ich unbedingt diese Angelegenheit mit dem *penato* vorher klären.

„Seit ein Fünfsternekoch meine Rezepte als eine außergewöhnliche Quelle der Erkenntnisse bezeichnet hat, verkauft es sich in der Tat sehr gut“, nickt er beflissen.

„Es macht mir jetzt, im Nachhinein, allerdings mehr Arbeit als es zu verfassen“, mault er dann, setzt sich auf die Stufen des kleinen Tempels und zieht sich seine Schuhe an. Sie standen fein säuberlich neben der Hütte.

„Es soll nun auch in andere Sprachen übersetzt werden. Ich habe mehrere Angebote von Verlagen erhalten. Und die *Agenzia Entrate*[171] hat mir auch schon geschrieben. Die haben es natürlich am eiligsten. Ich muss meine Treuhänderin beauftragen, sich darum zu kümmern. Das ist alles

---

[171] Finanzamt

sehr lästig. Eine Künstlerseele wie ich will sich mit solchen Dingen nicht beschäftigen."

„Deine Seele kann sich vor allen Dingen etwas einfallen lassen, um diesen Hype zu beenden", sage ich. Es war der Grund unseres Besuches im trauten Penaten-Liebesnest. „Ganz Italien scheint sich darauf versteift zu haben, den mysteriösen Autor zu entlarven."

„Sollen sie, sollen sie! Das ist gut fürs Marketing."

Der Kater erhebt sich, streckt sich mit den Pfoten über dem Kopf und steckt sich dann ein farbiges Seidentuch, das er aus der Hosentasche zieht, in die Reverstasche seines Anzugs. „Was meinst du, weswegen ich die Gerüchte in die Welt gesetzt habe?"

„Wie meinst du das: Du hast die Gerüchte in die Welt gesetzt?"

Er schaut mich mit zusammengepressten Lippen an, wie ein Lehrer den Schüler, dem er den Stoff des vorletzten Schuljahres noch einmal erklären muss.

„Heute genügt es nicht, ein gutes Buch zu schreiben", belehrt er mich. „Da braucht es etwas Aufsehen drum herum. Also habe ich das Mysterium des angeblichen Pseudonyms einer berühmten Persönlichkeit in einigen Blogs gestartet, bis dieser Reporter es endlich aufgegriffen hat. Ich musste ihn quasi mit der Nase drauf stoßen, dass es sich hier um einen Schriftsteller aus Bologna handelt! Manchmal seid ihr Menschen sehr begriffsstutzig. Aber schließlich hat er es kapiert und jetzt läuft es von alleine."

„Hast du keine Sorge, dass sie dich entlarven werden?", fragt nun endlich auch Marco hinter mir.

„Einen Geist?"

Wieder sieht ihn der Kater skeptisch an, wie am Tag zuvor.

„Hast du noch immer nicht verstanden, dass sie mich nicht sehen können? Sollen sie ruhig nachforschen! Offiziell bin ich in Papua-Neuguinea, da wird wohl keiner hinfliegen, um mich zu suchen. Hier bin ich für sie eine normale Hauskatze, der niemand zutraut, ein Buch zu schreiben und alles andere regelt meine Treuhänderin. Was soll es da groß zu entlarven geben?"

„In jedem Fall unsere Ruhe hier im Haus", erwidere ich prompt.

Die Sorglosigkeit des *penato* gefällt mir gar nicht. Es war immer genau diese Haltung, die mir in der Vergangenheit Ärger einbrachte.

„Der Typ hat Norio gestern ganz schön gelöchert. Was, wenn da noch mehr auftauchen und sie uns auf die Nerven gehen?"

Massimiliano rümpft seine Nase und zieht das Schnurrhaar hoch: „Ein wenig Ärger werdet ihr wohl für das Geld in Kauf nehmen müssen."

In unseren Gesichtern formen sich Fragezeichen.

„Was soll ich mit den Tantiemen anfangen? Außer eine großzügigere Hütte für Poppäa, ..." er wendet sich mit dieser Aussage kurz dem Nachbau des römischen Tempels zu, „ ... habe ich keine Ausgaben. Das Geld ist für euch und eure Kinder, damit ihr die beiden Wohnungen zu einem Haus umbauen könnt. Das ist schließlich von langer Hand geplant und endlich sind wir langsam so weit. Es wird Zeit, dass ihr heiratet.“

Hin- und hergerissen zwischen Perplexität über das großzügige Geschenk und einem Schmunzeln über die kindliche Naivität, mit der uns der Kater ganz nebenbei vereinen will, bringe ich nur ein kopfschüttelndes „hm“ zustande.

Marco hingegen lacht laut auf: „So einen Antrag hat die Welt bestimmt noch nicht gesehen!“

„Da irrst du!“, postuliert der Kater in berichtigendem Ton. „Ich habe schon viele Familien auf diese Weise gegründet und möchte hinzufügen, dass es in der Regel nicht die schlechtesten Ehen waren. Sonst hätte ich wohl kaum zweitausend Jahre überlebt. Scheidungspenaten sind immer ein tragisches Schicksal. Das gilt es unter allen Umständen zu vermeiden! Und bisher ist mir das bestens gelungen.“

„Nimm es uns nicht übel“, ich klopfe Massimiliano leicht auf die Schulter, „aber das entscheiden schon wir! Trotzdem: Es ist sehr großzügig von dir, danke.“

Marco scheint sich über die Sache köstlich zu amüsieren. Noch immer lachend, nimmt er mich mit dem Hinweis auf unseren gemeinsamen Termin in den Arm und führt mich in Richtung des Ausganges.

„Ich finde die Idee gar nicht so übel?“, meint er nach ein paar Schritten außer Hörweite des Katers und grinst mich von der Seite an.

„Soll das ein Heiratsantrag sein?“

Nun lache auch ich.

Zum einen, weil Nervosität sich bei mir immer so äußerst, zum anderen, weil ich unsicher bin, ob er aus dieser Laune heraus nicht einfach nur scherzt.

„Si! Certo![172]“

Wir stehen im Schatten des Durchgangsbereiches vor dem großen Holztor.

Marco dreht sich mir zu, fasst mich an beiden Schultern, küsst mich auf die Stirn und setzt sein unwiderstehliches Grübchenlächeln auf:

„Mi sposi?“[173]

---

[172] Ja! Natürlich!
[173] Heiratest du mich?

16. Geständnisse

Mein Herz macht Purzelbäume. Es springt herum, wie ein junges Reh.
Doch mein Kopf reagiert in Panik.

Marcos Frage trifft mich so unvorbereitet, wie der Goldregen die brave
Marie im Märchen der Frau Holle. Badend in einem Meer an Glückselig-
keit, kämpfe ich gleichzeitig gegen die ansteigenden Wellen einer undefi-
nierbaren Angst.

Zwei blaue Augen strahlen mich in Erwartung einer Antwort ungeduldig an.

Mit offenem Mund stehe ich vor ihm und bin unfähig, einen Laut von
mir zu geben. Da ist der starke Drang, ein „ja!" hinauszuschreien, und
gleichzeitig ein ebenso heftiger Impuls, meine Beine in die Hand zu nehmen und zu flüchten.

Aus dieser Verlegenheit heraus küsse ich ihn kurz auf den Mund und
ziehe ihn weiter durch das Holztor.

Ich weiß selbst nicht, wovor ich weglaufe.

Es treibt mich hinaus auf die *piazza*, als müsse ich in der Enge des
Tores ersticken.

Marco jedoch lässt nicht locker.

„Soll das heißen, dass du nicht weißt, ob du mich heiraten willst?", fragt
er betroffen.

Meine Reaktion hat ihn offensichtlich ebenso überrascht wie mich selbst.

„Ich weiß, dass ich sehr glücklich mit dir bin", erkläre ich schnell und ziehe ihn weiter, um die Bewegung aufrecht zu erhalten.

Bloß nicht stehenbleiben!

„Aber es ist so viel passiert in letzter Zeit! So ein Schritt will gut überlegt sein. Das entscheidet man doch nicht einfach spontan, nur weil das gerade mal eine Idee Massimilianos ist!"

„Sind alle deutschen Frauen so unromantisch?", wundert sich mein *Carabiniere*.

Nun läuft er mit, ich muss ihn nicht mehr ziehen: „Eine Italienerin würde nicht so reagieren. Sie warten nur darauf, einen Ring an den Finger gesteckt zu bekommen!"

Ich bin sehr geneigt zu entgegnen, dass ich das kaum glaube, aber viel humorvoller und damit entzerrend kommt mir eine andere Antwort in den Sinn: „Ich sehe keinen Ring."

Damit lache ich ihn an und schwinge übermütig seine Hand in der meinen.

Der fehlende Verlobungsring als Beweis einer gut durchdachten Handlung ist genau das passende Argument, das diese heikle Situation entzerren wird!

Ich atme innerlich auf.

Das wäre geschafft!

Die Kuh ist von Eis! Meine unergründliche Furcht legt sich etwas.

Ich brauche offenbar Zeit.

Ich muss verstehen, was diese Heidenangst ist.

Ich liebe diesen Mann von ganzem Herzen! Daran besteht kein Zweifel. Und mit sechsunddreißig Jahren wäre ich kaum zu jung, um diesen Schritt zu tun? Was also treibt mich, wegzulaufen? Ein Leben an seiner Seite stelle ich mir sehr verlockend vor und selbst die unguten Rahmenbedingungen erscheinen mir nicht als unüberwindbare Hindernisse. Familien verursachen immer Wirbel, damit muss man umgehen. Und seinen kleinen Sohn habe ich schon so ins Herz geschlossen, als wäre er ein Teil von ihm. Was also treibt mich?

„Daran soll es nicht scheitern!", platzt das Objekt meiner Liebe in mein einsames Hadern.

Marco hält mich abrupt an, greift in seine Jackentasche und zieht ein kleines Schächtelchen heraus. Bevor ich verstehe, was geschieht, klappt er es auf.

Der Widerschein der Morgensonne funkelt durch einen weißen Diamanten auf dunkelblauem Samt. Wie eine zweite Sonne brilliert das Schmuckstück im Zentrum des mittelalterlichen Platzes.

Wir stehen alleine, die Vögel zwitschern, der Himmel über uns wölbt sich in Pastellblau, einen herrlichen Tag ankündigend und ich starre mit aufgerissenen Augen auf den unter meiner Nase verführerisch funkelnden Verlobungsring.

Zu meinem größten Entsetzen kniet Marco an dieser Stelle auch noch vor mir nieder.

„Sposami!"

Diesmal fragt er nicht.

Diesmal ist es eine Aufforderung.

Was der Inbegriff der Romantik ist, der Traum aller Mädchenherzen, das Happy End in jedem Liebesdrama, versetzt mich nun in totale Panik.

Wie ein Tsunami schwappt die bereits außer Gefahr geglaubte Bedrohung über meinem Kopf zusammen. Als müsse ich die Riesenwelle bekämpfen, werfe ich die Arme in die Luft und rudere mit Worten um mein Leben.

„Wieso setzt du mich so unter Druck!? Seit wann denkst du darüber nach? Wieso hast du nicht vorher mit mir darüber gesprochen!? Du überfällst mich einfach so ...", ich wende den Kopf in alle Richtungen „ ... in aller Öffentlichkeit! Ich soll dir auf die Schnelle eine so wichtige Frage beantworten?! Das geht doch nicht! Das kannst du mit mir nicht machen! Das ist nicht fair! ..."

Tränen schießen in meine Augen, während ich ihm weiter wirre Vorwürfe derselben Art an den Kopf werfe. Das Funkeln des Ringes wirft sich wie ein Netz über mich, das mich an Ort und Stelle gefangen hält. Es gibt kein Entkommen mehr. Ich muss das Geflecht durchtrennen, wenn ich mich befreien will!

Doch selbst getragen von dieser Verzweiflung begreife ich, dass dies die unwiderrufliche Zerstörung meiner schönen Liebesbeziehung wäre. Und diese Erkenntnis überwältigt mich nun völlig.

Ein Ausbruch an Schluchzen lässt mich erbeben und ich schlage die Hände vor mein Gesicht. Wie Bianca bei der Taufe heule ich weiter Vorhaltungen der gehabten Art heraus, dass es mich schüttelt.

Und mitten in diesem Schwall an ungerechtfertigten Angriffen auf meinen *fidanzato*, platzt es aus mir heraus: „Dann kann ich doch nie wieder in meine Heimat!"

Der Satz ohrfeigt mich zurück in die Realität.

Ich lasse die Hände sinken und schaue durch einen Schleier an Tränen in völliger Verblüffung über meine eigenen Worte auf Marco, der nach wie vor unbeweglich, wie in einem Schnappschuss festgehalten, mit dem Schächtelchen in der Hand vor mir kniet.

Was habe ich da gerade gesagt? Welche Worte sind mir soeben in ostentativer Selbständigkeit über meine Lippen gekommen? Heimat?

Niemals habe ich so etwas wie Heimweh empfunden, seit ich hierher gekommen bin?! Und doch dämmert mir eine Erkenntnis: Es war die unausgesprochene Gewissheit, dass mein Aufenthalt in Italien auf drei Jahre befristet ist, der mich meine mediterranen Erfahrungen mit Rückfahrkarte genießen ließ. Und nun ist es genau das, was Marco mit seiner Aktion mir nimmt: Er verwandelt meinen Fahrschein in ein One-Way-Ticket! Seine Liebe fordert von mir, Position zu beziehen. Sie läutet damit das Ende des sorglosen Vor-sich-hin-Genießens ein. Sie schließt die Hintertür, die immer bei allem stets für mich offenstand.

Möglicherweise war es genau dieser Punkt, der mich jahrelang die faulen Ausreden eines verheirateten Anselms ertragen ließ? Auf diese Weise war ich nie gezwungen gewesen, selbst zu entscheiden.

Wie die schwüle Luft unter dem reinigenden Regen eines Sommergewitters, klärt sich mein Blick.

Vielleicht ist es an der Zeit, mein Prinzessinnendasein endlich aufzugeben? Es ist sowieso kein Titel, auf den ich stolz wäre!

Schweigen.

„Ich nehme es zurück", meint Marco dann leise und richtet sich langsam auf.

Dieser Anblick lässt mein Herz nun einen Schlag aussetzen.

Jetzt ist alles aus!

Er wird mir das nie verzeihen!

Und ich kann es sogar verstehen, auch wenn ich es nicht ändern konnte. Einen Mann, mit der grundlosen Ablehnung eines so schönen Antrags, vor den Kopf zu stoßen, ist eine unentschuldbare Tat!

Doch er fährt fort: „Deutsche Frauen sind doch zu romantischen Gefühlen fähig."

Er legt einen Arm um mich, küsst mich zärtlich auf die Wange, wischt mir die Tränen mit einem Taschentuch weg und ergänzt:

„Was gibt es Romantischeres als Heimatgefühle? Das ist ein deutsches Wort, das es in unserer Sprache gar nicht gibt. Wir Italiener sind große Patrioten, aber unsere Heimat lieben wir nicht, sonst würden wir mit unserem Land anders umgehen. Deutsche sind zu solchen Gefühlen offensichtlich fähig. Ihr habt dafür sogar dieses Wort."

Die Erleichterung darüber, dass mein Ausbruch nun nicht das jähe Ende dieser Liebesbeziehung eingeleitet hat, zaubert ein schwaches Lächeln der Hoffnung auf meine Lippen.

„Ich lebe sechshundert Kilometer von meiner Heimat im Süden und du achthundert von deiner im Norden", erwidert er das Lächeln. „Das scheint mir eine gute Ausgangsposition heimatlicher Möglichkeiten: Wir können uns jederzeit nach Norden oder nach Süden bewegen. Wir sind freie Menschen in einem freien Europa. Wenn du es gar nicht mehr aushältst, gehen wir eben nach Bayern."

„Das würdest du für mich tun?", schniefe ich.

„So lange wir zusammenbleiben."

Dieser Mann macht einfach alles richtig: die korrekten Antworten, die passenden Reaktionen, entwaffnendes Steuern der Situation. Es nährt mein Vertrauen, das mit jeder weiteren Sekunde wieder zusammenwächst.

„Naja," gebe ich kleinlaut zu. „So schlecht wie das Wetter in Deutschland ist ... vielleicht genügt ein Urlaub jedes Jahr? Und ... es gibt Schlimmeres, als nach Italien auszuwandern."

Als Antwort küsst er mich ins Haar und führt mich gemäßigten Schrittes weiter.

Eine Weile laufen wir schweigend.

Nach und nach legen sich die Wogen in meinem Inneren, als hätte der Ausbruch der Wahrheit eine Schleuse geöffnet. Plötzlich scheint mir die Bedrohung der Ferne zu meinem Heimatland gar nicht mehr so bedeutend.

Ein ganzes Stück lasse ich mich schweigend in seinem Arm führen.

Mit diesem guten Gefühl des wieder hergestellten Gleichgewichts biegen wir gediegenen Schrittes um die Ecke in Richtung der *Piazza maggiore*. Enrico hat uns in das Café der ehemaligen *Bologna borsa*, der heutigen Stadtbibliothek, bestellt.

„Kann ich den Ring nochmal sehen?", frage ich und bleibe auf den Marmorstufen des Gebäudes stehen.

Marco trägt das Schächtelchen noch immer in der anderen Hand. Er klappt es mit zwei Fingern auf und hält es mir wieder wortlos hin.

Ich bleibe stehen, nehme das Schmuckstück heraus und stecke mir den Ring an den Finger.

„Nun will ich es aber auch hören!", fordert Marco mit funkelnden Augen, die beinahe das des Ringes übertreffen.

„Ja. *Si*."

„Ich werde dich nie wieder loslassen!", jubelt er.

Er fasst mich überschwänglich um die Taille und wirbelt mich um sich, bis ich ihn lachend bettle, mich endlich wieder abzusetzen.

Ich torkle - vor Glück und aus Schwindel.

Hand in Hand betreten wir um die Wette strahlend das ehemalige Gebäude der Bologneser Börse an der *Piazza Maggiore*.

Die Größe des Diamanten lässt mich glauben, dass alle Welt das Objekt an meinem Finger unweigerlich bewundern müsse. Ich habe das Gefühl einen Kometenschweif des Glücks hinter uns herzuziehen.

Die große Halle der Stadtbibliothek wölbt sich mit offenen Galerien in verziertem Jugendstil über unseren Köpfen. Die Gegenwart der Bücher herrscht mit angemessener Stille. Sogar aus dem Büchereicafé an der Seite dringen nur gedämpfte Stimmen. Das muss der ruhigste Ort der Stadt sein.

Wir vermuten, dass Enrico wieder Frieden stiften will. Er hat sich am Telefon sehr kurz gehalten. Aber angesichts des Streits zwischen den Zwillingen nehmen wir es als versöhnliche Geste dankbar auf.

Wir sehen uns um.

Bestimmt wartet er in der Café-Bar auf uns. Zielsicher gehen wir dort hin.

Zu unserer Überraschung finden wir daselbst jedoch Bianca mit dem Kinderwagen vor.

Marco nimmt den kleinen Nico sofort heraus, küsst ihn ab und behält ihn auf seinem Arm, bevor er überhaupt einen Gruß an die Mutter loswird.

„Du bist schon wieder gewachsen!", liebkost er den Kleinen und hält ihn mir hin. „*Guarda!* Er ist schon wieder ein Stück größer! Unglaublich, in nur wenigen Tagen, die ich ihn nicht gesehen habe."

Ich tätschle die Wange des Babys mit einem Finger.

Bianca rührt in ihrer Tasse, ohne uns anzusehen. Unwillkürlich verstecke ich meine Hand mit dem Ring in meiner Jackentasche.

„So ein Zufall, dass wir dich hier treffen", wendet sich Marco schließlich ihr zu. „Wir sind eigentlich mit Enrico verabredet."

Nun blickt sie auf und weist auf die leeren Stühle an ihrem kleinen Bistrotisch.

„Ich weiß. Er kommt gleich. Setzt euch!"

„Er hat dich auch herbestellt?", wundert sich Marco und lässt sich auf einem der zugewiesenen Plätze nieder. Ich folge seinem Beispiel, bestelle aber vorher auch für uns zwei Tassen Cappuccino.

Nico beginnt zu quengeln.

Bianca zieht eine vorbereitete Flasche aus dem Netz des Kinderwagens und nimmt Marco das Baby wortlos ab. Sie fragt nicht, ob er ihn füttern will, sondern widmet sich derart intensiv selbst dieser Tätigkeit, dass sie uns dabei völlig ignoriert.

Sie ist, wie immer, durchgestylt und vollendet geschminkt, ihr Haar so glatt geplättet wie frisch gebügelte Seide. Aber seit unserer Begegnung als Flamingo wirkt sie nicht mehr bedrohlich auf mich. Im Gegenteil: Irgendetwas stimmt mich heute sogar sehr nachsichtig in meinem Urteil über sie.

Gleichzeitig mit einem kleinen Tablett mit zwei Tassen, das ein Kellner bringt, erscheint auch Enrico an unserem Tisch. Er zieht sich einen Stuhl von einer anderen Sitzgruppe heran, setzt sich und bestellt drei Grappa.

Marco quittiert es mit dem Ausdruck einer familiären Dramavorahnung im Gesicht.

Ich frage direkter: „Ist es dafür nicht ein bisschen früh?"

„Wir werden es brauchen."

Enricos Blick fällt auf meinen Ring, als ich unbedacht nach dem Zucker greife, der in der Mitte des kleinen Tisches steht. Ich süße meinen Kaffee nie, doch die merkwürdige Anspannung, die sich in dieser Runde breitmacht, hat mich danach greifen lassen, ohne nachzudenken. Die Szene mit meiner Mutter fällt mir ein. Sie hatte damals in meiner Küche dieselbe Reaktion gezeigt. Unwillkürlich schüttle ich mich. Ich ziehe die Hand zurück, als hätte ich mir die Finger verbrannt.

„Sie hat also ‚ja' gesagt", stellt Enrico mit zufriedenem Nicken auf seinen Bruder fest. „Das freut mich."

Und an mich gewandt fügt er mit einem Augenzwinkern hinzu: „Gratuliere. Eine gute Entscheidung."

Ich lächle zurückhaltend erfreut.

Marco hat also sogar mit seinem Bruder darüber gesprochen.

Bianca schaut einen Moment aus ihrer mütterlichen Nahrungsaktion auf und lächelt uns offen mit einem „*congratulazioni*"[174] an, bevor sie wieder ihr Haupt über den an der Flasche saugenden Nico senkt und ihr Haar wie einen Vorhang über ihr Antlitz fallen lässt.

Trotz der nicht gerade schmeichelhaften Vorgeschichte meiner Beziehung zur Mutter des kleinen Nicos, ist es mir unangenehm, vor ihr, mit dem Kind meines *fidanzato* auf dem Schoß, im Glück zu erstrahlen wie ein weißer Schwan vor dem vernachlässigten Entlein. Ihre, von mir projizierte, Metamorphose vom männerfressenden Vamp über den farbenfrohen Flamingo, in das nun bedauernswerte Wesen bringt mich selbst durcheinander.

Doch sie scheint ehrlich erfreut über diese Nachricht. Mein Röntgenblick auf sie entdeckt keinerlei Anzeichen von Missgunst oder Eifersucht.

Marco murmelt ein „*grazie*", behält jedoch seinen skeptischen Ausdruck bei.

„Wann ist das Fest geplant?", horcht uns sein Zwilling trotzdem gezielt freundlich weiter aus.

„Das steht noch in den Sternen", beantworte ich die Frage mit definitivem Tonfall, der weitere Nachfragen als unerwünscht klarstellt.

Einerseits will ich damit bewusst Ruhe in die Angelegenheit bringen, andererseits mir selbst Luft verschaffen, meine taufrische Entscheidung erst einmal zu verarbeiten. Noch bin ich mir nicht sicher, ob ich sie oder sie mich getroffen hat?

„Deswegen hast du uns doch nicht hierher bestellt?", fällt Marco direkt ein.

Er stellt seine Tasse ab, die er inzwischen geleert hat. Wie immer hat er seinen Cappuccino in einem Zug getrunken.

---

[174] Glückwünsche

„Rede nicht um den heißen Brei herum! Was gibt es noch, das du nicht schon Vorgestern losgeworden bist? Hast du dich inzwischen bei Papa und Mama mit neuen Anweisungen rückversichert?!"

Ein trauriges Feixen begleitet die bitteren Worte aus dem Mund meines Zukünftigen. Ich fasse unter dem Tisch nach seiner Hand und drücke sie.

Der Kellner stellt die Gläschen mit klarem Traubenschnaps vor uns ab. Enrico nimmt eines davon, kippt es hinunter, stellt es leer wieder auf das Tablett des Kellners und bestellt sofort ein neues.

„Trinkt!", befiehlt er uns. „Es wird besser sein."

Marco schiebt den Schnaps demonstrativ von sich und verschränkt die Arme vor der Brust. Ich rühre noch immer in meiner Tasse Kaffee, lege jetzt endlich den Löffel beiseite und trinke lieber aus dieser.

„Es hat nichts mit unseren Eltern zu tun", sagt Enrico schließlich zu seinem Bruder. „*A contrario.*"[175]

Nach dieser Einleitung herrscht angespannte Stille an unserem Tisch. Enrico schaut auf seine Hände, mit denen er ringt, als müsse er die gesuchten Worte noch kneten.

Nico hat seine Flasche längst geleert und saugt verzweifelt ein Vakuum in dieselbe, weil seine Mutter sie ihm nicht aus dem Mund nimmt. Schließlich dreht er das Köpfchen zur Seite und spukt bereits konsumierte Milch in einem Schwall aus. Das bemerkt sie endlich, wischt ihn sauber und hebt ihn an ihre Schulter.

„Bianca und ich: Wir lieben uns!"

Enrico platziert den Satz mitten in den kleinen Vorfall, der uns kurz abgelenkt hat.

Aus altem Misstrauen heraus, schiele ich intuitiv sofort auf Marco nach Zeichen der Eifersucht.

Der sitzt steif und ohne Reaktion und schaut seinen Bruder durchdringlich an. Es ist genau derselbe Blick, der mich traf, als ich ihm offenbart hatte, dass ich das Gespräch mit seinem Vater mitgehört habe: ein langer, forschender, stiller, der das Abspulen eines Erinnerungsfilms in seinem Kopf vermuten lässt.

Bianca klopft indes seinem Sohn so heftig auf den Rücken, dass es das Baby nur so schüttelt: „Ich wollte es dir schon lange sagen, aber ..."

„Wie lange bereits?", fällt ihr Marco scharf ins Wort.

Nico lässt einen lauten Rülpser hören und spukt erneut konsumierte Milch auf ihre Schulter. Anstatt sich abzuwischen, sieht sie Enrico mit einem verzweifelten Blick bettelnd an.

„Das kann man so nicht beantworten", redet sie trotzdem weiter, wohl auch, weil Enrico ihr nicht zu Hilfe kommt. „Wir haben uns verliebt, da-

---

[175] Im Gegenteil

mals, als es mit uns schon nicht mehr so lief. Aber weil du und ich irgendwie doch noch zusammen waren, haben Enrico und ich das gleich wieder beendet. Bis ...“

„... bis vorgestern!“, schließt Enrico ihre Aussage. Er sieht mich dabei eindringlich an, als könnte ich einen wesentlichen Beitrag an dieser Stelle leisten.

Enrico nun an der Seite Biancas zu wissen, anstatt diesen Stalker, erscheint mir keine so üble Neuigkeit. Wenn sie auch ein wenig merkwürdig anmutet, weil der neue Mann in ihrem Leben ihrem Ex und meinem Verlobten doch aufs Haar gleicht.

Bianca lächelt mich vorsichtig an.

Sie wiegt weiter den Kleinen, dessen Augenlider, trotz großer Neugierde, die Umgebung aufzunehmen, nach getaner Arbeit nun endlich sichtbar schwerer werden.

„*Ma*“, meint Marco schließlich abgehackt und das sinngemäße ‚nun ja’ klingt wie ein hart gesetzter Punkt.

Er lässt seine Arme sinken und zieht den Grappa über den Tisch vor sich in Position. Aber er trinkt nicht, sondern beginnt das Glas in seinen Händen spielerisch auf der Tischplatte hin- und herzudrehen. In diese Tätigkeit scheinbar völlig vertieft, spricht er weiter, ohne aufzusehen.

„Wir hätten viel eher viel konsequenter sein müssen und uns trennen. Ich war damals auch nur aus falscher Rücksicht noch mit dir zusammen, obwohl ich schon ein Auge auf sie hier geworfen hatte.“

Er lächelt mich kurz, nach erneuter Verzeihung haschend, an. Das Aufwärmen dieser alten Geschichte verursacht ihm sichtbar Unwohlsein.

Dann sieht er endlich auf: „Ich kann also kaum den Stab über euch brechen.“

Enrico fasst seinen Bruder am Arm: „Ich bin froh, dass du es so aufnimmst!“

Bianca hingegen wendet sich ab und legt den inzwischen eingenickten Kleinen in den Kinderwagen, deckt ihn zu und setzt sich wieder.

Sie macht ein sehr düsteres Gesicht, gar nicht erleichtert, wie ich es erwartet hatte.

„Das ist nicht alles.“

Sie spricht die Worte still und leise, aber deutlich. „Enrico ist vielleicht der Vater von Nico.“

Sie sieht Marco direkt in die Augen, als könne sie so seine Reaktion steuern.

Eine, die gar nicht kommt, denn dieser verharrt wie versteinert. Nicht einmal seine Wimpern zucken.

„*Cosa*?“, murmelt er dann wie von sehr weit her.

Er stiert die Mutter des Babys an, als zweifle er an seinem eigenen Verstand.

Das Muttermal! Das war es also, was Enrico so aus der Fassung gebracht hat! Er hat durch meine Worte vor zwei Tagen erkannt, dass er möglicherweise der Vater des Kindes sein könnte? Er hat das vielleicht bis zu diesem Moment selbst nicht gewusst? Das erklärt seinen panikartigen Aufbruch.

„Ich weiß es selbst erst seit vorgestern. Ich hatte mich sofort zurückgezogen, als ich hörte, dass Bianca von dir schwanger ist!", verteidigt sich Enrico vorauseilend.

Marco reagiert nicht.

„Wie konntest du das so sicher behaupten?!", fahre ich dafür die Betroffene an, übermannt von alten Animositäten.

Also doch! Ich hatte all die Zeit recht mit meinem Misstrauen gegen sie! Ich habe mich von ihr blenden lassen, wie alle Männer, die sie, nach ihren Bedürfnissen um ihren Finger wickelt!

Beinahe sehe ich, wie sich das kleine Entlein aufbläht, größer wird, neue Formen annimmt und wie bei einem Transformer schließlich die frühere Hexe deutlich sichtbar wird.

Mi dispiace tanto!"[176], jammert Bianca los. „Es war doch nur einmal! Ich war mir so sicher, dass Marco der Vater ist! Wir haben doch viel öfter ..."

„Was? Öfter?"

Ich richte mich in meinem Stuhl abrupt auf und schaue nun mit gesteigertem Entsetzen auf Marco, der noch immer wie zu einer Säule erstarrt dasitzt.

Da hat er mir aber immer etwas anderes erzählt!

„Nicht, wie du denkst!", versucht Bianca, beruhigend auf mich einzuwirken. „*Mica!*[177] Das war doch schon keine Beziehung mehr mit uns. Aber, wir haben doch seit über zwei Jahren zusammengelebt und kannten uns schon so lange. Da ist es doch naheliegend, dass ich ..."

Marco erhebt sich, kalkweiß, ergreift den Grappa und schüttet seinem Bruder den Inhalt des Glases ins Gesicht. Wie nach einer historischen Fehdeohrfeige, mit der der Beleidigte den Gegner zum Duell fordert, dreht er sich wortlos ab und strebt quer durch die Halle dem Ausgang zu.

„Marco! Bleib bitte!"

Wir rufen es alle drei gleichzeitig hinter ihm her, so dass sich alle Köpfe im Café und in der Bibliothek nach uns umwenden.

---

[176] Es tut mir so leid!
[177] kaum

207

„Das könnt ihr Marco doch nicht antun!", zische ich die beiden in bemüht gedämpftem Tonfall an, hin- und hergerissen, meinem Verlobten sofort nachzulaufen oder dieses Gespräch erst zu beenden.

„Rein in die Kartoffeln, raus aus den Kartoffeln!" Ich übersetze diesen deutschen Spruch im Eifer wörtlich und ernte damit sehr verwirrte Gesichter bei den beiden.

„Ich meine, erst der Schock der plötzlichen Vaterschaft, dann die Liebe, die er jetzt entwickelt hat ... und nun nehmt ihr ihm das einfach wieder weg!"

„*Be*[178], hätten wir vielleicht nichts sagen sollen?!", ereifert sich nun auch Enrico. Er wischt sich mit einer Serviette das Gesicht trocken. „Ich habe es selbst erst verstanden, dass diese Möglichkeit besteht, als du die Sache mit dem Muttermal erwähnt hast. Ich habe seine Vaterschaft doch gar nicht angezweifelt. Das war schwer genug für mich! "

„Das ist so verantwortungslos von dir!", fahre ich wieder Bianca an. „Du hättest das von Anfang an sagen müssen! Ist dir das Mal nie aufgefallen?!"

„*Per l'amor di Dio, no*[179] ... doch .... *si* .... *non lo so*",[180] jammert sie mit wachsender Verzweiflung, weil sie die Last zunehmend auf sich konzentriert sieht. „Aber ich dachte, das sei von Marco."

„Marco hat diesen Leberfleck nicht!", fauche ich sie mit gesteigertem Groll an. Als seine ehemalige Lebenspartnerin sollte sie das schließlich wissen!

Bianca richtet sich in ihrem Sitz auf, als sammle sie letzte Kräfte, um sich gegen meine Vorwürfe aufzubäumen: „Das hat doch nichts zu sagen! So ein Muttermal ist kein Beweis der Vaterschaft! Das kann trotzdem über Marco vererbt sein?!"

Ich stutze.

Natürlich hat sie damit recht.

Diese Betrachtung bringt mich zum Schweigen, denn sie macht mir mit der Wucht der Wahrheit klar, dass die Lage noch viel schlimmer ist, als ich bis zu diesem Punkt des Gespräches begriffen habe: Kann man die Vaterschaft bei eineiigen Zwillingen überhaupt feststellen?

„Soll das heißen, wir können nie wissen, wer von euch beiden nun der wahre Vater ist?!", formuliere ich mein Entsetzen.

Über Biancas Wangen kullern Tränen. Sie schüttelt den Kopf und schnieft.

---

[178] Fülllaut zu Beginn eines Satzes
[179] sinngemäß: Um Himmels willen!
[180] Ich weiß es nicht

„Ich weiß es nicht", gesteht Enrico. „Deswegen mussten wir doch mit euch sprechen! Vorgestern hat Marco mir erzählt, dass er dir einen Antrag machen will. Am selben Tag hast du mich mit dem Kopf auf die Sache mit dem Leberfleck gestoßen! Das konnte ich doch nicht einfach so laufen lassen."

Jetzt ergreife ich den letzten Grappa, kippe den Inhalt in einem Zug hinunter und erhebe mich.

„Ich muss nach Marco sehen."

Marco sitzt mit den Ellenbogen auf seine Knie gestützt, in die gefalteten Hände sinnierend, auf den Stufen des Neptunbrunnens unweit der Bibliothek.

Ich lasse mich neben ihm nieder und sage nichts.

Vorsichtig lege ich meine Hand auf seinen Schenkel.

Um uns herum surrt das Leben der Stadt.

Menschen überqueren den Platz, bewundern die alte Burg des *Re Enzo*[181] in unserem Rücken, eilen ihren Geschäften nachgehend umher, sitzen in Cafés, die Frühlingssonne genießend. Von der anderen Seite der *piazza maggiore* klingt der traurig lebensfrohe Walzer[182] von Shostakovich zu uns herüber. Dort spielen vier Straßenmusikanten, Studenten des Konservatoriums, in der Qualität professioneller Orchestermusiker. Es ist eines meiner Lieblingsstücke und könnte als Untermalung für diesen Moment nicht treffender sein.

„Ich bin froh, dich in meinem Leben zu haben. Du bist die einzige Konstante", sagt Marco ohne mich dabei anzusehen.

„Da haben wir gerade noch die Kurve gekratzt, bevor die Dinge völlig auseinanderfallen", lache ich mit ein wenig Bitterkeit. Ich drehe den Ring an meinem Finger spielerisch hin und her, als erwarte ich alleine davon ein Wunder.

Die Klänge des Walzers drehen sich bereits durch das Staccato der Melodie in die zweite Wiederholung des Hauptthemas.

„Schlimmer kann es kaum noch werden, eh?", murmelt Marco an dieser Stelle.

„Kaum."

Der Wechsel von Melancholie und Lebensfreude in der Tonfolge der Klarinette und der Violine wirken wie ein Elixier des Lebens zu uns herüber.

„Ich komme gleich wieder."

---

[181] König Enzo
[182] Walzer Nr. 2, Dmitri Shostakovich

Mit diesen Worten gehe ich hinüber zu den Musikanten und lege einen Fünfeuroschein in den aufgestellten Violinenkoffer. Sie nicken mir freundlich dankbar zu, ohne sich in der Hingabe an die Melodie stören zu lassen.

„Spielen Sie das bitte noch einmal."

Noch während ich zurück laufe endet der Walzer und beginnt sofort von neuem. Seite an Seite lauschen Marco und ich, die mächtige Statue des Neptuns über uns, während die Sonne unsere Rücken erwärmt. Die Töne tanzen förmlich über meine Haut, die sich angesichts der mich ergreifenden Melodie wie die einer gerupften Gans aufstellt. Wie durch eine unsichtbare Batterie überträgt sich dabei eine unergründliche Energie, als wollte die Musik uns auffordern, uns nicht entmutigen zu lassen.

Ich ergreife Marcos Hand und drücke sie.

Das deutliche Ende des Stücks wirkt wie eine Aufforderung. Die Musiker machen eine Pause. Es folgt kein neues Lied. Auch das passt.

„Allora", Marco erhebt sich mit einem tiefen Atemzug, „dann kann es ja nur noch besser werden, eh?"

Er reicht mir die andere Hand, um mich hochzuziehen.

Es ist dieser Moment, der mich in der Tiefe meines Herzens, wie die Knospe einer Rose, die in der Sonne endlich aufspringt, erkennen lässt, dass es das ist, was ich an ihm so liebe: die Fähigkeit, stets mit klarem Blick in eine positive Zukunft zu schauen.

Er trägt diese unerschütterliche Zuversicht in sich, die ihn das Leben, trotz all dessen Widrigkeiten, nicht allzu ernst nehmen lässt.

An der Seite eines solchen Mannes kann man nur glücklich werden!

17. Zwei

Der kleine Nico läuft an der Hand von Enrico und Marco, zwischen den beiden in dunkle Anzüge gekleideten Zwillingen, den Kirchengang entlang.

Vor dem Altar drehen sie sich um und sehen der ersten Braut, geführt von ihrem Vater, entgegen. Bianca erstrahlt im Brautkleid ihrer verstorbenen Mutter an der Seite des Mannes, auf den diese ihr Leben lang vergeblich gewartet hatte.

Mit einigem Abstand folge dann ich, mit meinen Eltern je zu einer Seite. Mein Kleid ist nicht von meiner Mutter. Es ist nicht einmal ein richtiges Hochzeitskleid. Ich habe mich für einen eisblauen, sehr edlen Hosenanzug aus Seide entschieden. Eine Doppelhochzeit ist für meinen Geschmack schon genug Aufwand. Da bereits die Ehemänner sich gleichen wie vom Fließband laufende Schokoladehasen, setze ich, als zweite Braut, Akzente.

Die Kirche in *Sorrento* ist zur Hälfte mit Marcos Familie und Bekannten aus dem Süden Italiens gefüllt. Die andere Hälfte stellen meine Familie und Bekannte aus Deutschland, unsere Bologneser Freunde und einige Kollegen der *Carabiniere* von Marco und Bianca. Ihre Familie beschränkt sich auf den neuen Vater, dessen Frau mit ihren erwachsenen Brüdern und ihre Großmutter. Man fragt sich, worüber sie mehr strahlt: über ihre Rolle als Braut oder die als Tochter?

Der kleine Nico bleibt während der ganzen Zeremonie zwischen uns, bis er müde wird und von Marcos Mutter in die Bank der ersten Reihe auf deren Schoß geholt wird.

Es ist keine typische neapolitanische Hochzeit[183]: Ich habe mich auch damit durchgesetzt und das zu einer Angelegenheit, wie die eines Staatsempfangs ausufernde geplante Fest, immer wieder auf Normalumfang eingedämpft. Es hat mich Kraft gekostet. Häufig musste ich meine deutschen Bedürfnisse als Ausländerin im fremden Land und vermeintliche bayrische Traditionen strapazieren, um die zwei Italienerinnen der Familie und die andere Braut zu überzeugen. Die Väter beider Familien, die das Ganze je zur Hälfte bezahlen, verwandelten sich im Verlauf dieser Diskussionen dankbar zu meinen Befürwortern.

Alles läuft nach Plan und wie man es tausend Mal in Filmen und anlässlich anderer Hochzeiten erlebt hat: Mütter und alte Tanten weinen in Taschentücher, die Väter blicken Stolz auf ihre Töchter und misstrauisch auf die zukünftigen Schwiegersöhne, die Gäste bewundern die hübschen Brautpaare, Freunde lächeln mit ledigem Abstand - unsicher, ob sie uns beneiden oder bedauern - und wir Brautleute sind so nervös und fahrig, dass wir uns mit den einstudierten Worten verhaspeln.

Nur etwas ist anders bei dieser Trauung: Ganz hinten, unbeachtet von allen, steht der Kater in seinem besten Anzug. Neben ihm sitzt Poppäa mit glasigen Augen auf ihren Hinterläufen und wischt sich ab und zu eine Träne mit der Pfote ab. Massimiliano macht ein Gesicht, das an Feierlichkeit alle anderen im Kirchenschiff übertrifft.

Die Zeremonie erlebe ich wie in Trance: Ich kann kaum fassen, dass ich es bin, die hier vor dem Priester steht und ihr Jawort gibt.

Seit unserer Entscheidung zu diesem Schritt sind über zwölf Monate vergangen. Doch ich sehe Marcos blaue Augen, als er mir den Ring hingehalten und mich dabei angestrahlt hat, noch immer vor mir, als ob es gestern gewesen wäre.

Erst als wir erleichtert und unter dem Jubel unserer blütenwerfenden Freunde - Reis hielten sie wohl für verspätet - aus dem Portal treten, fällt die Anspannung ein wenig von mir ab.

Wir werden von allen Seiten fotografiert, umarmt, geküsst, wieder fotografiert, herumgeschoben, in verschiedene Posen drapiert, mit Glückwünschen überhäuft und so lange mit Blumen beworfen, bis wir in einem Meer von Blüten stehen.

---

[183] In Italien, besonders jedoch im Süden des Landes, werden Hochzeiten gerne pompös gefeiert, nicht selten muss ein junges Paar dafür einen Kredit aufnehmen. Die Kosten können sich dabei auf mehrere Zehntausend Euro belaufen. Die Geschenke der Gäste fallen demnach auch entsprechend großzügig aus. Oft starten junge Paare so bereits mit Schulden in das gemeinsame Leben.

Marcos Schwester schafft es endlich, uns Brautleute aus den Gästen zu entwirren und unsere Eltern hinter uns für ein Familienbild zu beordern. Der kleine Nico wird wieder in vorderster Reihe von Marco und Enrico umrahmt, so dass er tatsächlich für einige Aufnahmen ruhig hält.

„Come sono belle, le nostre spose!",[184] höre ich Marcos Mutter hinter uns frohlocken. Sie hat es offensichtlich in friedvollem Angebot zu meiner Mutter gesagt, denn diese antwortet in demselben engelsgleichen Tonfall: „Ja, eine schöne Pose!" Sie nimmt seit einem Jahr Italienischunterricht.

Unter konstantem Hupen werden wir in unserer Kutsche - Bianca bestand unbedingt auf Pferde - zu einem Hotel am Meer begleitet. Unterwegs muss der Kutscher anhalten, um den hupenden Gästen in der Schlange hinter uns Einhalt zu gewähren, weil die Gäule so nervös werden, dass sie beinahe mit uns durchgehen.

Von den acht Gängen des darauffolgenden Menüs kann ich kaum etwas essen. Auch Marco stochert nur auf seinem Teller herum. Die Anspannung schnürt uns den Magen zu.

Der kleine Nico wird abwechselnd von Marcos Vater und Mutter gefüttert. Er zumindest hat großen Appetit.

Erst um elf Uhr eröffnen wir schließlich den Tanz mit unserem Walzer Nummer zwei von der *piazza*. Enrico und Bianca hatten keinen besonderen Musikwunsch, also kam meiner zu tragen.

Marco tanzt wie ein kleiner Gott. Er hält mich fest im Arm und dreht mich taktgenau im Rhythmus. Dabei sieht er mir so beharrlich in die Augen, dass ich tatsächlich die Aufregung um uns vergesse und mich völlig von der Musik tragen lassen kann.

Wir wirbeln über die Tanzfläche. Die Gesichter der Gäste um uns verschwimmen, die Umgebung taucht in den Hintergrund. Völlig absorbiert von Marcos beglücktem Lachen, das sich konstant vor meiner Ansicht mit mir bewegt, lassen die Klänge der Violinen alles andere in die Ferne verschwinden. Nur wir beide schweben alleine durch die Melodie. Es gibt niemanden mehr und ich weiß: Es wird eine kostbare Erinnerung sein, die mich mein Leben lang begleiten wird.

Sobald der Walzer verklingt, wird die Tanzfläche von anderen Paaren bevölkert und wir können uns wieder kaum frei bewegen.

Max tritt an uns heran und nimmt mich Marco mit einem „darf ich?" ab. Dieser tritt mit einem Nicken beiseite und schon werde ich von meinem deutschen Freund durch die Menge gedreht.

„Ohne deine Hilfe wäre dieser Tag nie so zustande gekommen. Wir schulden dir großen Dank!"

---

[184] Wie hübsch unsere Bräute doch sind!

Max winkt mit den Augen ab: „Keine Ursache! Ich habe schließlich Anteil an dem ursprünglichen Durcheinander. Es war mir ein Bedürfnis, das wieder gut zu machen."

„Aber ohne dich hätten wir nie herausgefunden, wer Nicos Vater ist", beharre ich. „Wenn du nicht diese Bekannte in der Genforschung hättest, die sich ausgerechnet mit diesem Thema der Zwillinge beschäftigt, hätten wir es vielleicht nie erfahren. Das wäre schrecklich gewesen! Nicht zuletzt auch für den Kleinen."

„Das Glück liegt vielmehr darin, dass die Forschung dies mittlerweile möglich macht", erklärt Max. Er wiegt mich auf der Stelle hin und her, um uns ein wenig Erholung von den Umdrehungen zu erlauben. „Bis vor kurzem konnte man das gar nicht. Da gab es zum Beispiel ein Gerichtsurteil, das Bankräuber nicht verurteilen konnte, weil es nicht nachgewiesen werden konnte, wer von den beiden eineiigen Zwillingen die Tat ausgeführt hat."

„Da hatten wir also richtig Glück im Unglück!"

„Ja. Das kann man so sagen."

Damit hüpft Max wieder los und wirbelt mich herum, hinein durch die Menge, wo wir auf der anderen Seite an Enzo stoßen, der sofort seine Chance sieht und abklatscht. Max lässt mich los und gibt mich großzügig mit einer Geste der Hand frei.

Enzo ergreift jedoch nicht meine Hand, sondern seine, wirbelt ihn herum und lässt mich alleine stehen. Max wirft mir, die ich mit offenem Mund nach Luft schnappe, ein um Verzeihung bittendes Lächeln zu, bevor er aus meinem Sichtfeld getanzt wird.

Doch ich stehe nicht lange alleine.

„Endlich kann ich mal mit meiner Tochter tanzen!"

Ich habe meinen Vater schon zuvor am Rande entdeckt. Der Jive, der gerade gespielt wird, trifft uns unvorbereitet, doch er führt mich halbwegs flott mit einem frei erfundenen Schritt in das Gewusel, so dass niemand weiter bemerkt, dass wir völlig aus dem Takt sind.

Mein Vater war nie ein guter Tänzer gewesen, weshalb meine Mutter gerne die rare Gelegenheit solcher Anlässe, wie es eine Hochzeit ist, wahrnimmt und mit anderen Männern auf die Tanzfläche verschwindet.

Sie sehe ich mit Marcos Vater an uns vorüberhüpfen, sehr gekonnt vorüberhüpfen. Neidvoll schaue ich den beiden Tänzern hinterher.

„Da hast du dir einen guten Mann gefangen!", lobt mich mein Vater, um von seinen Unzulänglichkeiten abzulenken.

„Ach ja? Hat dein Ausspionieren nichts Schlechtes über ihn zutage gebracht?"

Er zeigt keinerlei Überraschung in seiner Mimik, fragt aber dennoch: „Woher weißt du das?"

„Papa! Weißt du! Das ist wirklich das Letzte! Du solltest dich bei Marco dafür entschuldigen!"

„Wir haben uns Sorgen um dich gemacht!", verteidigt er sich. „Besonders nach dieser Taufe! Das war alles andere als beruhigend, das musst du zugeben. Die ganze Situation ... und du hast uns mit Informationen sehr kurzgehalten."

Mein Augenausdruck bleibt hart.

„Na gut, ich werde mich bei ihm entschuldigen", gibt er ein wenig übertrieben geschmeidig nach. „Wenn dein Herz daran hängt."

„Das tut es. Wann?"

„Bei Gelegenheit."

„Er steht da drüben!"

Mein Vater verzieht den Mund und verdreht die Augen. Beinahe sieht er aus wie Massimiliano, wenn ich diesen zwinge, etwas seiner Meinung nach völlig Unsinniges zu tun.

„Er versteht mich doch gar nicht!", versucht er, sich ein letztes Mal aus der Verantwortung zu winden.

„Dein Latein wird für eine Entschuldigung reichen", beruhige ich ihn und sehe ihn auffordernd an.

Er lässt mich los und bahnt sich mit einem „Also gut! Meinetwegen!" seinen Weg durch die Paare auf die gegenüberliegende Seite, wo Marco mit einem Glas in der Hand alleine neben dem Getränkebuffet steht.

Inzwischen ist ein großer Freiraum im Kreis der Tanzenden entstanden. Im Zentrum der klatschenden Gäste tanzen Marcos Vater und meine Mutter in temperamentvollen Schritten den letzten Klängen eines perfekt umgesetzten Jives entgegen. Sie ernten stürmischen Beifall, als sie sich lachend vor der Menge andeutungsweise verbeugen.

Die Band beginnt sofort mit dem berühmten Stück *Tu Vuò Fa' L'Americano*[185], einen weiteren Tanz derselben Art und die beiden starten ohne Zögern wieder durch. Die Zuschauer klatschen und zumindest die Italiener singen alle lautstark begeistert mit.

Ich trete zu Norio, der am Katzentisch steht und sich mit Marcos Tante unterhält. Der Tisch ist im wahrsten Sinne des Wortes zu verstehen, denn dort sitzt der Kater und neben ihm liegt Poppäa im Gras. Die Gäste halten es für ein witziges Arrangement, dass wir Hund und Katze einen kleinen, niedrigeren Tisch zugewiesen haben, sogar mit Tischtuch. Für uns war es die beste Lösung, denn ohne Massimiliano wollten wir auf keinen Fall

---

[185] Du willst den Amerikaner spielen, Renato Carosone

feiern und an einem Gästetisch konnten wir die beiden unmöglich platzieren.

„Sie sind der berühmte Autor?!", höre ich die Tante gerade euphorisch ausrufen, als ich zu den beiden trete.

Der Kater lehnt selbstzufrieden in seinem Stuhl und grinst, obwohl er gar nicht gemeint ist. Die gute Tante überhäuft Norio mit diesem verzückten Getändel.

„Ich schreibe Geschichtsbücher", erklärt der Japaner gewohnt bescheiden, aber sie fährt weiter fort, über das Mysterium des geheimnisvollen Schriftstellers zu reden, dessen Pseudonym Massimiliano Penati endlich von der Presse als Norio Takahashi entlarvt wurde.

Ich schaue zu dem Kater.

Indirekt ist er also irgendwo doch auch gemeint. Es scheint ihm sogar zu gefallen, dass alle Welt nun Norio für den Erfolgsautor seines epochalen Werkes hält. Seit der lästige Journalist dieser Schlussfolgerung aufgesessen ist, hält die öffentliche Meinung hartnäckig daran fest, obwohl Norio dies stets aufzuklären versucht. Doch seine Bücher verkaufen sich nun auch in Italien bestens und werden mittlerweile, so, wie der Bestseller selbst, in andere Sprachen übersetzt. Höchstwahrscheinlich sogar wegen seines Dementierens.

„Wo kann man denn dieses *garum* kaufen? Das kommt fast in jedem Rezept zum Einsatz", bohrt die Tante weiter, ungeachtet dessen, dass Norio versucht, ihr die römischen Themen seiner Bücher nahezubringen.

„Enrico wird es demnächst in kleinen Mengen auf den Markt bringen. Hat er euch das noch gar nicht erzählt?", beantworte ich die Frage.

Aus den Augenwinkeln sehe ich, wie der Kater sich noch befriedigter gibt und seine Pfoten hinter dem Kopf verschränkt, als sonne er sich direkt im Ruhme seiner Taten. Es fehlt nur der Lorbeerkranz auf seinem Kopf, um das Bild komplett abzurunden.

„*Addirittura*?[186] *No*! *Sul serio*?![187] Was macht er so ein Geheimnis daraus!? Warum weiß ich davon nichts?!"

Damit suchen die kleinen Augen der Tante wie ein Nachtsichtgerät nach dem genannten Neffen. Als sie ihn erblickt, drückt sie Norio ihr leeres Weinglas in die Hand, entfernt sich mit einer flüchtigen Entschuldigung und strebt wie eine ferngesteuerte Drohne direkt auf den zweiten Bräutigam zu.

„Die Welt will glauben, was sie glauben will", sage ich zu meinem Freund.

---

[186] tatsächlich
[187] ernsthaft, im Ernst

Er nickt: „Mein Verleger ist damit mehr als zufrieden. Sie meinen, ich solle nur fleißig weiter die Wahrheit behaupten."

Poppäa gibt Welpenlaute von sich.

Sie sieht dabei den Kater an, der die Pfoten in einer fatalistischen Bewegung in die Luft wirft und deklamiert: „So ist es! Seit über zweitausend Jahren."

„Manchmal denke ich, sie sprechen miteinander?", gibt Norio zu bedenken und sieht mich erwartungsvoll an.

„Wer weiß?", säusle ich hintergründig und bemüht unverbindlich.

Ich versuche, das Gespräch wieder auf seinen Verlag zurückzulenken, um weitere Überlegungen dieser Art im Keim zu ersticken.

Doch das muss ich gar nicht, denn Marcos Vater rettet mich aus dieser Verlegenheit. Er hat meine Mutter an einen anderen Tänzer abgegeben und hält nun mir die ausgestreckte Hand hin.

„Ich tanze nicht so gut wie meine Mutter", entschuldige ich mich vorauseilend, um ihn davon abzuhalten, eine weitere Showeinlage derselben Art zu geben. Das würde peinlich werden!

„Non ti preoccupa!"[188]

In der Tat muss ich mich nicht sorgen, denn die Kapelle beginnt den langsamen Walzer *Moon River*[189] zu spielen.

Ein paar Takte gleiten wir wie auf Schlittschuhen über das Tanzparkett, vorbei an der Brüstung, wo das Meer die Lichter des Hotels spiegelt und leise an den Strand plätschert. Gerade beginne ich zu bereuen, diese zauberhafte Stimmung nicht mit seinem Sohn zu teilen, als er mit einem Satz diese dahinschmelzende Anwandlung in mir zerstört.

„Es war in der Tat eine geniale Idee meines Sohnes, dir die Leitung der Fabrik in Bologna anzubieten. Hast du es dir inzwischen überlegt?"

Ich stolpere über seinen Fuß und komme völlig aus dem Takt. Er fängt mich auf und windet mich geschickt in eine Umdrehung.

„Ich muss mich korrigieren", lacht er, nachdem er mich wieder in seinem festen Griff eingefangen hat, „seine beste Idee war, dich zu heiraten!"

Jetzt reicht es mir aber doch. Gar so dick muss er nun auch wieder nicht auftragen! Seine ehemaligen Worte des puren Gegenteils klingen mir noch heute in den Ohren. Wir haben nie darüber gesprochen. Anstelle einer Antwort sage ich trocken:

„Ich habe damals am Telefon mitgehört, was du zu Marco gesagt hast."

Das Tanzlied ist Gott lob kurz und endet an dieser Stelle. Ich versuche, mich mit einem Nicken zu bedanken und davonzumachen.

---

[188] Mach dir keine Sorge
[189] aus dem Film ‚Frühstück bei Tiffany'

Ich weiß, dass ich ihm diese Antwort schulde. Seit Wochen. Sein Angebot käme mehr als passend für mich. Die Situation in meiner Firma war noch immer ungeklärt und angespannter denn je. Aber was auf der beruflichen Seite die perfekte Lösung wäre, stellt sich auf der privaten weit weniger rosig dar. Doch an diesem Tag möchte ich darüber nicht sprechen.

Aber er hält mich fest und führt mich sofort in den nächsten langsamen Walzer, der ausgerechnet in Form der *Moonlight Serenade* daherkommt. Die Kapelle hat sich anscheinend auf *Mancini* eingeschossen.

„Ich weiß. Marco hat es mir gesagt", klärt er mich auf. „Es tut mir leid. Ich habe immer sehr viel von dir gehalten. Diese ungute Entwicklung damals hat mir selbst sehr leidgetan. Natürlich aus persönlichen Gründen. Aber doch auch, weil Marco damit meine Pläne durchkreuzt hat. Es war an der Zeit, mit meinem Sohn ein ernstes Wort zu reden. Ich konnte ja nicht ahnen, dass Enrico auch in diese Sache verwickelt ist. So ein Durcheinander haben die beiden angerichtet!"

Ich schweige mit zur Seite gedrehtem Kopf.

„Was kann ich tun, um das aus der Welt zu schaffen?", fragt er dann.

„Ich weiß nicht", gestehe ich ehrlich. „Es hat mich einfach verletzt." „*Capisco.*"[190]

Wieder drehen wir uns zwei Mal, bevor er weiterspricht.

„Glaubst du mir, wenn ich dir sage, dass diese Worte nicht bedeutet haben, dass wir dich nicht mögen? Alles, was wir von unserem Sohn verlangten, war, dass er klare Verhältnisse schafft. Für sein Kind. Wenn man ein Kind hat, bedeutet dies Verantwortung. Das darf man nicht ignorieren."

Sein Plädoyer legt eine kleine Pause ein.

„Meine Söhne haben das jetzt getan, wenn auch auf etwas ungewöhnlichem Wege. Ich bin über die heutige Lösung mehr als glücklich. Kannst du mir das glauben?"

Er sieht mich mit nach Vergebung haschendem Augenaufschlag an. Die vergleichbaren Versuche meiner eigenen Eltern, mir seinen Sohn auszureden, haben die Angelegenheit bereits seit längerem für mich relativiert. Aber das sage ich natürlich nicht, denn bis zu diesem Zeitpunkt hat sich Marcos Vater niemals bei mir entschuldigt. Diese Worte will ich als eine Solche werten.

„Habe ich eine Wahl?", scherze ich. „Man heiratet immer die Familienpackung, oder? Da mache ich mir nichts vor."

„Weise Worte!", lobt er mich, bleibt stehen und verpasst mir mit den sanft ausklingenden Noten des Stücks, einen Schmatzer auf die Stirn, indem er meinen Kopf mit beiden Händen erfasst und entschieden in Position rückt.

---

[190] ich verstehe

218

„Ich hoffe, du wirst die Leitung der Fabrik übernehmen. So ...", er hakt meinen Arm altmodisch in seinen ein und führt mich von der Tanzfläche in Richtung seines Sohnes, „ ... und nun sprechen wir nicht mehr darüber."

Den letzten langsamen Walzer dieser Runde tanzen Marco und ich, und wir beenden ihn direkt vor dem Sektbüffet.

Dort stehen Vittoria und Maurizio und halten uns sofort zwei gefüllte Gläser entgegen, um mit uns anzustoßen.

„Ein gelungenes Fest", lobt unser Nachbar und prostet uns zu.

„Gelungen!" Vittoria lehnt an seiner Seite und hebt überschwänglich ihr Glas. Sie scheint ein wenig beschwipst.

Wir nippen an den uns hingehaltenen Gläsern.

Das geht schon den ganzen Abend so. Ständig will jemand mit uns anstoßen. Ich wäre bereits total betrunken, hätte ich jedes Mal nur einen Schluck genommen.

„Ich muss unbedingt mit deinem Vater tanzen! Der ist ein wahrer Profi, das darf man sich nicht entgehen lassen!"

Vittoria schweift mit ihrem Blick auf der Suche nach dem Parkettlöwen über die Köpfe der Gäste hinweg.

„Mit deinem politischen Erzfeind?", provoziere ich ein wenig, nicht zuletzt, weil es mich in der Tat verwundert.

„Ach ... das hat doch damit nichts zu tun!", winkt sie ab, drückt mir ihr Glas in die Hand und entschwindet in die Richtung, wo sie ihr verheißungsvolles Vergnügen für die nächste Runde entdeckt.

Alle drei schauen wir ihr hinterher.

„Er hat zwei Bilder von ihr gekauft", sagt Maurizio. „Seitdem malt sie wieder viel und hat keine Zeit mehr, sich für die *Cinque Stelle* zu engagieren."

„So viel Opportunismus habe ich ihr nicht zugetraut", bemerke ich leise, unsicher, wie ich das aufnehmen soll.

Die beiden Männer lachen gleichzeitig auf.

Marco nimmt mich in den Arm und Maurizio erläutert: „Das ist nicht opportunistisch, das ist italienischer Pragmatismus!"

Kurz darauf schiebt der neue Kunstliebhaber die ehemalige Kontrahentin in einem Tango gekonnt über das Parkett. Beinahe scheint es, als setzen sie ihre unausgesprochenen politischen Zwistigkeiten mit diesem Tanz fort.

In meine eigenen Gedanken versunken beobachte ich sie, als Marco mich an der Hand zu der Brüstung zieht, wo das andere Brautpaar mit Nico steht.

„Er wird bestimmt nicht mehr lange durchhalten", meint Marco mit Blick auf den Kleinen.

Wir treten an die Seite der drei, wenden den Rücken ab von dem lauten Fest und schauen gemeinsam besinnlich hinaus in die Sterne über dem dunklen Wasser.

„Nun ist dieser Tag auch beinahe vorüber", seufzt Bianca mit deutlichem Bedauern in der Stimme.

Wir antworten mit drei zustimmenden „hm."

„Papi!"

Der kleine Nico streckt seine Arme hoch, um aufgehoben zu werden.

Marco beugt sich hinunter, nimmt ihn auf den Arm und reicht ihn Enrico. Seine Eltern nehmen ihn in die Mitte und drehen sich schwungvoll ab, und im Kreis von der Musik wieder mitgerissen hinweg, quer über die Terrasse, durch die Menge der Herumwirbelnden.

Der Kleine ist müde, aber italienische Kinder müssen so ein Fest wohl aushalten. Ganz nach dem Motto: Früh übt sich, wer ein wahrer Italiener werden will.

Marco schaut ihnen mit einem sehnsüchtigen Lächeln auf den Lippen zu.

„*Non vedo l'ora!*",[191] flüstert er mir ins Ohr.

Er streichelt mir über den Bauch, der unter meiner Weste hervorragt wie eine Weltkugel.

Wir stehen an der mit weißen Gipssäulen befestigten Brüstung und schauen wieder hinaus aufs Meer.

„Hast du keine Angst davor: gleich zwei auf einmal?", frage ich.

Ich lehne meinen Kopf an seine Schulter, meinen Rücken gegen ihn und träume hinaus in die Stille. Es wäre eine beinahe kitschige Szene, und wenn ich dabei nicht so selig wäre, würde ich dieses filmreife Happyend als ziemlich unrealistisch empfinden. Doch das Leben hält auch solche Momente in petto, man muss sie nur zulassen.

„Wir haben doch den besten Babysitter der Welt!", entgegnet mein brandneuer Ehemann und küsst mich in den Nacken.

„Ihr wart ein ganz schönes Stück Arbeit!", meint eine Stimme hinter uns.

Massimiliano tritt mit den Pfoten in den Hosentaschen an unsere Seite. Er sieht ebenfalls hinaus auf die endlose, Lichtpunkte widerspiegelnde Wasserfläche vor uns, als wäre er der gefeierte Regisseur eines Films, der auf der Premiere seinen Erfolg nun endlich genießen kann.

Er pafft an einer Zigarre.

Ich sehe ihn mit hochgezogenen Augenbrauen und einem kritischen Wink auf den dicken Glimmstängel an.

Er nimmt ihn kurz aus dem Mund.

---

[191] Ich freue mich, ich kann es kaum erwarten

„Bin auf den Geschmack gekommen", meint er und pafft sofort weiter. „Seit dem Buch. Schriftstellererbe."

„Was willst du damit sagen, dass wir Arbeit waren?", fragt Marco neugierig.

Massimiliano raucht Ringe in die Luft, bläst einen kleinen durch einen großen, betrachtet interessiert sein Werk und antwortet:

„Neben dem lange vorbereiteten und mit großer Sorgfalt umgesetzten Plan, euch zu meiner Familie zu machen, musste ich ziemlich oft das geheime Liebesrezept kochen, bis es gewirkt hat."

„Liebesrezept?", fragen wir beide wie aus einem Munde.

„Ja."

Er sagt es kurz und abgehackt, wie Petersilie auf dem Schneidbrett seiner Kochkünste.

„Das berühmte Rezept für Liebe *piccante*! Der Titel meines Buches könnte nahelegen, dass dieses eine Rezept auch darin zu finden sei. Das ist es aber nicht! Es ist geheim und nur für den Familiengebrauch."

„Welche Speise war das denn?", überlege ich laut, denn ich kann mich nicht entsinnen, ein bestimmtes Mahl besonders häufig zu mir genommen zu haben.

„Es ist kein einzelnes Gericht", korrigiert mich der Kater unverschleiert. „Es ist eine bestimmte Art der Zubereitung mit einer geheimen Zutat. Aber es wirkt. Immer."

„Du meinst, unsere Liebe ist kein Produkt unserer Gefühle, sondern ein Resultat deiner Kochkünste?!", empört sich Marco.

„Natürlich nicht!", erwidert Massimiliano wie ein Schulmeister, der eine äußerst dumme Frage aus dem Mund seines Einserschülers ertragen muss. „Ich bin doch kein Zauberer! Du hörst dich schon an wie Lisa!"

„He!"

Er übergeht meinen Einwurf: „Ich habe nur nachgeholfen, eure Verspannungen zu lösen, damit die Sinnesreize endlich freien Lauf nehmen konnten."

„Du hast uns unter Drogen gesetzt?!", entsetze ich mich und greife instinktiv beschützend an meinen Bauch.

Mein Hausgeist schmaucht wieder einen Ring in Richtung des Horizonts, diesmal einen sehr großen. „Lisa und ihre Paranoia ... natürlich nicht! Ich verwende keine Rauschgifte."

„Was dann?", will Marco wissen. Auch er hält seine Arme schützend um meinen Bauch.

„Tut mir leid", antwortet der Kater so trocken wie die gedörrten Tabakblätter seiner Zigarre, „das kann ich euch nicht sagen, sonst wäre es ja kein Geheimnis mehr. Ich fürchte, ihr müsst mir einfach vertrauen."

Und bevor wir dazu überhaupt etwas denken können, schaut er auf seine Armbanduhr und meint: „Übrigens: Ihr solltet euch fertig machen. Es geht gleich los."

Entgegen der Pläne Biancas und Enricos, die am nächsten Tag mit dem Kleinen ihre Hochzeitsreise antreten werden, haben wir unsere für das kommende Jahr vorgesehen. Der Geburtstermin in zwei Wochen bestimmt diese Planung.

Wir sehen den Kater fragend an.

„Was geht los?"

„Ich habe es genau berechnet", erklärt er süffisant. „Wenn mich meine zweitausend Jahre alte Erfahrung nicht täuscht, dann kann es jede Minute losgehen."

Der Kater stellt die Ohren spitz, sieht erst mir in die Augen, dann Marco, dann mit einem erneuten Kontrollblick auf seine Armbanduhr und schließlich auf meinen Bauch.

In diesem Moment bricht mein Wasser.

Ich fahre erschrocken auf und spreche aus, was unübersehbar ist: Ich stehe in einer Lache.

Mein eisblauer Seidenanzug färbt sich großflächig in graublau.

Marco dreht sich mit einem panischen *„adesso*?!"[192] um die eigene Achse, als suche er Halt.

„Nur keine Aufregung!", beruhigt uns Massimiliano mit erhobenen Pfoten. „Es ist alles vorbereitet. Draußen steht eine Ambulanz, die euch ins nächste Krankenhaus bringen wird. Dort weiß man bereits, dass zwei Kinder auf diese Welt kommen wollen. Eine gepackte Tasche findet ihr im Auto."

Er schiebt uns vor sich her in Richtung des Ausgangs durch die Tanzenden, die gerade eine lebhafte neapolitanische Tarantella mit durcheinanderwirbelndem Gehopse lebensfroh in Bewegung umsetzen. Alle sind auf dem Parkett und klatschen und singen mit.

Bereits am Ausgang höre ich hinter uns, wie die Musik abbricht und eine Stimme durch das Mikrophon jault: „Es ist so weit! Die Babys kommen!"

Es herrscht allgemeine Aufruhr.

Die Kapelle untermalt sie sogleich mit der nächsten lustigen Weise.

Ich hänge hechelnd in der Bahre, weil eine Wehe mein Rückgrat zu krümmen scheint. Marco hält meine Hand und hechelt synchron mit.

Alle hetzen zu den Autos. Sie haben tatsächlich vor, der Ambulanz ins Krankenhaus zu folgen.

---

[192] jetzt

Massimiliano und Poppäa sind die Einzigen, die einsam auf der Terrasse zurückbleiben.

Im Wegfahren sehe ich, wie der Kater ihr die Pfote über die Schulter legt und beide uns zufrieden hinterherschauen.

Ich höre gerade noch, wie Massimiliano sagt:

„Das wäre geschafft! Endlich."

Roman 1
(mit Bonus-Kapitel)
Massimiliano
Dolce Vita auf leisen Pfoten
Trilogie:
Das Vermächtnis des Penato
ISBN: 9783752819908

Roman 3

Massimiliano
Rezept für Liebe piccante
Trilogie:
Das Vermächtnis des Penato
ISBN: 9783734785115

Es scheint ein eigenwilliger, aber liebenswerter Kater zu sein, der sein neues Zuhause bei der deutschen Lisa sucht, die für ihre Firma drei Jahre in Italien arbeiten wird. Doch während die junge Frau nach ihrer Ankunft mit den ersten praktischen und kulturellen Unterschieden zu kämpfen hat, entpuppt sich das kluge Tier als römischer Hausgeist in Designeranzug und Sonnenbrille. Massimiliano verfolgt, ganz Kater, seine eigenen Ziele und setzt dabei, ganz Hausgeist, seine über zweitausend Jahre entwickelten Fähigkeiten geschickt ein, um Lisas Liebesleben nach seinem Gusto zu gestalten. Eine humorvolle Liebeskomödie in Italien mit spritzigen Dialogen über kulturelle Missverständnisse, in welcher ein eleganter Hausgeist als Kater im Designeranzug herumspukt

Endlich darf die deutsche Lisa nach dreimonatiger Trennung ihren italienischen Traummann wieder in die Arme schließen. Doch das verliebte Paar kann seine Frühlingsgefühle in Bologna kaum genießen. Eine Überraschung nach der anderen stürmt auf die beiden von deutscher und italienischer Seite ein. Sogar der *geist*reiche Kater Massimiliano kann dem Treiben nicht entkommen, obwohl er selbst gehörigen Anteil an manchem Durcheinander hat. Die frische Liebe wird ernsthaft auf die Probe gestellt. Eine humorvolle Beziehungskomödie in Italien mit spritzigen Dialogen, in welcher ein eleganter Hausgeist als Kater in Designeranzug herumspukt.

Massimiliano -
Geheime Rezepte
Alltagstaugliche Kochanleitungen
aus der Feder eines über 2000Jahre alten Chefkochs
aus Italien
ISBN: 978-3754300930

Für den Fall, dass du mich noch nicht kennen solltest: Ich heiße Massimiliano und bin ein 2000Jahre alter Penato, ein sehr alter, römischer Hausgeist sozusagen. Nun gut, ich sehe aus wie ein Kater, aber das zu erklären führt hier zu weit. Als Penato verantwortlich für alles, was meine Familie nährt - so will es die Tradition - ist es nicht weiter verwunderlich, dass ich mich zu einem großen Koch entwickelt habe. Ich will mich nicht rühmen, aber die Jahre der Erfahrung lügen nicht. Meine Rezepte sind mediterran, außerordentlich lecker, gesund und vor allen Dingen einfach zuzubereiten. Manche mögen dir auf den ersten Blick aufwändig erscheinen, aber du wirst sehen, wenn du sie einmal zubereitet hast, sind sie durchaus für den Alltag geeignet. Du wirst jedenfalls immer Lob einheimsen, das kann ich dir garantieren. Aber nicht weitersagen! Das muss unter uns bleiben. Hier ist also mein alltagstaugliches Kochbuch aus Italien mit kombinierbaren, schmackhaften Rezepten für dein ganz persönliches Menu, und dabei auch noch unterhaltend zu lesen. 2000 Jahre Erfahrung.

Von der Autorin ebenfalls erschienen:

Weiß der Kuckuck, wie der Hase läuft
Tiergeschichten für Kinder
über Streit und Versöhnung
(Für Kinder ausgewählte Fabeln der Transaktionsanalyse)
ISBN: 9783753463834

Warum transportiert ein Hai einen kleinen Hund auf seinem Rücken? Wieso will ein Papagei ein Nilpferd heiraten? Und wer hat überhaupt jemals ein fleißiges Faultier gesehen? In diesen Geschichten ist es aber so. Und das hat auch alles seinen Grund, auch wenn der nicht immer ein guter ist. Aber die Tiere sind schlau. Sie haben Ideen, obwohl es manchmal etwas dauert. Doch vielleicht hast ja auch du noch einen Einfall und kannst ihnen helfen?

„Weiß der Kuckuck, wie der Hase läuft" ist ein Kinderbuch (ab 10 Jahre) zum Vorlesen oder selbst lesen. Die Fabeln erzählen von Streit zwischen verschiedenen Tieren, wie sie sich auch wieder versöhnen und aus den Ereignissen lernen. Die Geschichten eignen sich gut, um in Gruppen mit Kindern darüber zu diskutieren. Die Fabeln erzählen von Verantwortung für das eigene Verhalten. Die Geschichten sind speziell für Kinder ausgewählte Fabeln aus dem Sachbuch zur Spieletheorie der Transaktionsanalyse „Spiele der Tiere".

Märchenwelt der Transaktionsanalyse

Psychologische Märchen und Erzählungen für Erwachsene zur Entwicklung der Persönlichkeit

ISBN: 978-3743163195

Spiele der Tiere

Fabeln für Erwachsene zur Spiele-Theorie der Transaktionsanalyse

ISBN: 978-3753435374

Diese Sammlung neuer Märchen in traditionellem Stil ist für alle Erwachsenen, die die Entwicklung der Persönlichkeit als einen nie abgeschlossenen Prozess betrachten. Die unterhaltenden Erzählungen basieren auf der Lehre der Transaktionsanalyse (TA) und vermitteln eine Botschaft, die der Leser auch ohne Kenntnisse der TA auf sich wirken lässt. Jede Geschichte ist in sich abgeschlossen. Doch sie fügen sich zu einem großen Gesamtbild zusammen, da sie in einem Königreich spielen und die verschiedenen Figuren in den Märchen immer wieder auftauchen. Die Erzählungen brechen auf sanfte Weise mit traditionellen Rollenvorbildern, ohne die Faszination der historischen Figuren zu verlieren.

„Spiele der Tiere" ist eine Sammlung neuer Fabeln für Erwachsene nach der Spiele-Theorie der Transaktionsanalyse (TA). Die Geschichten sind leicht verständlich, kurz und in traditionellem Stil gehalten. Die Erzählungen behandeln ausschließlich das Thema der psychologischen Spiele nach Eric Berne (teilweise auch Gefühlsmaschen). Die Fabeln erzählen anschaulich und verständlich verschiedene Beispiele von typischen Maschen und Spielen Erwachsener, deren vorhersehbares, ungutes Ende, und auch, wie man aus dieser Dynamik aussteigen kann. Sie vermitteln auf diesem Wege eine Botschaft, die der Leser auch ohne Vorkenntnisse der TA auf sich wirken lassen kann.

Kleine Feigheiten
Wie wäre das Leben, wenn ...
ISBN: 9783751972895

Das Glück ist ein Miststück
Ein ironisch-psychologischer Roman
über Wendepunkte im Leben

Wie würde unser Leben verlaufen, wenn es die kleinen Feigheiten nicht gäbe? Diese Momente, in denen wir davor zurückschrecken zu tun, was richtig ist. Oder wir eine neue Erfahrung zulassen könnten, die uns weiterbringen würde? Wenn wir uns nicht aus einem Impuls heraus abschirmen würden? Wenn wir immer und in jeder Lage überlegt und bewusst handeln könnten? Nicht aus abgewogenem Risiko, sondern aus dem schlichten Grund, den Mut aufbringen zu können, um aus der eigenen Komfortzone zu treten. Dieses Buch ist eine Aneinanderreihung von Kurzgeschichten in den späten siebziger Jahren, zum Nachdenken und in sich gehen, über Personen, die unterschiedlicher nicht sein könnten und doch vieles gemeinsam haben.

Lissy ist als reife Journalistin glücklich wie noch nie. Da ereilt sie auf geradezu groteske Weise der Verlust ihrer großen Liebe. Ihre beiden Schwestern stehen ihr zur Seite, als sie entdecken, dass die Urne des Dahingeschiedenen vertauscht wurde. Lissy setzt alles daran, die Asche ihres Geliebten um jeden Preis zurückzuholen und gerät damit in ein riskantes Fahrwasser, das die drei Frauen vor immer mehr irritierende und spannende Situationen stellt. Lebenslange, gewohnte Verhaltensweisen scheinen vor diesen absonderlichen Konstellationen plötzlich nicht mehr zu funktionieren. Jede wird mit ihrem Selbst konfrontiert. Während Lissy sich der Trauer nur widerwillig und von den Umständen gezwungen schließlich stellt, muss sich ihre ältere Schwester Elena mit dem Verlust der Kontrolle über ihre Familie abfinden. Und auch Corinna, die Jüngste der Drei, muss erkennen, dass die für ihre Beziehung erbrachten Opfer Selbstbetrug sind. Ein ironisch-psychologischer Roman mit hintergründigem Humor, über Wendepunkte im Leben, Glück im Unglück, die Konfrontation mit dem eigenen Selbst.